龙医故事

——谨以此书献给无私奉献的龙医人

主编

翟秀伟

副主编

郑国贤

执行主编

由加波

编委

段彩绫　薛　晗　白　洁
邓丽娜　孟　勇　姜文德

黑龙江人民出版社

图书在版编目（CIP）数据

龙医故事／翟秀伟主编. — 哈尔滨：黑龙江人民出版社，2017.11
　　ISBN 978－7－207－11217－0

Ⅰ.①龙… Ⅱ.①翟… Ⅲ.①故事—作品集—中国—当代 Ⅳ.①I247.81

中国版本图书馆 CIP 数据核字（2017）第 301699 号

责任编辑：朱佳新
封面设计：鲲　鹏

龙医故事——谨以此书献给无私奉献的龙医人
Longyi Gushi——Jinyicishu Xiangei Wusi Fengxian De Longyiren

主　编　翟秀伟
副主编　郑国贤

出版发行	黑龙江人民出版社
地　　址	哈尔滨市南岗区宣庆小区 1 号楼
邮　　编	150008
网　　址	www.longpress.com
电子邮箱	hljrmcbs@yeah.net
印　　刷	永清县晔盛亚胶印有限公司
开　　本	787×1092　1/16
印　　张	25
字　　数	270 千字
版　　次	2017 年 12 月第 1 版　2021 年 6 月第 2 次印刷
书　　号	ISBN 978－7－207－11217－0
定　　价	68.00 元

版权所有　侵权必究
法律顾问：北京市大成律师事务所哈尔滨分所律师赵学利、赵景波

序

医院是一个充满故事的地方，伴随着每天的旭日和夕阳，一个又一个的故事被写就，故事里的事，或惊心动魄，或悲喜交加，或温馨愉悦，或大爱无私……

每一个故事，在医院的医护人员眼中，就像无所不在的空气、不经意吹拂的清风，一切皆很平常，从不会被刻意记起，更鲜有人用文字去记录。

然而，普通创造了卓越，平凡孕育着伟大。龙南医院走过了20年的岁月，20岁的年轮里不知刻下了多少故事，这些故事看似平凡，但它们和生命有关，和健康有关，和奉献有关，和感恩有关……往事并不如烟，一旦记忆的荒漠被开垦，往事的闸门被打开，每一位龙医人，都能找到属于自己的故事。

龙医20年，我们相伴走过。"我与医院成长的20年"的征文活动得到了许多医护人员的积极响应，纷至沓来的稿件打开了往事的封面，诚然，我们的医生护士，未必有"笔落惊风雨，诗成泣鬼神"的文学素养，但那些文字是从他们的心中流出，是他们用情、用爱写就的，质朴而纯净、浓烈而深厚。

在这些文字里，我们看到了心怀大爱的护士长国丽，强忍着失去亲人的悲痛，为了他人能够重见光明，毅然捐出只活了63天儿子的眼角膜；我们看到了"加班大王"李春双的奉献，每年都加班

700多个小时，那可是三个月的时间呀；我们看到了龙医援疆人周勇500多个日夜厚意深情的边疆坚守；我们看到了凝聚护士们浓浓爱心的"小手丫"，为保证孩子在点滴时不脱针，儿科三病区的护士们想尽办法自制的"宝器"减轻了多少患儿的痛苦……

  凡此种种，龙医人在20年里，书写了无数充满爱和感动的故事，无数生命在这些真实的故事里重生，无数患者康复，无数老人得到悉心照料，无数患儿擦去脸上的泪珠换上灿烂的笑容……

  一本书，在20年的岁月长河中，能记录的也许只是只言片语，但也情意暖暖、爱心浓浓，足以令人震撼和感动。这些难忘而美丽的龙医故事，一定会成为龙医人最珍贵的记忆，鞭策所有医护人员在未来的岁月里不忘初心，把这些故事续写得更生动、更精彩！

大庆龙南医院　院长　党委副书记　翟秀伟

目录 CONTENTS

术精岐黄

页	标题	作者
3	从生命边缘到引吭高歌的换肺人	由加波
7	摘"雷"	邓丽娜
9	一路小跑救病人	李媛媛
11	众人联手救回两条命	任　晶
13	死神，让你失望了	余　梅
15	回春有术大恩人	白婧娴
17	时间就是命令	梁慧超
19	小恒恒与"王秀俑"的故事	段彩绫
22	抢救截瘫男	王　伟
24	妙手女医肚中取瘤	段彩绫
26	手术室里"不夜天"	邓丽娜
27	"拼骨"帮老汉捡回一条腿	段彩绫
29	名医慧眼识心梗	朱飞飞
31	为股骨头重修一个"家"	段彩绫
33	两位特殊的病人	白　洁
35	众人合力打通生命通道	高天霞
37	王一刀的故事	吴　芳
42	自己的血也能救自己	邓丽娜
44	这就是战场	周柳杉
46	豁出去了，救活他	薛　晗
49	随时随地抢救	徐丽平
51	险入鬼门关	侯莹莹
52	精雕细刻"补"舌头	段彩绫
54	ICU病房里的白衣娘子军	齐梦超
56	与死神较量	李显伟

58	勇排心脏"地雷"	段彩绫
60	手术室上演"3D 大片"	段彩绫
62	妙手神医找血点	李显伟
64	为男孩缝补"希望"	邓丽娜
66	触电小伙死而复活	余 梅
68	请你相信我	王洪静
70	多亏碰见了王大夫	段彩绫
71	迎接"惊喜"宝宝	关丹丹
72	4 800 毫升血浆	曹晓娟
74	家属没想到,龙医能做到	陈东伟
75	"抢修"破裂心脏	邓丽娜
76	临危施救见真功	张 玉
78	"惊心"营救战	黄玉双
79	无痛修牙,小欣然再现笑容	邓丽娜
81	急诊特种兵刷"心"奇迹	李和永
82	忙,为生命喝彩	刘欣欣
83	只为了让你活	邓丽娜
85	万众"医"心抢回命	许馨文
86	抢救受伤男	段彩绫
88	紧急重启"偷懒"心脏	邓丽娜
91	王大娘的好消息	徐 莹
92	8 分钟的手术	邓丽娜
94	老陈翻身记	符 阳
96	无影灯下的生命守护	邓丽娜
98	拔走你的眼中钉	王艳华
99	电梯内生死时速	闫 敏
100	救人要紧	陈东伟
102	生命的守望	白海昕
104	嗓子里抠馒头	刘思琦
105	一个桃子引发的抢救战	吴 芳
106	不忘来时路,爱心铸医魂	韩大龙

111	母女患顽疾，技精解病忧	杨雪松
113	医院里的接力赛	王珊珊
116	"骨口拔牙"救下老寿星	段彩绫

医者慈怀

121	坚持"守破离"的匠心仁医	由加波
127	加班大王李春双	由加波
129	温情小年夜	沈江萍
131	被"记住"的刘医生	刘金丽
132	给患者揉脚的好大夫	龙医宣
133	高主任的高招	毛 军
135	生命之吻	邓丽娜
136	爸爸，擦汗吧	邓丽娜
138	抢救英雄看阅兵	陈东伟
140	带着颈托写病历	白 洁
142	被"遗忘"的生日	白 洁
143	手术室上演温馨"哑剧"	邓丽娜
144	坚守背后的"酸与苦"	白 洁
146	尽职尽责的好医生	王洪静
147	用简单重复的事诠释着医者大爱	于庆华
149	医生自制"最美的鞋"	段彩绫
151	顾不上吃的生日蛋糕	吴 芳
152	微信圈里"晒"感动	白 洁
154	好心眼的医院	武冰冰
156	一台"疯抢"的手术	邓丽娜
158	送不出去的"奖励"	陈东伟
160	拾金不昧的好医生	张晓磊
162	医患13年后的不期而遇	白 洁
163	医生的"胸怀"	侯淑艳
164	王奶奶做手术认个"孙女"	邓丽娜
166	好医生慷慨解囊	白 洁

167	来历不明的"贺喜红包"	王艳春
168	押金"无故"增多之谜	刘 宏
169	驶不出内心的暖暖记忆	张淑萍
171	上门指导患者透析	李 亮
173	医生的眼里只有一种人	王 丽
174	良医李万荣	赵 巍
176	火车上演绎生死时速	高亚楠
179	祸不单行昨日行,福无双至今朝至	李 雪
180	我们共同承担风险	吴 芳
181	徐主任,你做做检查吧	刘欣欣
183	垫付一份真情	车瑛琦
184	用我的体温,暖你的血液	邓丽娜
186	迟交的请假单	刘欣欣
188	呼唤生命的"绿色通道"	王大勇
191	医者仁心,千里救援	薛 晗
193	种满桃花的白大褂	周柳杉
195	良医的良	施佰丽
197	"草莓"气若游丝,医生妙手回春	叶立伟
199	生病的医生	冉 鑫
200	一场抢救生命的接力赛	王 丽
201	你好,侠医	马 蕾
203	不轻言放弃,为无陪医生点赞	杨 洋
205	仁爱行医的刘海燕	张 岩

天使在线

211	我比"龙医"小五岁	孙 妍
214	最美的呼吸	白 洁
217	一枝康乃馨	金 晶
219	孩子,你看这个世界	白 洁
222	紧系患者"生命线"	李彩凤
224	别样的孩子	刘欣欣

225	不是亲人胜似亲人	曹晓娟
227	桃花潭水深千尺，不及龙医爱我情	侯淑艳
229	护士先生"猴赛雷"	邓丽娜
231	护士长当"陪护"	陈东伟
232	扎着腰围的小天使	邓丽娜
234	"透析天使"守护生命	侯淑艳
236	用手为患者抠出大便	白洁
237	"老小孩"笑了	杨洋
239	90后护士降服"小妖"力刷朋友圈	邓丽娜
241	弃婴和他的临时妈妈们	冉鑫田
243	姑娘姑娘你真棒	邓丽娜
245	我们就是您的"眼睛"	邓丽娜
246	天使一笑也倾城	白洁
247	生死一线四分钟	丁雅婷
249	欣欣的眼泪	刘宏
250	手术台旁"暖男爸爸"	邓丽娜
252	你的信任，是我的动力	杨雷
253	戴花帽的护士"妈妈"	邓丽娜
254	温暖的"特权"	邓丽娜
256	"亮"女仁心	张彦强
258	大爷，我就是您的陪护	侯淑艳
260	寂寞的饮水机	邓丽娜
262	女儿的致歉	邹冬梅
264	给绝望的患者生的希望	苗翠清
266	用微笑去迎接每一天	刘志远
268	护士"妈妈"的怀抱	邓丽娜
270	龙南医院就是俺的救星	金晶
272	爱与关怀托起生命的"重量"	党雪艳
274	关爱从点滴入手	曲兆丹
276	尴尬的术中意外	邓丽娜
278	白衣天使的情怀	杨洋

280	男护士的"针"本领	李媛媛
282	病房响起生日歌	侯淑艳
284	骨病女孩与花帽"爸爸"的约定	邓丽娜

春风送暖

289	小花帽的自述	邓丽娜
291	一床平安果	国　丽
293	把平安的消息寄回家	吴　芳
296	小牙医畅畅	段彩绫
299	一个背包的奇异旅程	张晓磊
301	老师，您去哪？	邓丽娜
303	你在阿姨的诗里与心上	陈东伟
305	"幸福牌"早餐	邓丽娜
306	险地施救	施佰丽
308	小张学开"应急车"	白　洁
310	李大爷的出院礼物	吴　芳
312	老妈，别害怕……	陈东伟
313	播撒在夕阳里的爱意	李　剑
315	服务无国界，齿齿见真情	段彩绫
317	手术室内的总动员	姜文波
318	爱心接力还包记	舒　畅
320	特殊"全家福"	张彦强
321	推来一腔关爱	陈东伟
322	别样"劳动节"	邓丽娜
324	"急死人"的急诊夜	王春晖
326	龙医正骨，为啥让大妈去而复返	邓丽娜
327	为了你生命最后的旅程	许馨文
329	病房餐桌有秘密	吴　芳
330	勇士夺刀	白　洁
332	小小举动暖患心	杨菊平
333	患者急需"熊猫血"，朋友圈内"伸援手"	
		白　洁

335	点点关爱输注暖流	吴　芳
336	重阳动人心	白　洁
338	用爱迎接新生命	关丹丹
340	大爷给你们点赞	邓丽娜
342	千言万语，让我从小事说起	杨　雷
343	十里春风不如医	陈东伟
345	国外治牙落"心病"，国内医生解"心结"	侯淑艳
347	暖心的"兼职信使"	崔　丹
348	一封感谢信的"内幕"	吴　芳
350	"腕"分危急	吴　芳
352	病榻上书写的感谢信	侯莹莹
354	生命通道注浓情	段彩绫
356	家人般的关怀	李媛媛
358	关爱细无声	曲兆丹
360	一本特别的漫画	段彩绫
362	贴心的"海报"	杨　雷
363	火急"修网"夜半"惊魂"	王　威
365	危险边缘的"拉锯战"	白　洁
367	温暖的小手	刘　宏
369	浅浅一笑，胜利的徽章	王　伟
370	双姝洗胃记	施佰丽
372	患者心声	陈东伟
374	惊心动魄的平安夜	陈东伟
376	手术直播	邓丽娜
378	无声的世界，有爱的沟通	白　洁
380	自己的孩子自己生	段彩绫
382	大庆首位换肺人满"周岁"	段彩绫
386	后　　记	编　者

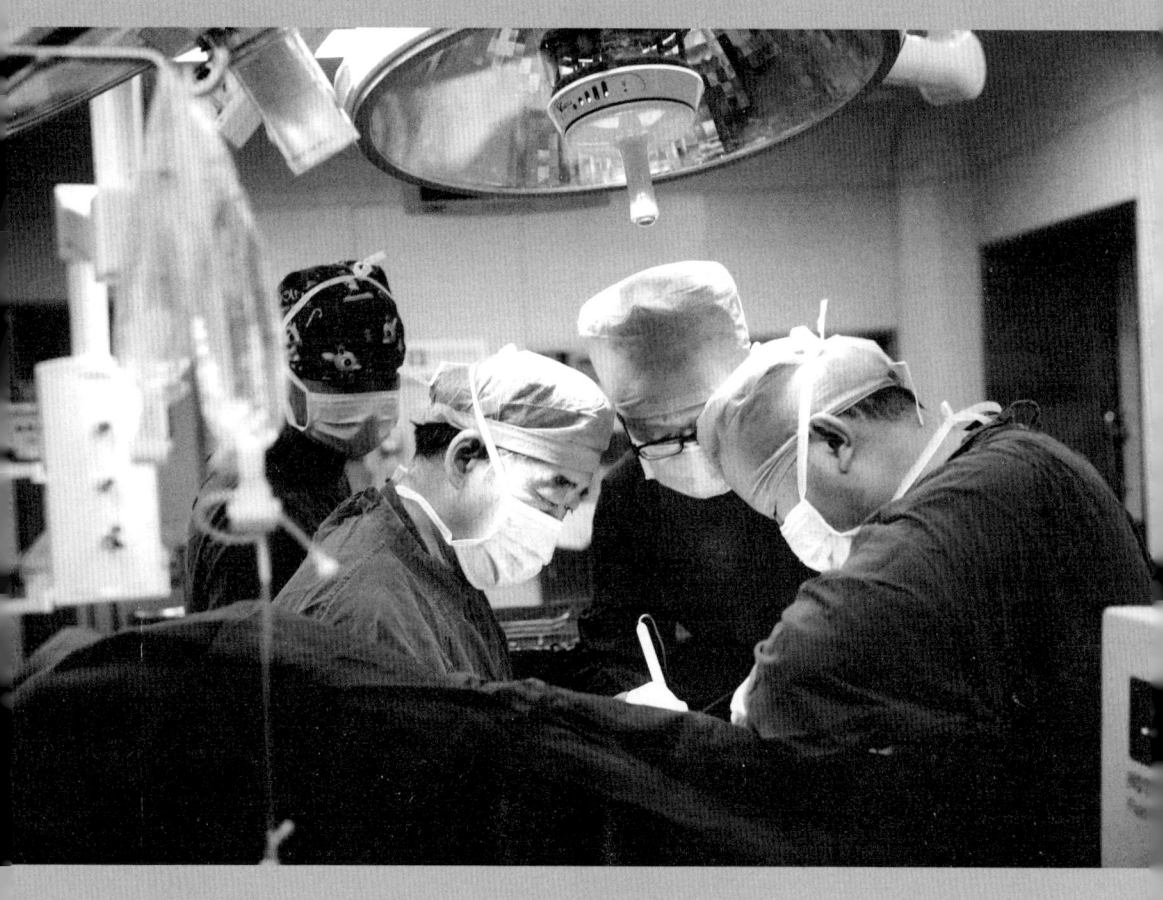

术 精 岐 黄
SHU JING QI HUANG

这是一群术精岐黄的人
这是一群令死神战栗的人
他们用行动讲述的
是群山之巅,是生命之歌

从生命边缘到引吭高歌的换肺人

◎ 由加波

"供体已经下飞机,马上准备移植。"2016年11月12日16时52分,青岛到哈尔滨的CZ8133次航班刚一落地,龙南医院院长翟秀伟就拨通了在手术室等待指令的医疗团队的电话,让他们做好手术前的准备。

这时,乘客陆续走下飞机悬梯,他们纷纷把目光聚集在手中拎着特制容器、快步奔向绿色通道的一队人身上。他们不知道,这些人来自龙南医院,手中箱子里装的是刚刚从青岛运回的肺源。他们也不知道,一台肺移植手术即将在龙南医院进行。

准备做手术的患者叫樊玉珍,因肺纤维化末期住进了龙南医院,随着病情恶化,樊玉珍每天只能端坐在床上,靠鼻导管吸氧维持生命。如果不及时进行肺移植手术,存活期不会超过半年。然而万事俱备,只欠肺源,龙南医院的医生们万分焦急。

11月11日,终于有消息传来,青岛一位脑死亡患者捐出了眼角膜、肝、肾、肺等器官。

机不可失,一场横跨两省的生命营救行动由此开始。青岛机场、哈尔滨太平国际机场为此开通了绿色通道,翟秀伟院长亲自带队去机场接机，为器官运达抢时间。

对于肺移植手术来讲，脏器从供体取下到放入受体的时间段最重要。因此，时间在这场移植战役里极为关键。

高速公路上，载着肺源的专车风驰电掣，同一时间，由龙南医院副院长李永刚带领的胸外科、麻醉手术科医疗团队已经开始手术，开胸、切断肺动脉、肺静脉、气管，夹闭右肺动脉，每一环节都极为精准，不允许有丝毫差错。

19时30分，几乎是在切掉病肺的同时，供体送进手术室。李永刚副院长悄悄擦了擦额角的汗水，悬着的心终于放下。随后，李永刚同前来助阵的无锡人民医院陈静瑜团队并肩作战，经过5个小时努力，手术终于完美收官。

所有脏器移植手术里，肺移植最难。难在肺是对外开放器官，正常人感染首先是呼吸道，肺移植患者用了大量免疫抑制剂后，呼吸道免疫力降低，更容易感染。手术之后，龙南医院医务科特意成立一个近60人的肺移植专家团队，日夜守护樊玉珍，随时关注她的生命体征。樊玉珍成了整个医院的重点保护对象，大家都亲切地称她为"珍宝"。

术后第三天，樊玉珍便可以下床活动，自主排便，进行吹气球练习。由于感染方面的要求，每天只能有一名家属代表进行探视。术后第五天，来探视樊玉珍的是她亲家母。

这还是手术之后，两位亲家第一次见面，看到樊玉珍阳光般的笑脸，亲家母既欣慰又激动。那浓浓的亲情仿佛融化了隔着她们的玻璃，隔离室内外涌动着阵阵暖流。

"你一切还好吗？"

"我挺好的，有这么多人照顾我。"

"你看到我高兴吗？"

"高兴。"

"你最愿意唱歌了，等你好了，我带你去唱歌好不好？"

"好呀，我现在就能唱。"

随后，樊玉珍将《感恩的心》的歌词改编了一下，略带沙哑地唱起来："感恩的心／感谢有你／宅心仁厚／创造生命奇迹……"令人熟悉的旋律，饱含深情的歌声，在龙南医院 ICU 隔离病房隔门回响，这是省内首例跨省"换肺人"樊玉珍的倾心演唱，以此表达发自心底的感激之情。

"我把你的视频发给这次没能看你的家里人，好让他们放心。"亲家母激动地说。

"好呀，让他们看看我现在好着呢！"樊玉珍边说边在护士的搀扶下站了起来，并出人意料地做了一个深蹲。

"你太棒了，你太坚强了。"亲家母的眼中泛起了泪花。

"是他们，是医生、护士，是龙南医院给了我新的生命，他们才是最棒的，为他们点赞！"两位亲家同时竖起了大拇指，点赞，为他们首次肺移植便大告成功的医技点赞，为他们心系患者、大爱无疆的高尚医德点赞，为他们全员协作、爱护有加、春风送暖一般的服务点赞。

摘"雷"

◎ 邓丽娜

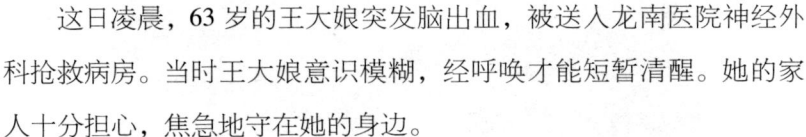

这日凌晨，63岁的王大娘突发脑出血，被送入龙南医院神经外科抢救病房。当时王大娘意识模糊，经呼唤才能短暂清醒。她的家人十分担心，焦急地守在她的身边。

经过检查，王大娘左脑的中动脉形成了一个动脉瘤，这就如同在患者的脑内埋下了一颗地雷，如果不能及时地将这个"地雷"进行处理，一旦患者的血压发生变化，动脉瘤极易发生破裂，从而引发颅内大出血，会危及大娘的生命，后果不堪设想。大娘的家人情绪十分激动，强烈要求医生救救王大娘。

王大娘的情况由医生向翟秀伟院长进行了汇报。翟院长是龙南医院对颅内动脉瘤施行显微手术治疗的第一人，他拥有着国内领先的颅内手术的技术。时间就是生命，为了挽救王大娘的生命，翟院长放下了所有的工作，抽出宝贵的时间，于22日上午为王大娘施行了颅内动脉瘤夹闭手术。

王大娘的动脉瘤位于左脑的中动脉处，和周围的血管紧密粘连在一起，给动脉瘤分离的工作带来了不小的困难。只见翟院长左手持吸引器，准确地吸净脑组织渗出的血液，右手用无损伤的镊子小心翼翼地对动脉瘤周围的组织进行着分离。翟院长的两个胳膊就这样悬空地架着，借助显微镜，在只有一元硬币大小范围的脑组织中进行着精细的操作。

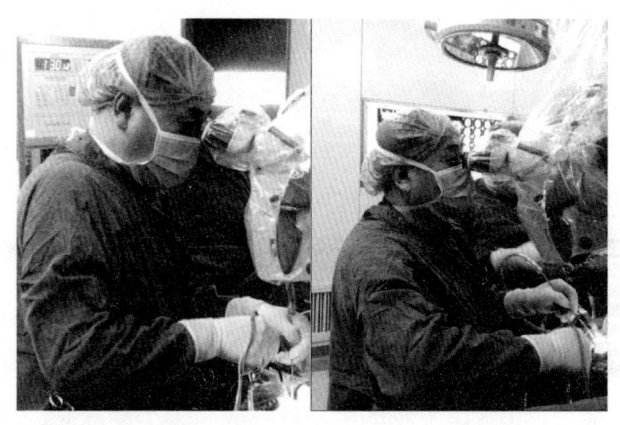

如同豆腐一样柔软的脑组织，根本让人无从借力。手术者的视线还要和大脑中动脉的走行呈垂直方向，翟院长因此不时地调整着自己面对创口的角度。在场的医护人员都屏住呼吸，生怕一个声响会打扰到如此精细的操作。

时间一分一秒地过去，动脉瘤终于被完整地剥离了出来。"开始夹闭动脉瘤。""动脉瘤夹闭成功。"仅仅两分半钟，翟院长切断了这颗"地雷"的"引线"，危险终于解除了。所有人高悬着的心终于放下了。

王大娘安返病房后，当她的家人得知是翟院长亲自为大娘实施的手术并获得成功时，脸上都充满了感激之情。"谢谢龙南医院，谢谢翟院长，是你们救了我的妈妈，对你们的感激之情，真是不能用语言来表达呀。"

一路小跑救病人

◎ 李媛媛

这天中午，急诊科的内科诊室来了一位手捂胸口、不住呻吟的老大爷。

"大夫，我胸闷，有点喘不上气。"说着，大爷突然倒在地上，晕了过去。"快来人，有人晕倒了，快送抢救室。"

抢救室内，护士宫辉立即给大爷进行心电监护。"不好，心跳停了，快组织抢救！"

急诊科护士周琰、丁永娇、马文清等人都赶了过来，宫辉迅速地建立静脉通道，孙博雅给予心脏胸外按压，马文清用气囊辅助呼吸。急诊科主任李和永从二楼的急诊病房飞奔而至，迅速判断患者的情况。

"给患者除颤，400焦耳一次，给升压药，呼吸兴奋剂。"李和永主任镇静地下达着医嘱。"二次除颤，400焦耳第二次。"监护仪的显示屏上，血压及心率曲线开始出现，患者渐渐恢复心跳，医护人员舒了一口气。

"看，室颤波。"大家的心又揪了起来。"可达龙静推。"李和永主任继续下达医嘱。

大爷的心率恢复平稳了，眼睛睁开了。"大爷，您感觉好点了吗？"护士丁永娇柔声问道。虽然大爷暂时脱离了生命危险，但还需要进一步治疗。护士周琰立即为他联系了CCU的病床。为了减少对大爷的搬动，王小芳、孙博雅、周琰推着抢救床，携带着监护仪器，一路小跑将患者送往CCU病房，看到大爷的生命体征平稳了，急诊科医护人员心中的大石头终于落了地。

"丁零零……"不知谁的手机响了，"快回科，有抢救！"大家推着抢救床迅速向急诊科奔去。

这就是急诊科，每天都在和死神赛跑，一次次创造着生命的奇迹……

众人联手救回两条命

◎ 任 晶

龙南医院产科门诊的开诊仪式刚刚结束,一个推着孕妇的平车飞速驶来:"快让一下,快让一下!"120急诊师傅高声喊着。

正在导诊的护士徐蔚兰马上冲了过来。这时,患者牙关紧闭,眼珠上翻,全身抽搐,意识丧失。产科门诊护士任晶立刻推来抢救车,为患者吸氧。

妇产科副主任雷娟闻讯赶到,患者血压已经飙升至240/100mmHg,雷主任明确诊断:"妊娠子痫,马上组织抢救。"

为防止患者发生咬伤,徐蔚兰艰难地用开口器打开患者紧闭的牙关,与此同时,护士任晶一针见血,建立静脉通道。

随后,产科门诊医生郝玉凤和护士长林淑杰来不及披上棉衣,冒着寒风,奔跑着将孕妇送到了产科病房。

产科病房迅速启动应急预案。妇产科副主任沈连春带领抢救小组的成员,早早就在科室门口等待患者。

孕妇一直烦躁不安地抽搐,面部充血,肌肉僵硬。产科医生王雪冬、梁庆华以及产科护士长刘继波、护士王娜等人立刻投入抢救中,给予吸氧、镇静、解痉等对症处置。孕妇逐渐恢复意识,病情稳定下来。

又一场惊心动魄的"战役"结束了，参与抢救的医护人员匆匆地走向了下一个战场。

死神，让你失望了

◎ 余 梅

对于龙南医院急诊科医生张权孝来说，有很多人此生第一次见到，就要为他的生死存亡而竭尽全力。这天深夜，又一个素昧平生的人由平车推到张权孝的眼前。

患者病情严重，大动脉波动消失，呼吸测不到，对光反射消失。张权孝满脸凝重，仿佛都闻到了死神身上的味道。情况危急，他与同事们立即对患者进行胸外心脏按压，气囊辅助呼吸，气管插管、监护、建立静脉通道等一系列抢救。

"不行，这个人我一定要救活。"这句话，张权孝是对自己说的，同时也是对死神下的战表。

十分钟过去了，心电监测到患者出现室颤，张权孝让陈伟马上为患者除颤。

十五分钟过去了，患者出现自主心跳和呼吸，脉搏 47 次/分，呼吸弱 4 次/分，血压 35/20 毫米汞柱，"继续滴入升压药和呼吸兴奋剂。"张权孝疾声吩咐道。

患者的血压逐渐上升到 124/54 毫米汞柱，脉搏 123 次/分，呼吸 14 次/分，看来有希望了。

1小时43分钟过去了,患者终于被抢救过来,张权孝长长松了一口气。忽然,一粒豆大的汗珠,从他的额角滴落到患者衣服上,张权孝下意识地伸手擦了擦,汗水很快渗入患者衣服的纤维里,在那湿热的温度里,有略咸的味道,是张权孝对患者别样的问候。

直到这时,张权孝才仔细端详了一下病人的长相,原来是个年龄不大的女孩,白白净净,眉清目秀,张权孝的嘴角现出一丝欣慰的笑容,多么年轻的生命啊。随后,张权孝又朝急救室门口望了一眼,在那里他仿佛看到了怏怏不乐、失望而去的死神。

回春有术大恩人

◎ 白婧娴

韩秀敏是个家住林源的农民,结婚没多久就怀了孕,一个小生命开启了通往这世界的幸福之旅。随着肚子越来越大,韩秀敏的盼望也越来越浓。

十月怀胎,一朝分娩,本是最激动人心的时刻,没想到预产期这天,韩秀敏的肚子异样的疼痛,爱人觉得不正常,赶紧拨打了120。

韩秀敏被送到龙南医院产科的时候,表情痛苦,面色苍白,意识都已经模糊。

护士孙红波急忙让陪护把韩秀敏推入换药房,护士白婧娴马上拿来抢救箱,给韩秀敏进行静脉穿刺。孙红波不顾六个月的身孕,捧来了监护仪,为韩秀敏监护血压。

护士们在做这一切的时候,值班医生李云鹏已经询问完患者家属病史,凭借多年的行医经验,李云鹏觉得韩秀敏有腹腔内出血,于是马上进行了腹腔穿刺。果然,注射器内出现了不凝血。根据韩秀敏的病史,查体与辅助检查,李云鹏初步诊断为异位妊娠,失血性休克。

望着李云鹏爱人渴求救治的无助眼神，几位医护人员分工协作，短短几分钟时间，紧急联系血库及手术室，安排输血及急诊手术。术中开腹，发现韩秀敏腹腔内有不凝血及血凝块约 2 600ml。这个失血量已经超过了韩秀敏全身血量的一半。虽然韩秀敏病情极为严重，但经过李云鹏几人的及时抢救，还是转危为安，捡回了一条命。

术后，几位医护人员顾不得擦一擦脸上的汗水，来到韩秀敏病床前，密切观察病情。韩秀敏的爱人感动地握着几位恩人的手，眼含泪水地说："假如我爱人来龙南医院再晚一步，我可能就再也看不到她了，你们真是我们全家的大恩人啊！"

时间就是命令

◎ 梁慧超

这天深夜，急诊室来了一名 71 岁老年男患，内科医生申发平详细询问病史后，让患者到采血室采血，当护士王春晖刚要扎止血带的一瞬间，患者突然出现意识丧失，昏倒在地。

"快来人啊，患者晕倒了！"医生张建庆和申发平迅速跑到采血室，具有多年抢救经验的张建庆在触摸患者颈动脉几秒钟后大声喊道："患者心脏骤停，马上抢救！"

王春晖推来平车并与医生一同将患者抬上平车推至抢救室，张建庆立即给予心脏按压、呼吸气囊辅助呼吸，王春晖也迅速建立了两条静脉通路，给予心电监护，高流量吸氧，静点硝酸甘油，肾上腺素静推。

患者心脏骤停的原因 90% 为室颤，电击除颤是最有效的手段，时间是治疗室颤的关键，每延迟除颤 1 分钟复苏成功率就下降 7%~10%。

时间就是命令！"立即给予非同步直流电除颤，能量 200 焦耳！"张建庆熟练地拿起除颤手柄，涂抹导电胶，选择好除颤位置，充电、放电。

"还是室颤，再除一次！"在除颤第 5 次之后，患者的心电图终于恢复成窦性心率，"立即送往 CCU 继续治疗！"在送往 CCU 的路上，患者又出现室颤，张建庆推着平车与举着输液袋、拿着除颤仪的护士梁会超、王春晖快速奔跑，为抢救赢得了宝贵时间。0 时 8 分抢救成功，患者转入 CCU。

小恒恒与"王秀俑"的故事

◎ 段彩绫

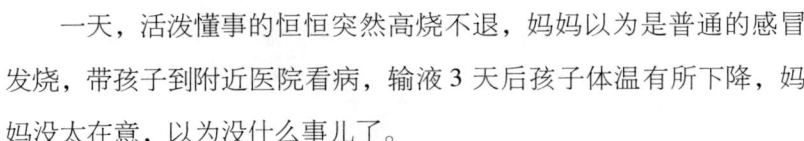

一天,活泼懂事的恒恒突然高烧不退,妈妈以为是普通的感冒发烧,带孩子到附近医院看病,输液3天后孩子体温有所下降,妈妈没太在意,以为没什么事儿了。

过了两天,小恒恒又开始高烧不退,体温一度接近40摄氏度。恒恒妈妈有点着急,又带着孩子到医院输液。可是这次除了高烧,小恒恒还出现剧烈头痛,而且逐渐加重。医院怀疑是脑炎,为小恒恒加用甘露醇后仍然无法缓解,于是让他住院治疗。可冬季是儿童疾病高发期,恒恒妈妈辗转几家医院,都因为没有床位而住不上院,最后抱着一丝希望来到龙南医院就诊。

儿科门诊医生了解到恒恒的病情,看到活泼可爱的小恒恒被头痛折磨得痛苦不堪,急忙联系病房将其收住院。

儿科主任王秀娟听到医生汇报后,赶到病房查看,看到头疼不止的孩子经过静点降低颅压药物后疼痛缓解不明显,而且发作时眼眶周围有固定压痛点,性质很像神经痛,鼻腔还有脓鼻涕流出,怀疑是鼻窦及眼眶周围病变。急查血常规,回报重度感染,CT的检查结果也证实了王秀娟的怀疑。

凭着丰富的经验，王秀娟仅用了两三个小时便揪出了引发孩子疼痛的罪魁祸首，原来是副鼻窦炎引发的神经痛。明确了原因治疗便有的放矢了。接下来几次请耳鼻喉科、眼科专家会诊，针对小恒恒的病情进行鼻窦冲洗，抗感染治疗。

第二天，小恒恒的头痛症状有所缓解，由原来持续的剧烈疼痛转为间断性疼痛，到了第五天，小恒恒已经完全不疼了，又能像同龄小朋友一样开开心心地玩耍了。

经历了无法忍受的病痛，懂事的小恒恒回想起来仍觉得害怕，常跟妈妈念叨："是王秀娟阿姨救了我的命！"妈妈以为小孩子只是念叨，也没往心里去。没想到，这个想法在小恒恒心里却扎下了根。他找到同一个幼儿园的小朋友，录制了那首曾在幼儿园唱过的歌曲《护士阿姨我爱你》，并反复学唱，还偷偷为王秀娟主任画了一幅画，以自己心目中最崇拜的兵马俑为模板，给王秀娟起了一个自认为最了不起的名字"王秀俑"。

在王秀娟查房的时候，伴随着播放的歌曲小恒恒深鞠一躬，并双手虔诚地递上了自己为王秀娟画的画儿，随后抱着王秀娟主任亲了一下。

接过小恒恒手中的画，王秀娟非常感动，她跟科里的同事们说："我从医二十多年了，感谢的话天天能听到，但是这么有心的孩子出于本性做的这件事却让我永生难忘。"

抢救截瘫男

◎ 王 伟

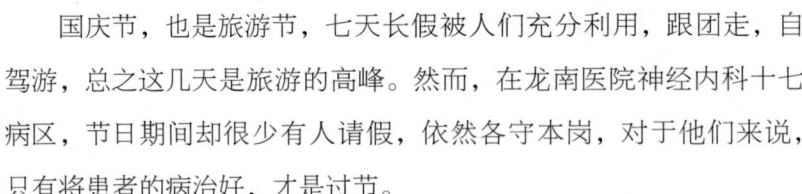

国庆节,也是旅游节,七天长假被人们充分利用,跟团走,自驾游,总之这几天是旅游的高峰。然而,在龙南医院神经内科十七病区,节日期间却很少有人请假,依然各守本岗,对于他们来说,只有将患者的病治好,才是过节。

这年国庆节的深夜,十七病区的走廊忽然传来一阵慌乱的呼喊声"快,快,病人的情况很危险。"随后,平车推进来了一位已经意识丧失4小时的患者。

神经内科医生迎过去一看,患者是位由脊髓病变高位截瘫老年男子。凭借着多年经验,医生感觉到患者的病情很严重,立即对其进行检查。

此时患者还处于浅昏迷状态,一般状态差,双侧瞳孔直径约4.5毫米,对光反射迟钝,心跳、呼吸微弱,呈下颌式呼吸。"情况危急,我们必须动作快点。"医生宋亚彬、宋宏衫、白海涛等医护人员立即开始抢救治疗,给予心肺复苏、心电、血压监护、吸氧、吸痰等一系列抢救措施。

由于患者高位截瘫又长年卧床,血管条件非常不好,很不利于静脉穿刺，为了能够争取抢救时间，护士曹胜男在第一时间迅速建立静脉通道，随后白班护士王俊萍、刘欣欣，来接中班的护士王开平和刘鑫也加入了紧张而有序的抢救工作。

经过全力抢救，患者各项生命体征逐渐平稳，由于病情需要，及时转入 ICU 病房继续治疗。这次抢救虽然很忙，但非常成功。当看到患者转危为安，在场的人无不满脸欢欣，对于他们来说，这才是真正的节日。

妙手女医肚中取瘤

◎ 段彩绫

前几个月,家住市郊农村的丁大娘腹部隆起,好像有个大包,家人误以为丁大娘胖了,就没在意。

然而后来,丁大娘感觉自己肚子如吹气球般越鼓越大,同时伴有腹胀、腹痛、食不下咽,连大小便排出都费劲,身体也消瘦很快。就诊前几天甚至"胖"得像怀胎十月的孕妇一般。

丁大娘来到龙南医院检查,B超显示,丁大娘盆腔内的肿物巨大,已经冲进腹腔内,将肠道挤压变形,需要手术治疗。

也就是说,丁大娘得的是卵巢囊肿,这是一种常见病,多见于30~50岁妇女。囊肿生长缓慢,早期无症状,等逐渐长大后,会有腹胀不适感或腹部可摸到肿块。

听说要做手术,丁大娘非常紧张,摇着头说:"我最怕动刀,这个手术我不能做。"

妇产科主任杜绍敏耐心地讲解道:"大娘,你别小瞧这个囊肿,它要是压迫到膀胱可引起尿频、尿不畅,要是压迫输尿管可引起输尿管积水、肾盂积水而腰痛,压迫到肠管可引起肠胀气和便秘。长期存在,还有可能恶变。"

杜绍敏的劝说生效了,丁大娘终于答应做手术。考虑到丁大娘岁数大了,高龄患者巨大卵巢囊肿切除术是一种高风险、高难度手术,因此手术当天,杜主任亲自主刀。在麻醉人员的配合下,杜绍敏成功卸掉了丁大娘身上的"大包袱"。

手术室里"不夜天"

◎ 邓丽娜

对于龙南医院的医护人员来说，彻夜无眠是常事。这不，2015年的夏至，连续工作了20个小时的龙南医院手术室值班人员，又在手术室里挑灯夜战，整整忙了一个晚上。

18时刚过，手术室门口的门铃和急诊电话的铃声同时响起。一个车祸造成脑疝的患者，已经到了手术室门口。

病情就是命令，麻手科所有值班人员向手术室门口跑去。患者意识已经模糊，双眼肿胀得难以睁开，右侧的外耳道还不时有鲜血流出。短短10分钟的时间，手术前期准备全部完成。

手术正式开始，神经外科医生张宇和刘禹兵打开患者硬脑膜的一刹那，鲜血喷涌而出，患者血压急剧下降。三四条棉条叠加起来都抵挡不住血流的冲击，患者出血量很快达到了4 000毫升，血浆迅速输入患者体内……

闻讯从家赶来的神经外科主任邢立举迅速加入到手术中，止血工作紧张有序地进行着。血终于止住了，大家悬着的心放下了，21∶30，手术顺利完成。

就在大家刚要松一口气时，一个右腿外伤和一个阑尾炎手术的手术通知单又被送到了手术室，抢救生命、保卫健康的战斗又将开始……

"拼骨"帮老汉捡回一条腿

◎ 段彩绫

现年57岁的王瑞平是肇东市宋站镇的一个普通农民，16年前，老伴儿因乳腺癌而病逝，王瑞平拉扯着两个女儿，既当爹又当妈，拼命打工赚钱。如今两个女儿都已成家了，可是王瑞平还是闲不住，四处打工。

半个月前，王瑞平到让胡路区乘风庄某工地干装修的活儿。两个工友砸墙，他负责把砸掉的碎块用推车推走。没想到，就在他低头装碎块时，半面墙突然倒下，王瑞平的右腿被倒塌的墙砸在底下，当时就疼得失去了知觉。

容不得多想，旁边的工友赶紧把他从瓦砾中救出来送到附近的龙南医院。一路上，伤口过度充血，到医院时被砸伤的腿已经肿得有两条腿那么粗了。

龙南医院骨科医生夏岩，从医这么多年，几乎什么样的病人都见过，但他看到王瑞平时却还是一惊，肿胀的腿上布满血泡、水泡，脚因为踝关节的碎裂也已经严重变形。

经确诊，王瑞平膝盖以下"胫骨平台骨折+脚踝开放性骨折"，专业术语叫"六型骨折"，是骨折中最严重的一种。

骨科副主任、主任医师景元海刚开始时，认为这么严重的骨折几乎无法治愈，临床上的做法就是截肢。但在接下来跟王瑞平交流的过程中，医生景元海和夏岩动摇了，如果截肢，老人的后半生怎么办？

最后景元海决定，可以冒险进行手术接骨。从片子上看，王瑞平膝盖以下的骨头几乎成了碎片，要想一小块一小块完全接上难度非常大，手术成功的可能性只有六七成。

几天后，老人被推进手术室，景元海和夏岩亲自主刀，把碎裂的3块大骨头首先对接上，然后把数不清的骨头碎片逐一复位，内外两侧均打上钢板，手术一直进行到下午两点多。出了手术室后，景元海和夏岩擦了把汗宣布：老人这条腿保住了！

听到这句话，57岁的王瑞平掩面而泣，骨头被砸碎都没掉一滴眼泪的他边抽泣边说："太谢谢你们了，我这条腿算是捡回来了。"

名医慧眼识心梗

◎ 朱飞飞

这日下午,门诊心电室走进一位老年男患。老人一进诊室就叨咕自己心脏不舒服,浑身说不清楚的难受。心电室值班医生邓秀荣一看患者状态不好,意识到患者病情较重,她马上让患者平躺在诊床上,迅速为老人进行心电检查。

快速出来的心电图显示老人心率很快,下壁心肌损伤型抬高,并不是非常典型的心梗波形。但是医生的直觉和丰富的经验让邓秀荣心生警觉,老人发生心梗的可能性极大。于是邓秀荣医生马上让老人平卧于床上,不要活动。拿过老人的心电图认真分析,详细询问病史,结合老人的状态,迅速做出判断。

时间就是生命,邓秀荣来不及犹豫,果断拨打120急救电话。几分钟后,患者被迅速送进了CCU病房,急查心肌酶增高明显,心肌梗死的诊断非常准确。CCU病房主任鲁立新马上对老人进行了紧急救治。由于救治及时,傍晚时分,老人状态终于趋于平稳。在鬼门关前徘徊了一圈的老人最终被拉了回来,获得新生!

老人这次"死亡"危机的化解,不仅得益于值班医生邓秀荣丰富的经验,更得益于物理诊断科平日里急诊急救知识的日常强化训练，才使得辅助检查科室的医生凭借精准的判断和快速的反应，为老人生命的延续争得了宝贵的时间。

物理诊断科主任靳元非常注重急诊急救能力的提升，通过聘请急诊科主任为全科室人员一对一培训、演练，严格要求，人人过关，个个过硬，还要求各班组反复讨论、学透、用好，模拟突发事件场景演练，保证每一个人遇到问题时不慌不乱、判断准确、解决迅速、措施得力。

此次心电室发生的小插曲验证了平日里的培训效果，急诊急救预案见到成效，为患者的救治赢得了宝贵的时间，有效杜绝了医疗安全隐患，同时也得到了患者家属的赞誉和临床医生的肯定。

为股骨头重修一个"家"

◎ 段彩绫

49岁王丽遭遇车祸,由于冲击过大,股骨头几乎把髋臼给顶碎,并插进了盆腔里,卡在髋臼上,髋臼部位的损伤程度非常严重。

龙南医院骨科主任隋福革带领骨科团队,经过研究,决定通过手术重新修复患者的髋臼部位。

髋臼是髋关节的重要组成部分。该部位的骨折多为高能量创伤所致,而有关它的修复手术也被骨科界认为是最棘手的手术之一。原因在于这个部位的结构复杂,附近有多个动脉和神经经过,处理不当可引起严重后果。目前,很多医院都无法开展有关这一部位骨折复原的手术,患者不得不面临终身残疾的命运。

这次手术对于隋福革来说,也是一次严峻的考验,在此之前,省内还没有任何一家医院成功开展过此类手术。隋福革之所以敢铤而走险,是因为他想到了瑞士内固定协会(AO,当今世界上最先进系统的脊柱和创伤骨科内固定理论及相关外科技术的科研机构)所推广的创伤骨科内固定理论。其实,早在2001年,隋福革就将这一世界领先的技术引入到了龙南医院骨科。现在这一技术已经成功帮助很多大庆人摆脱骨折的痛苦。

几日后，隋福革领着医生团队上阵了，他们同时开了两个近30厘米的切口，相当于同时进行了两个骨科手术。最后经过6个多小时的努力，专家团队仅通过4块钢板，就将支离破碎的髋臼进行了复位。通过此次手术，不但恢复了王丽髋臼的平整和稳定，帮助其恢复功能，还减少了创伤性关节炎的发生。

术后，王丽感慨万分地说："遇到技术这么厉害的医生，我真是太幸运了，不然我这条腿就残疾了。"

两位特殊的病人

◎ 白 洁

北方的九月,秋意半隐半现,草木微黄,雨偷偷地凉了。这日上午,有两位"特殊"的病患先后住进了龙南医院骨科五病区。

一位60多岁的大娘患有老年性膝关节骨性关节炎,腿不能伸直、不能回弯、不能下地走路,因为疼痛,她只能长时间卧床,真是寸步难行。

一位67岁的大爷左股骨粗隆下骨折,并且伴有双肺肺炎、全身多发血管疾病、脑出血后遗症,如果不能及时做手术,死亡的概率很大,情况不容乐观。

之所以说两位老人特殊,是因为他们有一个共同点,就是患有梅毒,他们辗转了多家医疗机构,却无人救治。

得知两位老人的病情后,景元海主任也犹豫了。一是两位老人年龄都不小了,单纯的手术风险不说,光是患有梅毒这一项特殊感染,就让手术的难度大大增加,手术中术者防护不当就极其容易被感染。但如果不给他们做手术,大娘的后半生只能在床上度过,而大爷最多也只有几个月的生命。

想到这里,景主任毅然决定收治两位老人。在手术台上,因为大爷的身体状况不乐观，本应侧卧的体位只能改为平卧，加大了手术的难度，40多分钟的时间景元海成功的挽救了大爷的生命。术后三天，大爷已经可以坐轮椅到室外享受温暖的阳光了。

手术后的大娘已经可以下地活动了，每次见到景主任，大娘的目光里都充满了感激之情。

金杯银杯不如患者的口碑。医术精技的同时，医德也很重要，景主任不仅让两位老人重新行走，还在他们的心里投入一缕温暖的阳光。

众人合力打通生命通道

◎ 高天霞

一位中年男子因腹泻住进龙南医院消化内科,经诊断为"休克、急性肠炎"。连续三日的腹泻使患者已处于休克状态,心率104次/分,血压为70/30mmHg。

由于急性肠炎休克、濒临危急值的患者并不多见。消化内科李玉梅主任积极组织值班医生、护士,第一时间给患者吸氧,采取心电血压监护、血氧饱和度监测等急救措施。然而患者血管条件太差,在急诊科穿刺的静脉通道液体外渗。

急救时刻,仅仅有一条输液通道是不够的,必须再建立一条,为此护士长高天霞和在岗的所有护士立刻为患者进行静脉穿刺,可是再次穿刺均告失败。

浅表静脉找不到,高天霞立即告知医生请麻手科进行深静脉穿刺。此时正赶上科护士长郑玉霞巡查病房,也加入了抢救的战斗中。当时,患者血压已经测不到,为了能顺利给药,高天霞利用已开通的通道全速输入升压药物、纠正酸中毒的药物等静推治疗。

这时,麻手科医生也闻讯赶来,对患者进行深静脉穿刺,但是由于患者血管极度干瘪,深静脉穿刺也未能成功。"耐心点,别着急。"李玉梅在一旁不停地打气。

  在大家共同努力之下,患者的静脉通路终于开放了!经过一系列抢救,患者血压恢复到了 96/52mmHg,情况稳定后,转往 ICU 继续治疗。

王一刀的故事

◎ 吴 芳

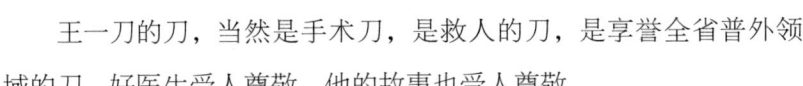

王一刀的刀，当然是手术刀，是救人的刀，是享誉全省普外领域的刀。好医生受人尊敬，他的故事也受人尊敬。

故事一：快刀保肝

62岁的王平忽然口吐鲜血，倒在家中。邻居发现后，将他送到龙南医院。经过医生诊察，王平腹腔内有血，须立即手术，主刀的就是普外科十三病区主任王国华。

当患者家属听说是王主任主刀，心中有了底。王国华被患者称为"王一刀"，不仅在大庆普外领域独树一帜，在黑龙江省普外领域也占有一席之地，曾因切除颈部巨大脂肪瘤（7.5千克）登上中央电视台第二套节目《健康之路》。

术前工作做完之后，王国华持刀上阵，打开患者腹腔，意外出现了，鲜血喷涌而出，目测腹腔内溢出的血量有三四千毫升，加上之前的呕血，患者失血量已经达到了极限，必须立即止血。

谁也没想到，第二个麻烦接踵而至。王国华发现，患者肝脏部位有一个占位，判断是肝癌。也就是说，原来患者的大出血是肝癌破裂引起。

　　一般情况下，非急诊的肝癌手术，是把肝脏游离出来后再进行阻断供血，这样，只要在一个小时内能完成手术，患者就没有危险了。可是对于这位患者，医生必须在 20 分钟之内完成所有操作，因为患者的肝脏本来就已无法正常运作，如果供血阻断时间长，有些肝脏细胞可能会出现不可逆的坏死。但患者出血严重，只能先止血再游离出肝脏进行切除，这样一来，20 分钟内做完手术更是难上加难！

　　20 分钟太短了！危情不等人，没有时间犹豫，必须加快动作，速战速决。时间一分一秒地过去，王国华没想到还会出现第三个麻烦，因肝硬化门脉高压、脾功能亢进，患者的脾已经增大到原来的七八倍！也就是说，除了切除坏死的肝脏，"王一刀"还要为王平切除膨胀的脾脏。

　　阻断肝门、游离肝脏、切除 15 厘米巨大癌肿和膨胀脾脏，王国平的动作既快又稳，18 分钟！仅仅用了 18 分钟，就连闯三关，完美收官，保住了王平的生命。

故事二：慧眼断病

　　2016 年新年过后，60 出头的赵文发现自己的左侧脖子长出一个包块，但因为没有痛感，老人也没在意。一个月后包块越长越大，老人的儿女担心起来，带着老人到龙南医院检查。

对于无痛性包块，医生通常都会高度怀疑为恶性肿瘤，但是老人的包块远离甲状腺位置，所以王国华没有考虑甲状腺疾病，但怀疑鼻咽部、肺部、消化道的转移癌。

王国华将自己的猜测告诉了赵文的家属，他们还有点不信，脖子上有病，怎么怀疑到别的地方。但是为了明确病情，赵文的儿女带着他去北京做了 PET – CT，检查结果提示肠道有问题，是癌。

确认了是肠道方面的病变后，老人坚决不在北京治疗："回大庆，找王大夫去，我信他！"原来，细心的老人早托人打听好了，都说王国华是有名的"王一刀"，他做的肿瘤手术干净利索又给患者省钱，能让他治是幸运的。

这时候，老人的家属也对王国华深信不疑，名医就是名医，一打眼就能猜个八九不离十，让这样的大夫做手术，让人放心。

老人来到龙南医院后，王国华给他做了肠镜，发现老人的肠腔只剩一条窄缝，马上就要长死了。因此分析，老人的病情应该有一年多了，属于肠癌晚期。

由于老人的身体弱，不适合化疗，可是又不能任由肠腔的肿瘤疯长将肠道闭死，那样会导致肠梗阻，有生命危险。为了避免肠梗阻的发生，延长老人的生命，王国华在取得患者及其家属的同意后，把肿瘤部位的肠道切除，将两条好的肠子吻合通畅，术后一周患者就出院了。

从患者角度考虑，想方设法挽救每一个生命，对于王国华是义不容辞的责任，只要有一点希望他就会去努力，不会考虑更多。

故事三：神医除疝

八十四岁的于大爷，骨瘦如柴，然而儿女给他买的裤子，腰围却是三尺一。原来，于大爷得了一种怪病，腹腔内有大量的腹水，腹股沟斜疝像一个篮球那么大，只能穿超大码的裤子。

有病就得医治，于大爷在儿女的陪同下，到全国各地四处求医，然而，每家医院都不敢接这么复杂的手术。

后来，儿女又领着于大爷到了北京，满怀希望挂了专家号，结果跟每回一样，专家担心于大爷岁数大，下不了手术台。

儿女大失所望，于大爷却想得开，自己活了八十多岁，也够本了。病没看成，权当来北京溜达吧。

儿女还不死心，回到大庆后，辗转打听到王国华号称王一刀，胆大心细，没有他不敢接的病人，于是领着于大爷来到了龙南医院。

那日下午，天色晴朗，浓密的阳光斜照诊室，身穿白衣，温和儒雅的王国华坐在桌旁，神色间略带疲惫，想必是终日为患者操劳之故。

几经询问，王国华对于大爷的病情便已了解得差不多，半响无语。于大爷心想，这次看来又白来了。谁承想，王国华忽然斩钉截铁地说，去办理一下住院手续，我给你做手术。

王大夫果然与众不同，多少名医都不敢做的手术，他竟然揽了过来。

几日后，于大爷被推进了手术室，王国华换完白大褂，气定神闲地朝手术室走去。这时,于大爷的家人都忐忑不安地守在手术室门口,他们担心于大爷年岁已高,这个病又如此严重,老人很难活下来。

王国华在手术室门口犹疑了一下,转过身问于大爷的长子:"你爸穿多大裤腰的裤子?"

于大爷的长子一愣,回答说:"二尺二。"

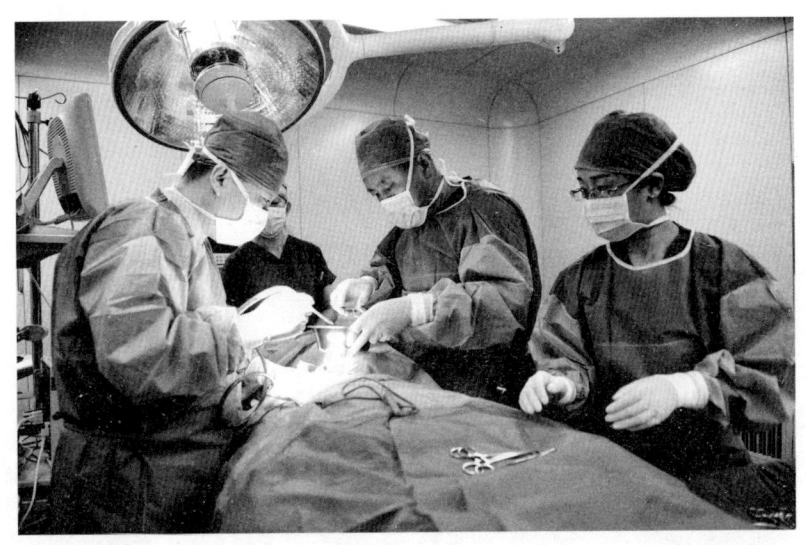

王国华点点头说:"回去给你爸买条合身的裤子,他今后不必再穿大码的了。"言外之意,于大爷这次不仅会安全无恙,还将彻底根除病患。

事实证明,王国华所言非虚,不到半个钟头,于大爷便被推出手术室,那个恶魔一样纠缠他多年的斜疝,却不见了踪影。家人们欣喜之余,对王国华的医术称赞不已,同时,对他的为人也极为钦佩。

自己的血也能救自己

◎ 邓丽娜

杨大爷今年73岁,因患双膝关节退行性病变,住进了龙南医院。几天后,医院准备给他做手术,医护人员忙忙碌碌地做着准备工作。就在这时,骨科副主任张勇想起一事,找到杨大爷的儿子,说:"老爷子的岁数比较大,身体机能不是很好,术中很可能出现一些意外情况,我建议使用血液回输机。"

杨大爷的儿子没听明白,啥是血液回输机?

张勇进一步解释道,通过这个设备,可以让患者术中出血或者术后创口引流的血液,经过处理后,再回输给本人。

杨大爷的儿子头回听说,还有这种设备,当即满口答应下来。

随后,杨大爷被推进手术室,开始进行人工膝关节置换术。

张勇果然料事如神,手术进行一半的时候,忽然出现意外,杨大爷的伤口大量出血,血压降到了90/60mmHg,如果不及时输血,杨大爷就会出现生命危险。

幸好张勇准备了血液回输机,只见他用吸引器将杨大爷手术切口处流出的血液送入自体血储存袋,血液从储存袋里旋即被送入一个如传真机般大小的血液回输机里面。回输机内置的无菌海绵对血液进行初步过滤，去掉杂质的鲜血在回输机内开始快速离心、过滤、清洗，最终经过层层处理的健康血液通过静脉重新输入杨大爷的体内。

手术顺利完成了，术中一共出血 1 100 毫升，应用血液回输机成功为杨大爷回输了 500 毫升红细胞。

数日后，杨大爷完全康复，高高兴兴地出院了。直到这时他还念念不忘血液回输机，自己的血还能救自己，杨大爷不仅捡回来一条命，还长了知识。

这就是战场

◎ 周柳杉

对于龙南医院的医护人员来说,手术台就是战场,要想打胜仗,必须要有先进的"武器",这不,五官科病房的工作人员又个个满脸凝重,不用说,肯定是又要开战了。

患者是个年轻女子,面色苍白、浑身是血,是口中鼻中还不断向外涌出鲜血的鼻出血患者,如果不能得到及时救治,有可能失血过多而休克,血液在喷涌的过程中,也有可能阻塞呼吸道,造成窒息。

一见到患者,冯长生医生和李冬云护士长立即组织抢救,建立两个静脉通道,快速将液体输入体内。测血压80/50mmHg,护士们立即采急诊血、备血……患者出血量达到1 000毫升,地上、抢救车上、治疗台上、墙上都是鲜血,血液溅到医生和护士们身上、脸上,大家丝毫没有退缩。500毫升、1 000毫升盐水快速输入,大家都加入到抢救的队伍中,分工明确。

由于患者只能卧位,冯医生寻找出血点非常困难。虽然患者鼻腔血液被不断吸出,却又有新的血液涌出阻挡视线。冯医生的眼镜上都是患者的血液,头发上也一团团的深红色,但他始终保持一个姿势，动也不动。

凭借多年的工作经验，冯医生终于准确无误地找到出血点，立即为患者施行右侧鼻腔双极电凝止血术，血渐渐止住了。

抢救结束后，大家洗把脸，换了一身干净的白大褂去巡视病房，患者们都安静地在自己病床上进行静脉输液。没有人知道他们刚刚一身血液是多么的狼狈，也没有人知道他们刚刚成功抢救了一名仅29岁的年轻女孩。

豁出去了，救活他

◎ 薛 晗

患上动静脉畸形突发脑出血，就意味距离鬼门关不远了。28岁的石先生就有过如此经历。当时，他忽然剧烈头疼，右侧肢体活动失灵，并开始恶心呕吐。被送进龙南医院神经外科时，石先生已逐渐丧失意识。

由于石先生既往无高血压病史，接诊医生经过综合分析，怀疑患者脑动静脉血管畸形的概率比较大。情况危急，必须立即进行手术。医院紧急启动"绿色通道"，迅速成立抢救小组，一切都在有条不紊地进行中。

考虑到手术难度大、风险高，术中患者有可能大量出血，医务处及时将情况逐级上报，龙南医院院长翟秀伟在接到电话后第一时间赶到医院，麻手科医生关勇也从家中及时赶到。经过多位专家的会诊，最终决定直接采取探查式动静脉血管畸形切除手术。

当手术室的指示灯亮起时，已是深夜11时，龙南医院院长、神经外科主任翟秀伟亲自主刀，神经外科副主任邢立举、医生唐峰、麻醉师关勇组成强大手术团队，他们聚焦在无影灯下，开始为患者进行手术。

当患者头皮、颞肌被逐层切开，翻开头皮层硬膜后，看到的景象让在场的团队成员大吃一惊，脑组织表面一条粗大的引流静脉映入眼帘。在没有明确血管畸形确切部位时，如果在患者脑血管畸形区域进行大面积切除手术，难度相对较小，可考虑到患者年轻，要尽可能地保存患者的脑部功能，但手术难度相应增加，容易发生危险，对手术医生的技术要求非常高，稍有不慎，就有可能发生险情。

在两难抉择中，手术团队决定在模糊一片的出血区内，找到出血点进行局部切除术。在小心翼翼地将血块及血液清除的过程中，他们寻找着畸形血管。随着手术进度的不断深入，患者出血量不断增加。为患者从血库调来血浆进行输血的同时，手术团队连续用大号吸引器强力吸出患者体内流出的血液，终于找到了引起出血的关键部位，见到了大小约 2cm×3cm 的灰红色畸形血管团，专家组严格按照术前研究的手术步骤一步步操作着，分离出畸形血管团，然而就在将畸形血管团切除过程时，畸形血管团再次破裂出血，鲜红色的血液像管涌一样汹涌而出。

这时，患者的出血量已经远远高于输血量，凝血功能出现异常，药局紧急准备凝血药物，团队及时启动自体血液回输系统，将患者体内涌出的血液及时循环回输给患者。在这个过程中，患者几次出现血压急速下降情况，甚至一度测不到，麻醉科积极配合，经过加压输血，患者血压得到提升。通过更加耐心仔细、屏住呼吸地继续分离，加以电凝先后切断供血动脉和引流静脉，最终在完全切除畸形血管团的同时，出血也得到了很好的控制。

在送入神经外科重症监护室两小时后，患者的意识便开始恢复，通过精心观察护理，一周后病情得以平稳，搬入了普通病房。龙南医院多科室并肩作战，联手创造了一个医学奇迹，成功挽救了一个年轻的生命。

随时随地抢救

◎ 徐丽平

"丁零零……"一阵急促的电话声响起,"您好,循环监护室。""监护室吗,CT有位患者需要抢救,带除颤器马上到。""好,明白。"

放下话筒,CCU病房值班医师蔡磊、护士谢春花携带除颤器立即赶往CT室。

患者叫佟永生,由于觉得胸口不适,来龙南医院就诊,行至住院二部时,佟永生突然意识丧失,陪护呼之无应答。

这时,十五病区医生白炎恰好从旁边经过,一见这种情况,白炎立即对佟永生进行检查,初步考虑心脏骤停,同赶到现场的CCU其他医护人员就地现场抢救。他们将佟永生平卧在地面上,给予人工心肺复苏,气囊辅助呼吸。抢救过程中患者呈下颌式呼吸,反复出现心室纤颤9次,每次均经非同步直流电复律后转为窦性心律,马上转至CCU住院进一步抢救。

CCU主任鲁立新、医生蔡磊、护士长徐春爽、护士谢春花、赵姬敏分工协作,给予气囊辅助呼吸,心电、血压监护,血氧饱和度监测。予以多种药物治疗后,病情依然还不稳定。面对这种情况,抢救人员急而不乱，有条不紊，继续并肩作战。

心电示波下为室颤，鲁立新吩咐，立即予以非同步直流电复律，能量为200焦耳，予以盐酸肾上腺素1毫克静推，阿托品0.5毫克静推。予以5%葡萄糖20毫升+可达龙150毫克静推。佟永生情绪躁动，不能配合治疗，鲁立新马上联系神经内科会诊，给予注射，使其镇静，同时给予抗凝、扩容、升压、保护胃黏膜等对症治疗。

在鲁立新等人的共同努力之下，患者心电图抬高的ST段回落超过50%，监护下生命体征平稳，溶栓成功。佟永生死里逃生后，面对诸位恩人，激动得一句话都说不出来。

险入鬼门关

◎ 侯莹莹

家住龙南的蔡玉霞（化名），心脏一直不怎么好，由于工作太忙，她没怎么当回事。一天晚上，病情忽然加重，蔡玉霞实在挺不住，拨打了120，一辆呼啸而来的急救车，将她接到龙南医院。

蔡玉霞被送至住院二部CCU时，表情极为痛苦，血压高达196/120mmHg，心电图提示为急性高侧壁心肌梗死。情况危急，值班医生高长奎以及当班护士王萍、迟琳璐决定立即对其抢救。

在跟家属沟通之时，高长奎说："病人情况危急，需要溶栓或者介入手术治疗。"

家属手足无措，拿不定主意，高长奎便耐心地讲解病情，王萍、迟琳璐则在一旁安慰劝解，使家属及患者悬着的心稍稍踏实一些，最后选择了溶栓治疗。

溶栓治疗看似简单，不需手术、不需动脉穿刺，但由于病情的高风险化，这项技术难度仍然很大。经过医生们的努力，最终溶栓成功，患者度过了危险期。

蔡玉霞在鬼门关前转了一圈，又被医生给拽了回来，心中当然装满感激。她常常跟病房里的其他患者说，多亏遇到技术这么好的医生护士，是他们救了我的命。

精雕细刻"补"舌头

◎ 段彩绫

前阵子,王先生说话、吃饭时经常咬自己的舌头,随后又发现右侧舌下有黄豆大小肿物,疼痛明显。为了进一步确诊和治疗,王先生住进了龙南医院口腔科。口腔科副主任郑杰检查时发现,王先生的右舌缘中后 1/3 部有 $1.5 \times 2.2 \times 0.8 cm$ 大小不规则包块,病理结果考虑舌癌可能。

看来,王先生的舌头必须得做手术了。郑杰跟他说:"传统手术方法采用切除后的创面直接拉拢缝合或将邻近组织与残存组织相缝合以关闭创面,但该方法会造成舌头的严重畸形和功能障碍,影响说话、咀嚼等功能。"

听到这里,王先生吓够呛,看来自己的舌头要报废。郑杰笑笑说:"放心吧,还有一招呢。"

郑杰说的这招,选用离口腔最近的下颌部游离出的组织从口腔内部"缝补"在缺损的舌体上,血管神经不受损伤,舌体恢复快,对患者的影响相对最小,同时创面不用植皮,功能影响相对很小。

舌头还能补?郑医生的医术也太高明了,王先生打心眼里佩服。

几天后,王先生被推进了手术室,术中,郑医生大显神威,经过制取颏部皮瓣，锯开颌骨扩大术野，撕开"面皮"舌病灶扩大切除肿瘤，放入皮瓣缝好再修整等一气呵成的熟练操作，历时3个小时终于完美收官。

术后，王先生情况良好，逐渐恢复了正常，他逢人便说，我的舌头是老郑补的，她可真厉害。不知道的，还以为老郑是个裁缝呢。

ICU 病房里的白衣娘子军

◎ 齐梦超

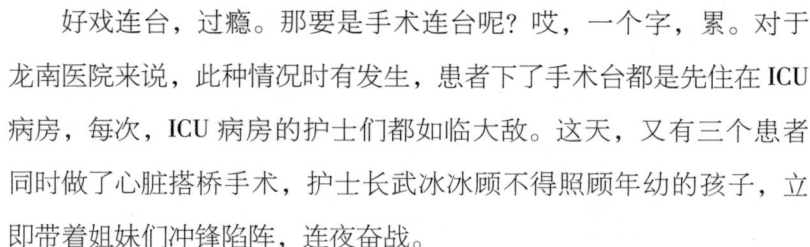

好戏连台,过瘾。那要是手术连台呢?哎,一个字,累。对于龙南医院来说,此种情况时有发生,患者下了手术台都是先住在ICU病房,每次,ICU病房的护士们都如临大敌。这天,又有三个患者同时做了心脏搭桥手术,护士长武冰冰顾不得照顾年幼的孩子,立即带着姐妹们冲锋陷阵,连夜奋战。

夜班接完班后,武冰冰一直精神紧张地观察着两个术后的患者,根据他们时高时低的血压,忽上忽下的心率,调着升压药、降压药、强心药、止血药。为了防止患者出现心衰、心包积液,武冰冰还要特别注意输液的速度,以及每15分钟一次的挤压引流管。

刚刚把各项指标控制正常,急诊又突然推来一个急性肾衰的患者。大爷来的时候身上散发出一阵阵的恶臭,护士于淼、张梦迪、齐玉顾不上难闻的气味,立即为患者做各种处置。与此同时,做了心脏搭桥、换瓣的危重患者也被推了进来,才从各种报警声中安静下来的科室,再一次沸腾起来。

患者的生命体征很不好,武冰冰配合医生进行抢救,一直忙到晚上十一点,才有时间喝口水、吃晚饭。

就这样，武冰冰跟她的姐妹们整整一夜未眠，往来穿梭在五位重症患者、三位危重患者之间。假如说 ICU 病房是个没有硝烟的战场，ICU 的护士们便是英勇善战的白衣娘子军。

与死神较量

◎ 李显伟

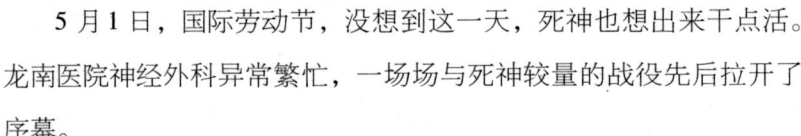

5月1日，国际劳动节，没想到这一天，死神也想出来干点活。龙南医院神经外科异常繁忙，一场场与死神较量的战役先后拉开了序幕。

第一回合

07：00，急诊120送来一位高血压脑出血患者，郭庆章医生、刘禹兵医生在一夜未睡的情况下，没有丝毫怨言，立刻行术前准备。邢立举主任知道科室有手术后，立刻赶到科室。周配全医生接到手术消息后，也提前赶到医院接班。经过众人联手，手术大功告成。

第二回合

09：30，由急诊推入一名高血压脑出血患者，患者病情危重，急需施行"脑内血肿清除术，去骨瓣减压术"，第二副班李孝民医生立刻进行相关检查，同时向邢立举汇报病情，主任要求立刻进行手术治疗。

此时，护士高卫在下夜班的情况下，看见大家忙碌的身影，不顾一夜疲劳，主动留下来，继续参加抢救及术前准备工作。

护士曹璐已经怀孕3个月，也主动承担了大量护理工作，手术没有耽搁一分钟，由李孝民、王迪推入手术室行手术治疗。

手术一直持续到下午 16：20 才相继下台。在 NICU 病房内，有九位重症患者，此种情况，单凭一个值班护士肯定是完成不了如此大量的工作量。邹冬梅护士长不顾即将参加中考的儿子，继续留在科室忙碌。整个神经外科医生也全员到岗，没有一个人因为假期上班而感到一丝不悦。

第三回合

18：03，一名男青年因车祸导致重度颅脑损伤，病情危重。翟秀伟院长赶到科室，查看患者，亲自主刀，邢立举主任、周配全医生协助，手术持续 9 个小时，直至次日凌晨 05：30，才结束手术。

翟院长、邢主任、周医生均是一夜未睡。然而，翟秀伟院长依然带领大家行政查房，医生全都留下来处理患者，无一人要求休息。

五一劳动节，群医联手大战死神，三局三胜，可喜可贺。

勇排心脏"地雷"

◎ 段彩绫

年过七旬的齐大娘两年间连着得了四次脑梗,最近,她又突然出现呼吸困难、不能平卧的病症,每天仅能坐着睡两三个小时。经医院检查后发现,她的心脏里有一个鸡蛋大的肿瘤。这个肿瘤不但影响全身供血,而且还会堵塞血流的进出口,导致心脏停止跳动而死亡。

很多医院都考虑到齐大娘贫血、低蛋白,肾脏功能不好,手术难度很大,不敢轻易动刀。齐大娘抱着最后一线希望,来到龙南医院胸外科就医。

冀成山考虑再三,决定先收下病人。住院后,冀主任对齐老太的病情进行了综合评估,多次联系肾内科、神经内科、循环内科、呼吸内科和麻手科进行会诊,组织医护人员,从体外循环手术、麻醉、术后护理等方面进行反复讨论,制定了科学、严密的手术方案、治疗计划和应急预案。

经过充分准备,齐大娘被推进手术室,冀成山和刘大勇医生在麻醉师关勇、孙晓霞的配合下,在全麻体外循环下为齐老太进行了左房黏液瘤切除术。按照预先计划,麻醉、建立体外循环、心脏停搏、切除肿瘤组织。

术中，冀主任发现鸡蛋大的胶冻状肿瘤牢牢地长在心房壁上，质极脆软，如果稍不小心就会将其碰碎，掉下的渣就会顺着血流栓塞到全身各处，全身组织就会缺血而坏死。因此，冀成山格外小心，真好似拆弹专家一样全身戒备。

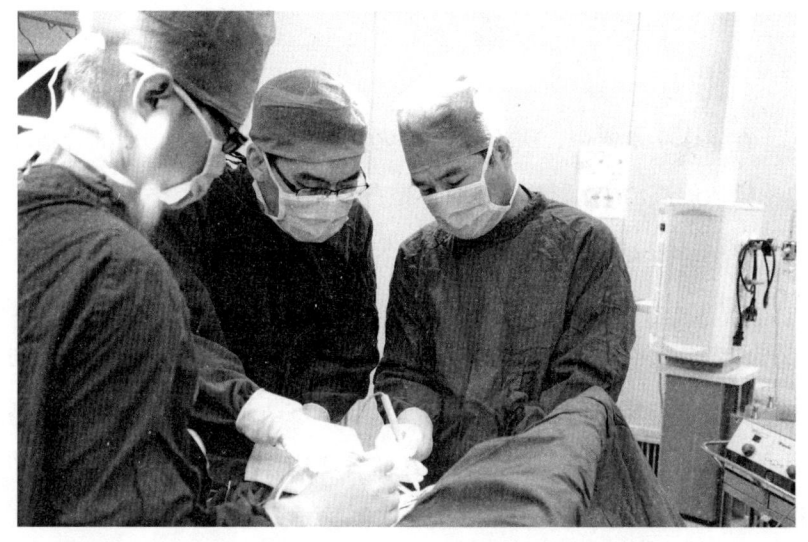

经过半个多小时的体外循环，近4个小时紧张手术，齐大娘心脏上的"地雷"终于被排除，手术非常完美。

这是龙南医院首例左心房黏液瘤切除术，切下来的肿瘤，在心脏肿瘤中也是历来最大的。冀成山这个拆"雷"专家，真是妙手回春阎王敌。

手术室上演"3D 大片"

◎ 段彩绫

在龙南手术室里,医生们齐刷刷地佩戴着"墨镜",仔细观察屏幕上播放的高清 3D 影像。这可不是在看电影,屏幕上播放的是最新的 3D 腹腔镜技术进行结肠癌切除术,是大庆手术室中上演的首部"3D 大片"。

患者马大爷今年 57 岁,因便血、消瘦、排便次数多等症状来到大庆龙南医院就诊,经过系统的检查后被诊断为升结肠癌。考虑到患者及家人有意愿进行微创手术,又恰逢由中国医师协会、《医师报》社主办,哈医大二院、大庆龙南医院承办的"爱心行动·中国腔镜万里行"第十站———大庆站启动仪式在龙南医院举行,该患者有幸成为大庆地区首例实施 3D 腹腔镜下结肠癌切除术患者。

屏幕上的器官似乎触手可及,伴随着超声刀的"呲呲"声,肠系膜和血管分离,不时散开的水雾好像会打在脸上,让人忍不住伸手去挡。这是哈医大二医院副院长王锡山亲自主刀,在大庆龙南医院手术室内,历时 2 个小时,成功为患者实施了 3D 腹腔镜下升结肠癌切除术。

常规腹腔镜只能展示 2D 平面影像,不能呈现组织结构在腔镜下的自然深度感。医生在操作常规腹腔镜的过程中，需要不断修正平面与现实之间的差异。插入3D摄像镜头和手术器械后，将患者体内的解剖结构十分立体地呈现出来，就像孙悟空钻进铁扇公主的肚子里，空间、方向、角度等都能非常准确地判断，对淋巴结及血管的辨识比常规高清腹腔镜更清楚，使手术操作更精细、更准确，其视野如开放手术时一样直观、清楚。患者创伤小、恢复快、术后并发症低。立体图像中一旦发生出血，医生可以迅速找到出血点进行止血，使手术更加安全。而医生可以精准地完成各种复杂的手术操作。

从切口大、出血多的开放性手术，到小创伤恢复快的微创手术；从高清二维腔镜辅助下的微创手术，到有着极佳的立体效果的3D腔镜手术，大庆首例3D腹腔镜下结肠癌切除术获得成功，这一突破标志着该院普通腹腔镜手术开始进入3D时代，也意味着大庆油城人民足不出户即可享受到国际高精尖的医疗技术。

妙手神医找血点

◎ 李显伟

一个农村老汉的儿子病了,他来找龙南医院院长翟秀伟,一见面就哭着说:"翟院长,求您救救我儿子吧!他才20岁,别让我白发人送黑发人呀!"

翟秀伟一边安慰老者,一边表情凝重地看着摆在面前的头部CT片,随后对医生们说:"患者颅脑损伤,左颞部脑挫裂伤,创伤性蛛网膜下腔出血,左额部急性硬膜外血肿,左额部颅骨骨折。从整体情况上看,病情极其危重,要手术治疗。目前,患者费用交不上,立即启动绿色通道,不能因为任何问题延误手术。"

时任神经外科副主任的邢立举说:"患者病情危重,复合外伤,可能涉及多个科室,立即请普外、骨外医生会诊,而且术中一定会需要大量用血,马上联系输血科,一定要备足红细胞及血浆,无论多么困难,一定要保证术中患者安全。"

邢立举话音刚落,众人便开始进行术前准备。此时,重症监护室里已经有9名患者,护理任务繁重,单凭值班护士已无法完成此护理工作。邹冬梅护士长立刻拨通了刚刚下班的护士马萍、董硕的电话,说明情况后,电话那头没有丝毫犹豫,立刻打车回到科室支援工作。

20分钟后完成术前准备，经多科室会诊，术前评估，患者可进行开颅手术。手术立刻进行，翟秀伟亲自主刀，邢立举副主任、周配全医生配合。术中颅骨打开后，见颅内活动性动脉出血，血流汹涌，血压70/60mmhg。情况危急，翟秀伟一边寻找出血病灶，一边要求立即输血。

手术进行异常艰难，因为损伤位置位于颅底，而且是较大血管破裂，处理起来非常困难，整个过程输红细胞14U，血浆1 000ml。翟秀伟凭着高超的技术最终找到出血点，进行完全止血。手术进行了十余个小时，终于保住患者年轻的生命。

术后，患者需要严密监视病情变化，小夜值班护士曹晓娟看见此种情况，放弃休息，一直守在患者身旁。患者的老父亲见到整个过程后，含着眼泪握住翟秀伟的手说："多亏了您，我儿子才保住一条命，能遇到您，真是我祖上积德呀！"

面对老者的感谢，翟秀伟却说："老人家，这是我们的责任和义务！您不必放在心上。"

为男孩缝补"希望"

◎ 邓丽娜

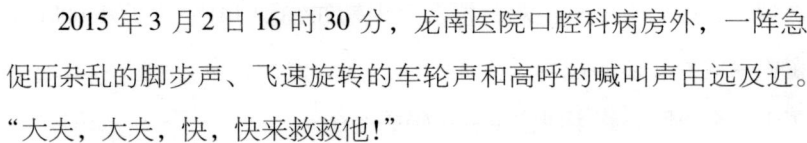

2015年3月2日16时30分,龙南医院口腔科病房外,一阵急促而杂乱的脚步声、飞速旋转的车轮声和高呼的喊叫声由远及近。"大夫,大夫,快,快来救救他!"

口腔科值班医生郑军凭着职业的敏感性意识到,一定有急危重症病人需要抢救。紧接着,只见一群人飞快地推着一个平车闯进病区。一个脸上盖着布满血迹布条的男孩躺在平车上,郑军小心翼翼地揭开布条一角,外翻的鼻腔,豁开的嘴唇,真是惨不忍睹。

"这是怎么回事?"郑军不禁倒吸一口气。"大夫,他是让角磨机给伤的,他才28岁,快救救他吧!"

听到求救声,刚要下班的口腔科医生王雷和张型旺也赶了过来,"血压100/70mmHg,快联系手术室,进行手术。"王雷立即做出反应。

手术间里,大家正争分夺秒进行术前准备的时候,躺在床上的男孩伸出手一把抓住了正在为他建立静脉通道的护士邓丽娜的手。"姐姐,能不能告诉我,我的脸到底伤的怎么样,能不能毁容?"手术间里的气氛一下变得十分紧张,大家都默默地对视,都无法回答男孩的问题。

"我还没对象呢,求求你们救救我!"男孩的手在发抖。

"你放心,我们会尽最大的努力!只要你有信心,好好配合,一定会好起来的!"麻醉师吴丽霞握住了他的手,安慰着。

掀开伤口上的纱布,手术室的医护人员虽然已经做好了思想准备,但是看到男孩受伤的脸,依然心在颤抖,不敢直视——男孩左侧面部从上嘴唇到鼻翼有一个约8厘米长的不规则弧形创口。上嘴唇全层断裂,鼻子左侧全层撕裂,整个向右翻了过来。

这时,耳鼻喉科副主任医师冯长生与手外科医生李敏也闻讯赶来,由于鼻部的组织十分脆弱、紧致,缝合针接触到皮肤就豁开了,缝补难度相当大。冯长生就借着针的角度,利用巧劲配合口外科医生,小心翼翼地一点点进行缝合。仅是小小的鼻腔,冯长生就用了一个半小时,缝完之后,累得冯长生直淌眼泪。

同一时间,手外科医生李敏也为男孩的左手进行了清创缝合,每个细节都尽量做得尽善尽美。

就这样,在几个巧手神医的密切配合之下,男孩脸上的损伤终于被完整缝合。

男孩被推出手术室的时候,一把握住冯长生的手说:"谢谢你们,谢谢!"

触电小伙死而复活

◎余 梅

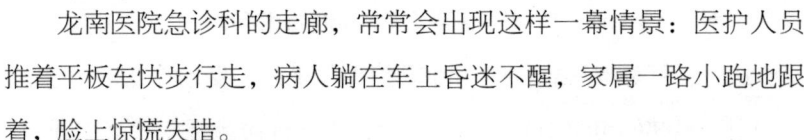

龙南医院急诊科的走廊,常常会出现这样一幕情景:医护人员推着平板车快步行走,病人躺在车上昏迷不醒,家属一路小跑地跟着,脸上惊慌失措。

柳俊杰(化名)就是这样被送到龙南医院的急诊科。柳俊杰今年十八岁,是个长相还不错的小伙子。半个小时前,正在工地里干活的柳俊杰,忽然遭到电击,心跳呼吸当时就停止了,工友们都以为他已经死了。

急诊科医生问清了情况后,立即组织医护人员投入抢救。当时,医护人员的心中只有一个念头,哪怕百分之一的希望,也要投入百分之百的努力。

一场争分夺秒的抢救就这样开始了,医务人员忙而不乱地轮流给柳俊杰进行胸外按压,人工呼吸,气管插管,接上了呼吸机,护士则立即建立了静脉通道……

30多分钟过去了,柳俊杰忽然有了心跳,奇迹出现了,突遭电击的俊小伙,竟然死而复活。

患者家属与患者单位领导惊喜之余,竖起了大拇指说:"我们还以为这个孩子没救了呢！真没想到你们把他救活了，太感谢你们了。"

柳俊杰当天被转入心脏 ICU，因为心脏停搏时间太长，柳俊杰仍处于昏迷状态，后期又出现了严重的肺部感染。心脏 ICU 主任鲁立新及主治医生给柳俊杰制订了一套周密的治疗方案，护士 24 小时进行监护。经过医护人员的积极治疗，柳俊杰的意识逐渐恢复，撤掉了呼吸机，肺部感染得到控制，病情平稳。

在类似的患者中，柳俊杰是心跳呼吸停止时间最长的，市内尚属罕见，但医护人员凭借着精湛的医术与必胜的决心，将其救活，让龙南医院在医学界又创造了一个新的奇迹。

请你相信我

◎ 王洪静

龙南医院老年病科收治的都是老年患者,但一周就有4个90岁以上的老人住进了老年病房,这还是很少有的事情。

93岁的冯大娘来的时候有严重的过敏,肿得眼睛都睁不开,满脸通红,在家发热3天了。住院后医生建议做肺CT检查,冯大娘的家属就是不同意。因为患者不咳嗽,也没有痰,冯大娘的家属认为发热是过敏引起的。

主治医生邓庆梅反复和患者家属沟通:"大娘这么大岁数,有好多病都不典型,这要是耽误了,可能会导致其他器官出现病情变化。请你相信我,毕竟行医多年,攒了点经验。"

最后,冯大娘的家属终于同意给老人做肺CT,结果显示是双肺炎。随着病情进展,患者出现了咳嗽、咳痰。家属这才心服口服,认为多亏了用药及时才没有导致病情加重。

在治疗期间,管床大夫陈东伟还一遍遍指导冯大娘的家属,怎么为老人翻身、叩背,如何增加饮水量。

经过几天的治疗,冯大娘病情控制得很好,不再发热,家属在医院里为老人庆祝了94岁大寿。病房里飘满花香,生日蜡烛跳动的火焰里，有长寿与吉祥的味道。老人的孙男娣女们都很高兴，拍着手唱生日歌。当然，如果不是老年病科将冯大娘治好，这个生日怎么能过得如此其乐融融。

多亏碰见了王大夫

◎ 段彩绫

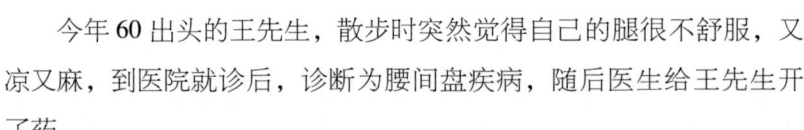

今年60出头的王先生，散步时突然觉得自己的腿很不舒服，又凉又麻，到医院就诊后，诊断为腰间盘疾病，随后医生给王先生开了药。

一晃十多天过去，王先生吃药后非但没好转，症状反而越来越严重了，腿疼得都抬不起来。随后，王先生转到龙南医院就诊。

给王先生看病的是普外科副主任王忠臣医生，他可是血管外科专家，医术精湛，经验丰富。一见王先生的腿，王忠臣的脸色不由变得极为凝重。原来，王先生腿部尤其是脚趾已经重度缺血，脚趾呈青紫色，这并非是腰间盘疾病引起的，而是较为凶险的动脉栓塞，需要立即手术，否则有截肢的危险。

听完医生的话，王先生还有点犹豫："这点小病，至于手术吗？"

王忠臣解释道："这么说吧，如果错过最佳的手术时间，有可能面临局部坏死甚至截肢的风险。"

就这样，王先生住进医院，几天后，王忠臣亲自上阵为王先生做手术。术后，王先生的脚部有了血色，渐渐恢复了正常。打那以后，王先生对王忠臣医生老信服了，常常跟别人说："我多亏碰见了王大夫，要不然这条腿就保不住了。"

迎接"惊喜"宝宝

◎ 关丹丹

梁女士响应国家政策,准备要个二胎,老公也没意见,怀胎十月,一朝分娩。然而一进分娩室,梁女士却紧张了起来,不放心地问道:"我的年龄大了,会不会有什么影响?"

医生刘波安慰道:"没关系的,有我们在呢。"

随后,刘波将梁女士扶到分娩床上,让她深吸气用力。真是担心啥来啥,梁女士这次生孩子真就遇见了麻烦。时间一分一秒过去,婴儿就是慢腾腾地不肯出来,急得梁女士几乎丧失了信心。

刘波不停地安慰,并在梁女士宫缩间歇期,为她轻轻按摩以便缓解疼痛。随着宫缩越来越强,每一次用力都让梁女士筋疲力尽,助产士林淑杰和张洋一直陪伴左右,为梁女士擦拭额头渗出的汗水,指导正确运用腹压的办法,并且告诉梁女士:"现在是关键时刻,一定要听我的方法好好用力!"但随着腹痛逐渐加重,梁女士疼得满头大汗,早将助产士教授的拉马泽呼吸法忘得一干二净。医务人员不厌其烦地一遍一遍进行指导:"深呼吸!孩子就要出来了!加油!你是最棒的妈妈……"

13时50分,一声响亮的啼哭打破了产房的平静,小生命终于呱呱落地。已经体力透支的梁女士露出了疲惫的笑容:"谢谢大家了!"在场的医护人员也都松了一口气。

4 800毫升血浆

◎ 曹晓娟

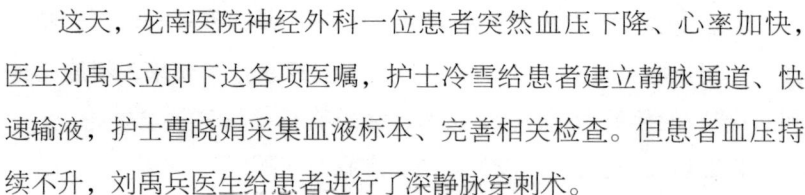

这天,龙南医院神经外科一位患者突然血压下降、心率加快,医生刘禹兵立即下达各项医嘱,护士冷雪给患者建立静脉通道、快速输液,护士曹晓娟采集血液标本、完善相关检查。但患者血压持续不升,刘禹兵医生给患者进行了深静脉穿刺术。

这时,患者突然呕出血性胃内容物约600毫升,急请消化内科李玉梅主任会诊。随后患者间断呕吐3 000毫升,患者情况在持续恶化,必须输血,邢立举主任马上与血库联系,在患者费用不够的情况下,紧急调血。护士程静一趟趟往返于血库和监护病房之间,刚取回来的红细胞很凉,程静就夹在腋下,用体温焐血。一时间,监护病房忙得不可开交。

与此同时,监护病房又送来了一位车祸、复合外伤的患者,医生唐峰、黄鑫、护士曹晓娟又紧急展开救治,深静脉穿刺术、加压输液、术前准备、科室会诊、急查B超……紧急手术。

这边,颅脑损伤患者的抢救仍在继续,做胃镜、B超、输血,请相关科室会诊,一切都井井有条、忙而不乱地进行着。

为了查出究竟是哪里出血,邢立举主任通知导管室做手术准备,医生王迪推着患者急忙赶往导管室。

患者上台了,这时天已经黑了,大夜护士王金子也早早到岗,她和小夜护士程静一同清理刚刚抢救完的战场,整理特护、填写核查单……一切刚刚忙完,患者就下台了,由于病情危重,程静和王金子整整忙了一夜,谁也没合眼,直到第二天中午患者才脱离了危险。而刘禹兵医生为了方便观察患者,在单位连轴转了36个小时一直没有回家。

细数下来,患者一共输了红细胞48单位,新鲜冰冻血浆4 800毫升,血小板两个治疗量。这相当于全身换血两遍!多么惊人的数字!是医生的不放弃,是各个科室的共同努力挽救了这个生命!

家属没想到，龙医能做到

◎ 陈东伟

龙南医院老年病科诊治所有常见内科病，并且只收60岁以上的患者。科室的医护人员积累了很多治疗高龄患者的经验，多次成功抢救病危患者。

92岁的杜大娘是因为昏迷入院的，在家中已经进食困难10天了，入院后经过张艳丽医生的检查，确定是高渗性非酮症糖尿病昏迷。

要知道，老年人糖尿病并发高渗性昏迷病死率50～69.2%，极其难治。当杜大娘的家属了解到病情后，都不抱希望了，张医生却没有放弃，一直在杜大娘的病床前忙碌着，补液、降糖，每6小时一次采血，监测离子、肾功，计算渗透压、补液量，不厌其烦。

第二天经过李秀莉主任查房后，又加强了补液及监测力度，并且反复与杜大娘的家属沟通，终于做通了家属的工作，给患者留置了胃管。

功夫不负有心人，杜大娘的意识渐渐清醒了，能开口和孩子们讲话了，家属们都特别激动，没想到这么大岁数的老人，这么重的病，经过治疗还能抢救成功。

在老年病科，像杜大娘这样的高龄危重患者还有很多，医护人员对任何人都不放弃，尽自己最大的努力将他们医好。

"抢修"破裂心脏

◎ 邓丽娜

2015年9月18日,龙南医院手术室上演了一场生命保卫战,成功将一名心包填塞的患者从死亡线上拉了回来。

张先生遭遇车祸,被120送到龙南医院。检查过程中,张先生突然呼吸急促、血压下降,进入休克状态。CT片显示,心包内明显积液。得到消息,胸科副主任医师张义栋一路小跑赶到患者身边,实施心包穿刺引流给心脏减压。此时,患者胸部外伤,心包积血、填塞,随时有心跳骤停的危险,必须马上手术。

推着患者的平车一路飞奔至手术室,不到10分钟,手术室内一切准备就绪。手术开始,张义栋和杨睿医生打开胸腔探查发现,在患者心包的前壁有大面积的蓝紫色,说明心包内积血已经很严重。张义栋打开心包,血液如泉水般不断涌出,他迅速而准确地找到了心脏前壁破裂的血管,止血、清洗、缝合后,张先生心脏搏动恢复,手术成功了。

抢救成功,源于医院绿色通道的畅通,医生在最短的时间内做出诊断并给予紧急手术抢救。同时,外科医生、麻醉师和护士整个团队精湛的专业技术和紧密默契的配合,是抢救得以成功的关键。

临危施救见真功

◎ 张 玉

这天下午 15 时多，儿科门诊来了一位 5 岁的小患者，他的名字叫王研博（化名），家在肇州县。三天前，小研博开始咳嗽，一天前出现发热，体温达到 39.1 摄氏度，在家中静点阿奇霉素及炎琥宁两天，仍有咳嗽及高热。为了继续治疗，父母带着他来到龙南医院。经过相关检查及化验，医生考虑为急性支气管炎，应用头孢唑啉钠及炎琥宁治疗。

晚上 19 时左右，小研博体温达到 40.8 摄氏度，经退热治疗，体温降到 39.7 摄氏度。21 时左右，小研博突然双眼发直，继而出现抽搐，颜面发绀，口吐白沫。夜间值班医生朱晓莉及护士金璐紧急抢救，立即给小研博静推安定，水合氯醛灌肠、吸痰，经过紧张有序的抢救，约 5 分钟后终于停止抽搐，送入病房住院治疗。

小研博住院后，儿科三病区的医护人员为他继续治疗，并耐心安慰他的家长。小研博体温逐渐下降，凌晨 2 时多清醒，第二天体温完全正常，这时小研博的家长才长舒了一口气。

正是由于儿科医生朱晓莉及护士金璐的紧急抢救，小研博才能转危为安。儿科三病区医护人员热情的服务，使患儿及家长感受到家的温暖，有利于病情的恢复。小研博的家长激动地说："龙南医院有这样优秀的医护人员，真是名副其实的三甲医院，来这里看病，我们放心！"

"惊心"营救战

◎ 黄玉双

争分夺秒,对于这个词龙南医院的医护人员太熟悉了,尤其是急诊科的所有人员更是在用心体会这个词,用行动来实践这个词。

2015年11月12日,大庆龙南医院急诊科再次沸腾了,接二连三的120双诊,外院120不断送患者,三个内科大夫异常忙碌。

14时45分,急诊科突然来了一位41岁的男性患者,因心前区疼痛30分钟入院,既往预激综合征。黄玉双医生立即陪患者检查心电图,包红霞护士立即做心电图,心电图提示室性心动过速。患者病情危重,包红霞立即给予建立静脉通道、吸氧等处置。黄玉双大夫马上通知CCU病房准备抢救。随后立即送入CCU病房。包红霞推着平车,一路飞奔将患者送到CCU病房,大家心里都清楚延误1分钟患者都可能失去生命,医护人员彼此的默契,呵护着患者的生命。

时间就是生命,患者入院,一路绿色通道。转送到CCU病房时,病房已经准备好监护器及抢救药品,一切处理平稳,急诊科医护人员还带着家属办理了入院手续。

这是急诊科医护人员普通的一天,他们每天都在工作岗位上紧张忙碌着。

无痛修牙，小欣然再现笑容

◎ 邓丽娜

小欣然是个不满 4 周岁的小姑娘，大大的眼睛，长长的睫毛，一笑起来萌萌的，别提多可爱了。可是最近她的妈妈发现，小欣然不爱笑了，吃东西也没有以前那么"虎式"了，总是闭着嘴不说话。

妈妈仔细地观察了一下，竟然吓了一大跳。小欣然嘴里的牙居然都有了黑洞，更有几颗门牙已经"消失"了，只剩牙床上的一点点牙根。妈妈急了，领小欣然上了牙所。看到欣然满嘴的黑牙，又加上她一点也不配合治疗，一个又一个的牙所都拒绝给她看病。妈妈听说龙南医院可以给孩子在无痛的状态下治牙，抱着一丝希望，带欣然来到了龙南医院。

大龙南医院口腔科副主任尤欣热情地接待了母女俩，一边逗小欣然玩儿，一边对她的口腔及牙齿进行了检查。

随后，尤主任跟欣然的妈妈说："欣然的牙有十几颗都已经发生了龋齿，而且发展到了牙髓炎。如果不及时治疗，乳牙长期的炎症也会影响下方恒牙的发育和生长。一般情况下，这种治疗需要每周来治疗一次，根据欣然目前牙齿的情况来看大概要治疗 6 个月以上。"

听到这里，欣然的妈妈激动起来："尤主任，我女儿根本不让人碰她的牙齿，一次都治不了，要治这么多次，这是根本不可能的事情。您看还有什么办法能帮我们呢？"

"你先别急，我们医院已经在大庆市率先开展了全麻下对小儿龋齿病的治疗。也就是说睡一觉起来，你女儿的牙就会全都治好了。这种手术方式尤其适合欣然这么小不能配合治疗的孩子，我们已经成功地为多名小朋友做了这个手术，经验已经很丰富了，你尽可以放心。只用3天就可以出院了。这种治疗方法还不会影响以后恒牙的生长。"尤主任耐心地讲解着，温柔详尽的话语给欣然妈妈吃下了一颗定心丸。

几天后，小欣然在手术室里顺利地完成了手术。整整12颗坏了的牙齿只用了不到2个小时就完全修补好。并且只剩牙根的前牙也被尤主任"戴上"了透明冠，现在看上去又白又亮，就像从来没坏过一样。看见女儿的满口黑牙又重新变回了洁白的颜色，欣然的妈妈笑了，小欣然也露出了久违的笑容。

急诊特种兵刷"心"奇迹

◎ 李和永

一阵急促的救护车笛声由远及近,打破了清晨的宁静,一位危重患者由基层医院 120 救护车转运至了龙南医院。这是位 79 岁的老年女患,约 1 小时前突觉头痛、眩晕,伴呕吐、言语不清。

到达龙南医院急诊科后,病人深度昏迷,血压高达 220/110mmHg,心率 110 次/分,潘志华医生敏锐地意识到病人很可能是脑出血,病情危重,必须马上做头 CT 检查。

刚刚到达 CT 室,病人突然面色青紫,呼吸心搏骤停,急诊陪检护士贾敏立即跪在平车上进行胸外按压。医生杨峰通畅气道,用球囊人工通气,一边抢救,一边推着患者紧急返回急诊科。贾敏始终跪在平车上,在运动中持续进行胸外按压。

到达急诊科后,医生们立即进行紧张而有序的抢救,轮番做胸外按压,潘志华医生熟练地进行气管插管,并快速下达一条又一条医嘱。

5 时 55 分,患者恢复自主呼吸和心跳,急诊医护人员继续给予升压、监护、吸氧等处置。直至早 7 时,各项生命体征基本稳定后,再次陪送患者做头 CT,CT 显示是非常严重的脑干、小脑出血,已破入脑室,急送神经重症监护室住院治疗。

高龄、脑干出血、心脏骤停,如此危重的病人能够复苏成功,真是个"心"的奇迹。

忙，为生命喝彩

◎ 刘欣欣

虽然是周末，可是对于原本就紧张、忙碌的龙南医院神经内科十七病区来说，这个周末的"责任"更为"重大"，因为有三名患者需要行血管支架术。

从决定手术开始，医护人员就为患者做着充足的术前准备，主治医生为患者及家属细致地讲解手术须知，减轻了患者和家属的思想负担。责任护士周到认真地为患者进行术前护理，消除患者紧张情绪。

手术当天，主任徐树军、医生周典贵等早早就来到了病房，在一切准备就绪后，上午9时，第一名患者进入介入室，直到下午14时，最后一名患者手术结束。为了能尽快让患者和家属放松心情，神经内科医生和手术室的医护人员，足足在手术室里忙活了5个小时，连午饭都没能吃上，连口水都来不及喝，忙得不可开交。病区里的医护人员也在有条不紊地做着各样的术后准备，住院患者量虽然已经达到了70余人，但病区里没有一点忙乱。

看着患者随行而来的亲朋好友，医生和护士们更加明白手术承载的不单是患者的健康，还有一个大家庭对患者健康的期望。当护士把患者从手术室推出来的时候，医生护士们除了为手术的胜利高兴，更多的感觉是自己身上的担子又重了。

只为了让你活

◎ 邓丽娜

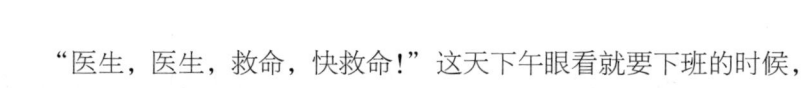

"医生,医生,救命,快救命!"这天下午眼看就要下班的时候,龙南医院心胸外科病区门口传来呼救声。

值班医生姜文波马上冲了出来,只见急诊科医生李柏东和几名家属用平车推着一个浑身血污的女子。李柏东面色凝重地说:"患者女性,24岁,半小时前被刀刺伤,现左胸部、左膝部、面部有外伤,处于失血性休克状态。"

姜文波一边听李柏东讲述病情,一边迅速为这名女患者进行处置。医务科毛庆林闻讯赶来,因患者不宜搬动,毛庆林协调B超室医生李春雨为患者进行床旁B超检查,左侧血气胸提示左侧肺部发生损伤。

心胸外科主任冀成山立即下达手术医嘱:"通知手术室,马上进行手术,患者生命有危险!"

就在医护人员忙碌之际,又一个满身是血的男子被推入病区。原来,这名男患者与女患者同时受了伤,受伤部位同样为左胸部,都处于失血性休克状态。"通知手术室,这名男患者也需要马上进行手术!"冀成山主任立刻安排手术工作。刚要下班的心胸外科医生刘大勇、郝鸿泽二话没说,投入到对患者的抢救工作中。

接到急诊手术电话，麻醉手术科主任徐树生、护士长潘维梅带领麻醉师和手术室护士迅速做好手术及抢救的准备。刚刚进行完白天工作的麻醉医生关勇、孙晓霞，护士张钰、金梦都留了下来，刚刚剪了一半头发的麻醉医生曲宪杰顶着"坑洼"的头型也赶到手术室。两名患者同时被推入了手术室，麻醉医生和手术室护士兵分两路，迅速进入抢救状态。

"女患者左侧肋骨断裂，左肺部有创口。出血量已达 1 000 毫升，联系血库取血。"

"男患者左肺破裂口大约 3 厘米，出血量 1 500 毫升。立即输血。"

"血库血量告急。"

"我来联系中心血库。"医务科毛庆林即刻进行血量的协调工作。

"患者凝血异常，联系药局取凝血酶原复合物。"

"库血温度低，不宜为患者输入。"

"我们来给血液加温。"副院长仕中秀、院长助理、护理部主任马松萍、院长助理王刚、护理部副主任张晓磊、护理部王珊珊，每个人都将冰凉的血袋用双手包裹，用自己温暖的体温为血液加温。

21 时 30 分，两台手术顺利完成，看护两名患者的战场转到了 ICU。特意从家中赶回来的 ICU 护士长武冰冰带领护士齐梦超、马超然、马宁宇耐心细致地为两名患者护理，连接管路、测量血压、更换液体、擦拭血迹，一切有条不紊地进行。

生命是可贵的，挽救生命的人是可敬的。两条濒危的生命，在龙医人的努力下又变得鲜活起来。职能部门全程协调，多科室通力协作，龙医人用自己的行动在油城上空吹响了生命的"集结号"。

万众"医"心抢回命

◎ 许馨文

　　大庆龙南医院 CCU，是一个在死神手中争夺生命的科室，这里的医护人员是与死神搏斗的战士，他们全年无休地保护着患者的生命健康。

　　这天，龙南医院 CCU 主任鲁立新，像往常一样在查房后刚刚回到办公室，刚一进屋，她就接到值班医生的电话，转入一位急性广泛前壁心肌梗死患者。

　　事不宜迟，鲁主任迅速返回病房，经过查看，鲁主任诊断该患者为急性广泛前壁心梗合并心源性休克，病情危重、死亡率极高。

　　一系列处置后，患者血压仍然不能维持。鲁主任与科室医务人员详细讨论患者病情后，决定使用植入主动脉球囊反搏泵。

　　时间就是生命，鲁立新主任紧急联系导管室做好术前准备。上午 10 点，主动脉球囊反搏术在鲁主任的指导下紧张有序地进行着，穿刺右侧股动脉，于降主动脉植入球囊导管，连接球囊反搏泵，反搏仪器工作正常运行，抢救成功！

　　抢救过程，整整两个小时，这其中有着怎样沉重的责任感，又有着怎样艰辛的努力。然而这些，只是 365 天中的一天，为了挽救患者的生命，CCU 的医护人员分秒必争，与死神赛跑，谁也不知道，下一秒会发生什么……

抢救受伤男

◎ 段彩绫

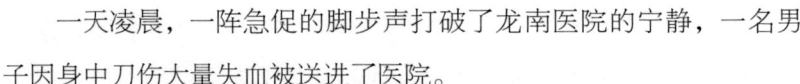

一天凌晨,一阵急促的脚步声打破了龙南医院的宁静,一名男子因身中刀伤大量失血被送进了医院。

送男子来医院的并非他的亲人,而是两名看起来年龄不大的小伙子,两人自称是伤者的朋友。当医生问及伤者的一些情况时,两个人什么也不知道,甚至连伤者姓什么,叫什么也不知,他们只知道受伤的男子在酒吧与人拌了几句嘴后被人所伤。

男子在受伤前饮了酒,伤后情绪躁动,十分不配合医护人员的工作。

护士第一时间对伤者进行输液,建立静脉通道,但针头几次都被伤者拽了下来。医生查看伤者伤口发现,男子身中两刀,一刀扎到了腋下,另一刀看位置像扎到了心脏。此时,伤者眼睑发白、大小便失禁,已监测不到血压,情况非常严重,随时有生命危险,需要马上进行开胸手术。

"为伤者进行手术,不仅需要家人签字,还需要交费办理入院手续,但当时既无法了解伤者的姓名,伤者的朋友也没钱交纳费用。如果再晚两分钟手术,伤者可能就会失去性命。"胸外科主任医师张义栋赶紧向院领导请示了此事，得到的回复是：立即手术救人。

手术开始了，医生发现，伤者肺部上的伤口比较容易处理，而心脏出血速度特别快，心脏刺伤的手术难度特别大。张义栋说，只要伤者心脏一收缩，就会大量往外射血，这时血液已将伤者心包填塞，一旦处理不好，心脏随时都会停止跳动。

张义栋将伤者的心包打开，将里面的血液释放出来，并对心脏破口进行了缝合。

伤者的伤口都不大，两厘米多一点，但里面都是血，看不到具体情况，处置难度很大，张义栋只能凭借经验用手去感觉。

经过近两个小时的抢救，手术顺利结束了。随后，伤者被送到了重症监护室，观察两天后，终于脱离了危险，被转到了普通病房。

紧急重启"偷懒"心脏

◎ 邓丽娜

2016年12月的一天,一个坐着轮椅的男子被送到龙南医院循环内科十五病区。刚刚打开午饭还没来得及吃上一口的循环内科十五病区主任张春芳闻讯跑过来,只见患者头部下垂,呼之不应。

抢救工作随即展开,分秒必争。一个生命正在死亡边境线之上,是继续活着,还是涉足死神的领地,且看这些医护人员如何救治。

13时15分

张春芳、邓立菊医生合力将患者抬离轮椅,就地抢救。邓立菊立即对患者进行心脏按压,同时,护士张赛楠和杨婷秩推着抢救车和除颤仪飞奔而至。

张春芳接过呼吸气囊为患者进行气囊辅助呼吸。张赛楠为患者连接心电、氧气,护士杨婷秩为患者开通静脉通道。

13时17分

连接好的心电监护仪上,患者的心电图显示室颤波。

张春芳马上拿起除颤仪下达医嘱:"第一次除颤,200焦耳,离床,放。""第二次除颤,200焦耳,离床,放。"患者情况没有好转。进行心脏按压的邓立菊头上已渗出了汗珠,张欣恺医生马上接替邓医生继续进行心脏按压。

13时20分

刚刚为患者做完介入手术的循环十五病区副主任医师白焱闻讯进入病区，正在午休的护士杨娜、刘庆、韩淑艳、王宇，副主任医师靳京美也毫不犹豫地加入了抢救队伍。

13时21分

麻醉科医师盖赵辉赶到，顺利为患者气管插管，开放呼吸道。张赛楠和白焱轮流为患者进行心脏按压，张欣恺为患者再一次除颤⋯⋯

13时33分

张欣恺为患者进行心脏按压，感到有一只手在推他，原来是患者恢复了意识，可以眨眼，四肢恢复活动。张欣恺马上观看心电监护仪，心电图恢复窦性心率。"有了，有了，心电图恢复了！"张欣恺迅速地向大家报告了这个好消息。

13时40分

张春芳根据患者病情，依据丰富的临床经验，判断这名患者发生了急性心梗。为进一步明确诊断，检查病因，张主任立即联系导管室，马上为患者施行冠脉造影术。

13时50分

经过张春芳的密切观察，确定患者呼吸已恢复正常，拔除气管插管，服用抗栓药物，进行术前准备。

14时20分

患者在医护人员的护送下到达导管室，早已做好手术准备的导管室护士长谭艺峰、护士李静、杨林彩、技师刘杰民、主要负责手术的循环十五病区副主任王成全等医护人员迅速为患者实施手术。

14 时 30 分

王成全为患者进行桡动脉穿刺，当时，患者的血压只有 70/40mmHg，四肢冰冷、血液循环不良，血管处于非常干瘪的状态，触摸不清。

王成全凭借丰富的经验进行盲穿，穿刺成功，顺利置入动脉鞘管进行心脏冠状动脉造影。患者心脏的左心室血液供应完全停止，影像监测下，看不到心脏的明显跳动。造影结果和张春芳的诊断相同，患者发生了急性前壁心肌梗死。

14 时 40 分

王成全进行股动脉穿刺，为患者冠脉介入治疗，导管顺利到达血栓位置。黏稠的血栓像糨糊般堵满了血管，抽吸出一点，马上又有血栓将空余处填满。抽出的动脉血已经和静脉血的颜色一样变成了暗红色，人体处于高度乏氧的状态。

沉重的铅衣、精细的操作，王成全和助手白焱的衣裳早已汗湿一片。

15 时 45 分

患者的血栓顺利取出，心脏又恢复了强有力的跳动。

从发现患者心搏骤停到患者意识、心跳、呼吸恢复，16 次除颤，5 位医护人员心脏按压，数名医护人员参与作战。循环十五病区再一次用过硬的技术水平、团结一致的合作精神，从死神的领地抢回一条生命。

王大娘的好消息

◎ 徐 莹

王大娘今年72岁，上了岁数的人，反而跟小孩似的，心里搁不住事儿。这不，王大娘刚从龙南医院回来，就跑到老年活动室，要把自己的好消息告诉大家。

王大娘的好消息，跟她的病有关系。二十年前，王大娘患上了糖尿病，这是个富贵病，特别黏人，挣不脱甩不掉，还得定期检查眼睛，以免得上并发症。每次查眼底时王大娘都发愁，一查眼底就散瞳，散完瞳啥也看不清，而且检查时间还长，得有人陪送。

不过，这次王大娘去龙南医院查眼底，挂号的时候就听一个患者说，现在龙南医院不用散瞳也可以查眼底了，因为有个专门给眼睛照相的照相机，当时就可以出结果。

所说的"给眼睛照相"的照相机，就是龙南医院新引进的免散瞳眼底照相机。这种照相机在低闪光强度下可拍出高品质的眼底照片，成像快速，操作简单，诊断准确，而且检查结果便于保存，利于科室内建档保存，更好地对患者进行诊断和跟进治疗。

王大娘乐颠颠地来到内泌科，亲眼见到了免散瞳的眼底照相机。试过之后，王大娘深有体会地说："这高科技的东西真好，不用出门，不用排号，还不用散瞳，做完就出结果，太好了。"

8 分钟的手术

◎ 邓丽娜

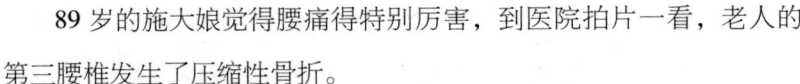

89岁的施大娘觉得腰痛得特别厉害,到医院拍片一看,老人的第三腰椎发生了压缩性骨折。

听人说龙南医院骨科有一种技术,不用开刀,打一针就能治好腰椎骨折。老人的儿女们立即把她送到了龙南医院。

骨科主任隋福革马上组织科室医生对大娘进行全面诊断,制定治疗方案。考虑到大娘89岁的高龄,骨质疏松,又是直肠癌术后,常年的高血压导致身体基础疾病较多,隋主任决定为大娘施行创伤小、恢复快、并发症少的手术方式——经皮椎体成形术。

进入手术室的施大娘趴在手术床上,隋主任先在需要做穿刺的地方打了一针局麻,然后在X光透视监视下,用一个导针从局麻处穿刺进入椎体,用气囊管道使压缩椎体复位,拔除气囊,注入骨水泥,撤除工作管道,仅留一个小针眼,用一个豆腐块大小的敷贴粘好,手术顺利完成。手术时间仅仅用了8分钟!

施大娘腰部的疼痛马上缓解,自己可以翻身。术后第二天,施大娘可以行走如初;术后第三天,施大娘出院回家了。

对于高龄患者而言,微创治疗风险小,创伤小,恢复快,避免了制动固定所导致的潜在并发症,还能迅速缓解患者的疼痛。目前,龙南医院骨科已经完成经皮椎体成形术一千余例,患者的术后效果非常好,这项技术的成熟开展,正让越来越多的患者受益。

老陈翻身记

◎ 符 阳

龙南医院骨科五病区来了一位特殊的患者。患者姓陈，熟人都叫他老陈。说老陈特殊，是因为他只有43岁，却患强直性脊柱炎长达10年，脊柱和骶髂关节严重受损，活动受限，睡觉也只能侧卧。

雪上加霜的是，老陈在外出办事时发生了车祸，下肢呈现不完全瘫痪状态，剧烈的疼痛使老陈汗流满面，不住地呻吟着。

医生杨峰给予患者对症治疗后，骨科副主任景元海立即组织科室医生进行疑难病例讨论。老陈患糖尿病多年，平时口服降糖药，但血糖控制得不理想，贸然手术会导致术后切口感染和不愈合。

为了尽快控制好患者的血糖，达到手术要求标准，景主任和内分泌科专家多次沟通，监测患者血糖变化，随时调整用药剂量。景主任还和全国知名专家连线，共同研究病情，详细制定手术方案。护士长张涛也为老陈量身打造了护理方案。经过十多天的准备，老陈的各项指标达到手术要求。

手术时，由于老陈不能平卧，给麻醉带来极大的困难。麻醉科副主任医师曲宪杰也是第一次遇到如此复杂的病例，他经过慎重考虑，为老陈采取经鼻插管麻醉，在盲探的情况下一次插管成功。

手术开始了，由于老陈病情复杂，术中视野有限，每一个微小的触碰都可能损伤到患者脆弱的脊髓和神经，景主任谨慎清除着破碎的骨片，小心处理着伤口处神经周围的组织，一点点解除伤处神经的压迫。经过两个多小时的奋战，手术圆满成功。

术后第二天，老陈已经能够自己翻身，术后一个月复查，老陈已经可以拄拐走动。老陈的脸上露出了久违的笑容："我以为后半生只能在床上度过了，没想到恢复得这么好，是龙南医院给了我一个重新站起来的机会。"

无影灯下的生命守护

◎ 邓丽娜

"丁零零……"一阵清脆的电话铃声打破了夜的寂静。"刀刺伤,现在正往手术室送,准备接患者!"龙南医院手术室护士邓丽娜放下电话,赶忙冲进了手术间。

眼前的景象真让人触目惊心,一个100多公斤的男孩儿趴在平车上,浑身上下都是血,后背纱布覆盖的地方,血还在不断地向下流淌。邓丽娜马上给病人测血压,90/60mmHg。解开后背上的纱布,纵横交错的十字花刀口,皮肉像开花儿的馒头般向外翻着,这一切让见惯了伤口的医护人员看了,都为之一颤,阵阵眩晕。

"快,来棉垫!""快,再开一个静脉通路!""太胖了,血管根本摸不到!""快,深静脉穿刺!"医护人员紧张有序地忙碌着。

此时,患者的情绪也紧张到了极点。"大夫,我想活,快救救我!""大夫,多给我打点麻药!"医护人员见状,连连安慰患者。

"电刀准备好了!""吸引器接好了!""纱布不够了!"由于是俯卧位,只能选择局部麻醉,可是刀口最深处都可以摸到肋骨,难以达到良好的麻醉效果。手术室全体医护人员的心都跟着揪在一起。继续缝,太疼了,不缝,血又止不住。

邓丽娜坐在患者的头侧不停地安慰着他，分散着他的注意力。8个单位的红细胞，800毫升的血浆，2 000毫升的液体迅速准确地输入到了患者体内。用光了40条纱布、6包手术缝线，历经两个半小时，患者后背上十多个刀口终于全都缝上了。

拔走你的眼中钉

◎ 王艳华

24岁的姜佰路在大庆丰源装饰公司打工。一天，他在为一住户装潢房子时，向屋顶射气钉，不想气钉反弹回来，直接穿进他的左眼球。

看见眼部血肉模糊的姜佰路，工友们都吓坏了。老板于彬立即将他送到附近一家医院，医生检查后说眼睛保不住了，可能会失明。听了这话，姜佰路当时就瘫软在地。

于彬又带着他来到龙南医院。眼科主任马玉杰为其检查后，发现有一个大约3厘米长的钉子扎进了小伙子的眼球内，其中有三分之二已扎进眼球内，三分之一在外面。而且，她发现同钉子一同射进眼球的，还有一个横着的类似钉帽能活动的物体。如果直接将钉子拔除，将会给患者眼球造成很大损伤，患者有失明的危险。

于是，马主任决定将横着的套在钉子上的钢冒顺过来。动作过大就会对眼球造成更大的损伤，马主任只能小心谨慎地将钢冒慢慢地顺过来，然后一点一点地将钉子和钉帽一同向外拔。经过1个多小时紧张地手术，钉子终于全部拔出。

手术后第三天，姜佰路受伤的左眼就能看见东西了。小伙子特别高兴："没想到这只眼睛保住了，要是失明，我这辈子就完了，龙南医院的大夫真厉害。"

电梯内生死时速

◎ 闫 敏

凌晨3时10分,门诊大厅传来患者家属无助的叫喊声:"大夫在哪啊,快来救人啊!"急诊科夜班护士朱晓庆听到之后,立即推着平车赶到门诊大厅,只见患者浑身大汗,面色苍白,表情痛苦,手一直捂着胸口。

护士朱晓庆将患者推到抢救室立即给她吸氧,开放静脉通道,主治医师侯春风一边询问病情,一边给患者打心电图。患者的心率显示只有36次,侯春风让护士立即给予肾上腺素和阿托品各一支静脉注射。约一分钟后,心电示波为窦性心率120次,病情终于稳定,患者在医生护士的陪同下送往CCU病房进一步治疗。

没有想到,几人刚一进入电梯,患者便出现了抽搐。护士朱晓庆看到患者的心电示波出现了室颤,大喊一声"不好!患者室颤。"在护士准备电除颤时,侯大夫立即给予心脏按压,"非同步220J一次!""220J准备完毕!""嘭"的一声,患者身体被电击起落在平车上,心电监护仪发出了患者正常的心跳嘀嘀声。

电梯门打开了,患者微微睁开眼睛,嘴角露出淡淡的笑容。患者家属被医护人员如此神速熟练的动作震撼着,"太谢谢你们了,真是太神了,我妈妈没有你们就完了,来龙南医院看病真是太明智的选择了。"

救人要紧

◎ 陈东伟

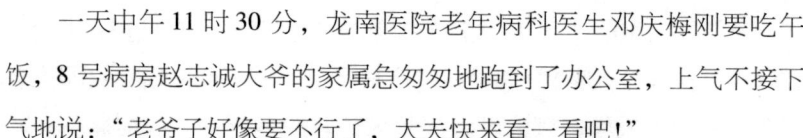

一天中午11时30分,龙南医院老年病科医生邓庆梅刚要吃午饭,8号病房赵志诚大爷的家属急匆匆地跑到了办公室,上气不接下气地说:"老爷子好像要不行了,大夫快来看一看吧!"

邓庆梅急忙跑到病房,只见监护仪上的血氧饱和度在持续下降。"抢救!"一声令下,护士长王伟和护士杨雪立刻推着抢救车来到病房展开抢救,已经下班准备回家为儿子哺乳的护士房伟伟以及刚准备去吃午饭的护士曲唐慧也重新穿上白服,投入抢救工作之中。

赵志诚大爷是一位离休的老干部,长年卧床反复肺部感染,是干部病房的老患者。以前曾因为呼吸衰竭在ICU住院并做了气管切开。这次发病来势汹汹,大量的痰液从气管切开处涌出,血氧饱和度从60%下降到50%、40%,血压也跟着降到了60/40mmHg,痰液堵住了气道,随时可能导致患者窒息死亡。

护士们一个接一个轮流吸痰,可是吸痰管一刺激,痰液更多了,甚至喷了出来,溅到了房伟伟的头发上,可她却没有离开患者的床边,甚至避都没避。患者的生命重于一切,在大家忘我的努力下,在一连串的兴奋呼吸、升压、纠酸等治疗后,赵志诚大爷的痰液减少了，呼吸顺畅了，参与抢救的医护人员才松了一口气。邓庆梅抬头一看，时间已经是下午 14 时了，回到办公室时，中午的盒饭早已凉透。

生命的守望

◎ 白海昕

一天傍晚，一位36岁的重度颅脑损伤的患者，从外院转到龙南医院。患者入院时已经深昏迷，不省人事，脑疝，呼吸也越来越微弱，眼看着正向多器官功能衰竭的方向迅速发展。

在这千钧一发的时刻，翟秀伟院长当机立断，一声令下："快，立即输血！深静脉穿刺！立即静脉用升压药！准备手术！"

医生唐峰、张宇兵分两路配合，一路行深静脉穿刺，一路做手术准备，安排手术事宜，双管齐下。当班护士高卫更是配合默契，不多时就取来了800ml全血并进行加压急速输血，同时为了防止患者呼吸骤停，准备好了呼吸气囊和呼吸机，各种急救药物也被精确地从静脉内输入。

吸痰、推药、血气分析、记尿量、监测氧饱和度等一项项操作被及时地施行。患者病情逐渐稳定，翟秀伟院长当机立断为患者实施了开颅手术。作为护理组负责人的护士长邹冬梅知情后立即从家中赶到医院，迅速安排好患者术后所需的一切事项，准备好冬眠低温治疗所需要的冰毯、监护仪及相关药物。患者手术顺利，术后，患者生命体征逐渐平稳下来，呼吸也平稳了许多。

当大家终于可以稍作喘息时才发现已经是午夜零点了,肚子早已空空如也,但神经外科重症患者术后需要长时间监测病情,医生和护士们还得轮流守护在患者身旁。

五天五夜后,患者明显好转,脑疝得到缓解,逐渐脱离了危险。当大家撑着疲惫的身躯看见他逐渐醒来时,脸上都露出了欣慰的笑容。

嗓子里抠馒头

◎ 刘思琦

一位70岁高龄的大娘吃饭时被馒头噎住,导致心脏骤停,被送到龙南医院急诊科。患者刚来的时候,面色青紫,呼吸微弱,心跳停止,大动脉波动消失,据家属反映大娘有脑血栓病史。

情况非常危急,急诊科主任、科护士长还没有下班,马上指挥抢救。主任先为大娘进行人工胸外按压,随后,护士孙浩、张玲玲为大娘开放静脉通道、心电监护,请耳鼻喉科来会诊。

张玲玲在吸痰时,从大娘的嘴里抠出一块馒头,但是大娘呼吸仍未恢复,肯定还有异物。科护士长余梅让张玲玲为大娘摆好体位,迅速将喉镜从口腔插入,看到还有大块的馒头卡在大娘的气管处。

"看来,罪魁祸首就是它了。"科护士长余梅一边说着,一边用舌钳子去取。然而,取了好几次都没成功。余梅索性将放下舌钳子,直接用手抠,馒头终于被取了出来。大娘有了心跳,面色渐渐好转,抢救成功了。整个抢救过程只用了15分钟。当家属得知大娘被抢救过来时,激动地说:"谢谢,谢谢你们,多亏你们这么及时把我妈救了过来。"

一个桃子引发的抢救战

◎ 吴 芳

秋季，正是丰收的季节，果香四溢。然而并不是每个人都可以尽情品尝瓜果的甘甜，7岁大的小金洋就差点因为一个桃子而送命。

这天下午，妈妈给小金洋买了二斤桃子，小金洋欢天喜地地一连吃了两个，吃完之后就去玩了。当天晚上，妈妈忽然发现小金洋身上出现许多小红点，觉得情况不妙，立刻将孩子送往龙南医院儿科。

儿科门诊值班医生谢晓红见到孩子的症状后，马上诊断为过敏性荨麻疹。这个时候妈妈才恍然大悟，都是那两个桃子惹的祸。

病情紧急，谢晓红当即就给小金洋注射了脱敏针，并让护士一边为孩子吸氧一边送到耳鼻喉科就诊。

这时，耳鼻喉科主任王芳已经下班回家，正坐在餐桌旁吃饭，接到电话后，她立即放下碗筷，鞋都没换就打车赶往医院。

到了医院后，王芳针对小金洋的病情调整治疗方案，过了一个小时左右，孩子的病情完全稳定，大家才松了口气。直到此时，大家才发现王芳还穿着拖鞋，不由得都捧腹大笑起来。

小金洋的父母，对龙南医院医护人员将孩子从死亡线上抢了回来感激不尽，并为此专门送了一面锦旗。

不忘来时路，爱心铸医魂

——乘新一社区卫生服务站医生高伟的故事

◎ 韩大龙

东海医院

乘新一小区，是乘风地区众多小区之一，2012年9月，因社区服务综合体建设，被一名基层社区医务工作者注入了"大医精诚"的新内涵，在国家级"安全小区"验收考核中，得到了国家安监局专家组的一致好评而声名远播。这位基层社区医务工作者是谁，他带领他的团队做了什么？事情还要从多年前说起……

精湛医术暖人心

几年间，数十万元花得所剩无几，可油田职工关师傅的骨癌始终没有得到有效治疗，而且越来越严重。二次术后，出现了尿潴留、下肢活动不灵等症状。为缓解病情，关师傅和家人踏上了漫漫的求医之路,但是依旧不见好转,还经常引致尿路感染和发热。至此,本人对治病完全失去了信心,甚至拒绝再次前往医院治疗,"算了,我的病怕是治不好了,不要再花冤枉钱了"。万般无奈之下,家人找到了时任乘新一社区卫生服务站站长的他。

患者就医,最大的愿望就是希望医生把自己的病治好!年幼时父亲的因病离世,至今不能让他释怀,切身体会到患者和家属对于健康的迫切需要。他二话没说,拎起出诊箱,来到病人家中。

虽然师从杨宗祥、刘龙江和耿成彬等几位专家,他在幸运的同时,也承受着考验。通过对关师傅病情的了解和观察,确诊主要是因为尿管使用不当和药物治疗不对症造成的。但是由于社区卫生服务站治疗设施缺乏,不能跟踪进行治疗,为此,他多方联系,积极争取,前往市内三甲医院将原来的单通导尿管更换成三腔导尿管,并根据尿样培养结果对症用药,制定了护理及康复计划。还手把手指导患者家属膀胱冲洗的方法,教会患者如何闭管及自主排尿。患者身上时不时散发出的难闻异味,令人作呕,但是他故作轻松地和患者拉家常、讲笑话,不让患者感到为难,也从心理上支持和鼓励患者树立战胜病魔的信心。

精心的治疗和看护,一星期之后,关师傅的尿路感染好了,三个月后,关师傅不但拔除了尿管,还能在家人的搀扶下下地行走了。

随着一个个病患的成功治疗,服务站有一个高神医的消息不胫而走,不少辖区居民首选前往乘新一社区卫生服务站就医,迅速带动和点燃了站内干部职工学业务、学技术的热情……

温馨服务送爱心

秉承"用心服务，创造感动"的服务宗旨，从满足居民实际需求、解决居民细微小事入手，乘新一社区卫生服务站把医疗卫生服务延伸到每个家庭、每个居民、每个细节，真正解决了老人生活中的困难，为油田前线员工解除了后顾之忧。

用他的话说，医护人员所从事的是一个特殊行业，因为服务的对象主要是患者或是健康人群。不论何种疾病，不论贫贱富贵，都应该得到及时、准确、有效的治疗和干预，还要受到细致周到的服务。

辖区住户曹阿姨，是一名普通的油田退休职工，爱人去世多年，儿子在采油九厂作业前线上班。本人患有高血压、糖尿病，眼底视网膜病变，双眼几乎失明，行动极为不方便，加之总担心自己的病影响儿子的工作和生活，情绪波动很大。在建立居民家庭健康档案之后，她被服务站列为重点帮扶对象。

一段时期，由于血压指标忽上忽下，很不稳定。考虑到曹阿姨的实际情况，他及时组织社区医护人员，连续一个月上门为她量血压，指导饮食及用药，还从思想上开导她，消除她的心理包袱，直到血压恢复正常为止。

2014年7月的一个清晨，曹阿姨出现低血糖症状，突然爬不起来了。远在九厂作业前线的儿子往家里打了几次电话，只听见连通后的嘟嘟响都无人接听。儿子情急之下选择了报警，当110通过开锁大王打开了房门，曹阿姨已人事不省，晕倒在床上多时。

得知这一情况,他安排站里值班人员及时跟进,每天往曹阿姨家里打1~2个电话,及时了解她的身体状况和病情变化,问候一声,听她报一声平安,同时把上门随访时间缩短,有电话打来随时上门解决问题。

他和他的团队帮助和照顾曹阿姨的事迹被大庆电视台《大城小事》《今晚60分》栏目,以及油田《都市生活报》做了跟踪报道,在社会上引起强烈反响,受到了居民群众的广泛称赞。

大医大爱得民心

为使服务更加贴近基层职工群众,高伟带领团队在社区率先推行三项温馨服务,即一杯温开水、血压防凉垫、电话问平安;探索推出九进家庭服务,即新春送福进家庭、健康体检进家庭、康复指导进家庭、送医送药进家庭、扶老助残进家庭、儿童保健进家庭、产后访视进家庭、慢病随访进家庭、特殊需求进家庭,进一步彰显医疗惠民和医者仁心的风范。

"高大夫,您快给我看看吧,最近总感觉胸闷。"家住一区的杨大爷一说起服务站,便赞不绝口。在他心目中,服务站的大夫就像自己的亲人一样。老人说:"服务站就在我们楼附近,如果我们有什么事打电话过去,他们两分钟的时间就能过来,非常方便,还定期给我们做检查,工作做得非常到位和细致。"

张兰患慢性腹泻多年,哈尔滨、北京跑遍了,药没少吃,可就是不见好。她抱着试试看的心情找到了高伟,仔细询问病史后,他制定了详细的治疗方案,既有基础治疗又有巩固措施,还从饮食和生活上做了针对性的指导，最终彻底治愈了腹泻的老毛病。

辖区有 12 位老年人，因为高龄、卧床、行动不便等原因不能到参加社区的免费体检，他组织医护人员在不影响正常工作的情况下，利用休息时间入户为老人们进行全面、细致的身体检查，并针对每个人护理方面存在的问题进行指导。

高辉明和裴有志都是辖区居民，二人因为罹患脑卒中瘫痪在床，生活不能自理，需要经鼻导管给养、供水和服药。他每两个月组织医护人员上门服务，进行卧床护理指导。患者家属已经把他和站里的医护人员真正当成了自己的"家庭医生"。

每年春节，他自掏腰包买"福"字和"春联"，带领医护人员深入辖区孤寡、残疾及卧床病人家中，开展新春送"福"、送"健康义诊"活动。

在得知辖区居民晚上健身没有音响器材，他自己花钱买音响和其他设备，供辖区居民饭后健身娱乐。

"大爱不言谢"，这是辖区居民对他及乘新一社区服务站全体医护人员关爱老人健康的最好诠释！

光阴似箭，7 年过去了，高伟已成长为龙南社区卫生服务中心的行政负责人，他依旧像牵挂亲人一样牵挂着乘新的辖区居民，时不时还要回去看一看老病患。而他及乘新一社区卫生服务站所获得的锦旗和感谢信，无一例外地把他和他的团队多年来为社区、为居民、为病患的奉献和付出，永远地记录了下来，依旧火红跳跃，流光溢彩，并激励着他走好今后人生的每一步。

母女患顽疾，技精解病忧

◎ 杨雪松

张洪艳的脸上长了扁平疣，来龙南医院皮肤科看病，接待她的是杨雪松医生，在她耐心地讲解下，张洪艳对扁平疣这种病逐渐有了认识。

治疗了1个月后，张洪艳高高兴兴地来复诊，她脸上的扁平疣变平了，颜色变淡了，出现了好转。这次，陪张洪艳一起来的还有她的母亲张桂荣。张洪艳高兴之余，也想让杨雪松帮她的母亲看看病。

张桂荣的双手长满了疮，颜色呈现出褐色，经常流脓淌水。由于多年的疾病缠身，经各医院的反复治疗也不见好转，张桂荣早已丧失了能治好的信心。

杨雪松感觉到患者的抵触心理之后，就说："阿姨，如果你相信我，就先用药试试，如果三天内皮疹见好，你就坚持用，一周后再来复诊，我有信心给你治好。"

结合病情，杨雪松给张桂荣开了一种软膏，并耐心细致地给她讲解药物的用法。张桂荣被杨雪松诚挚的话语打动，按照使用方法试用了3天，令她没有想到的是，仅仅3天时间，手上的皮疹就明显好转，于是迫不及待地又来到龙南医院。这次不用杨雪松说，张桂荣就积极配合治疗。

两个月后，张桂荣手上的皮疹全都消失，为了表示感激之情，她跟女儿给杨雪松送去一面锦旗，并不住地感叹，她们娘俩真幸运，遇上了杨雪松这样医术精湛的好大夫。

医院里的接力赛

◎ 王珊珊

2009年3月3日，上午9时45分，大庆龙南医院门诊三楼，发生了一场惊心动魄的生死较量，一位生命垂危的宫外孕患者，正在接受紧急治疗。

第一棒：患者突遇险情，医护立即抢救。

9时45分，门诊耳鼻喉科，"快来人啊！有人晕倒了！快来人啊……"走廊内传出阵阵呼救声，护士长贾淑艳闻声跑出处置室，只见卫生间处停了把空轮椅，近处看，一名女子已经昏倒在厕所内，面色苍白。男子极力想把女子抱回到轮椅上，可这时，经验丰富的贾护士长一把拦了下来，和陆续赶来的护士们一同将患者抬到了走廊内的候诊椅上。医护人员立即投入到紧张有序的抢救工作中，吸氧、测量呼吸、脉搏、血压、开放静脉通路。

第二棒：生命危在旦夕，医生明确诊断。

9时46分，门诊耳鼻喉科，舒畅与陈胜武医生在一旁询问病情。

男子告诉医生，他的妻子是因为肚子疼所以来医院的，到卫生间内是为了留尿样做检查。杜青艳护士听后，连忙跑到四楼将正在门诊妇产科值班的葛殿华医生找了下来。葛医生看到患者之前做过的B超结果，触诊发现患者腹部膨隆，有移动性浊音，初步诊断为宫外孕、出血性休克。

此时，患者的血压已经测不到了，生命危在旦夕、危急万分。经验丰富的老医生葛殿华太清楚这意味着什么，之后的抢救极为艰辛，因为她们要与时间赛跑，与死神抉择。"快！直接送去病房。"全体医护人员，立即为患者开通了绿色通道，开始了又一轮的生命接力。

第三棒：转入妇科病房，多方术前准备。

9时49分，在妇科病房，接到抢救电话的妇科护士长戴丽，早已同科室护士将各种抢救仪器、设备等准备就绪。张雪芹副主任指挥抢救，并进行工作的分工与实施。此时，麻醉手术科曲宪杰医生也接到通知赶了过来，立即为患者颈内静脉下穿刺两条通路，方便抢救。妇科检查、下医嘱、与患者家属交代病情、提交手术单、抽血样送检、取血……妇科医护人员分工明确，配合默契，实施有素，不到10分钟患者便被推入了手术室。

第四棒：台上紧张手术，台下紧密配合。

9时58分，在手术室，手术台上，面对被病痛折磨的面孔和那双祈盼生命的眼睛，医护人员和死神做斗争，同时间争分秒。术中患者出血1 800ml，血压过低。升压、扩容、紧急输血，医护团结协作，台上台下密切配合，主刀医生仔细检查，细心清理腹腔血块、冲洗、缝合。

终点：医护团结协作，闯过生死关。

12时05分，手术整整进行了两个小时。患者转危为安。当看到医护人员拖着疲惫的身子将自己的妻子推出手术室，听到手术成功时，患者的丈夫，这个朴实的东北汉子落泪了。

"在医院，别怕，有医生护士们。"从事发到术后，患者的丈夫始终重复着一句话。这句话包含着他对妻子的安慰与鼓励，更是对大庆龙南医院全体医护人员的信任与认可。

这是一场发生在医院里的接力赛，对手就是死神。抢救过程中，各科室互相配合，紧密协作，以抢救患者生命为第一要务，用娴熟、丰富的急救抢救经验能力，将命悬一线的患者从死亡线上拽了回来。

"骨口拔牙" 救下老寿星

◎ 段彩绫

98岁高龄的杨奶奶，在龙南医院骨科做完股骨头置换术，经过一段时间的治疗，康复出院。近百岁的杨奶奶，还是第一次动这么大的手术，虽然是超高龄患者，但老人术后的恢复状态和对生活的乐观态度，不禁让所有人啧啧赞叹。老人的儿女们逢人就说："多亏了龙南医院骨科，为了我母亲晚年能健康地生活，甘愿冒着风险做手术……"那么，龙南医院骨科的医护们，是如何拨亮这位耄耋老人的健康之光呢？

一天晚上，杨奶奶上厕所时不慎摔倒，当时杨奶奶的右侧髋关节就疼痛难忍、不能动弹，这么大年龄，又重重摔了一跤，可不是小事，家人赶紧把她送到了附近的医院。"股骨颈骨折"的诊断，让医生犯了难。考虑到杨奶奶年龄较大、手术难度大，于是医生采取保守治疗，希望减轻杨奶奶疼痛现状，然而效果并不好。

家人走遍大庆、哈尔滨各家医院，都因老人年龄太大手术风险太高，拒绝收治。老人家忍受不了疼痛，几欲拒绝进食以求解脱。对于老人的这次意外，儿女孙辈们看在眼里、疼在心里，全家商量后决定，即便存在风险，他们也愿意试试手术方法，希望老人能够重新站起来。

家人四处打听，了解到龙南医院骨科治好了不少老年人摔伤，有实力进行各种疑难骨伤的手术治疗。于是杨奶奶家人慕名来到龙南医院骨科，找到主任隋福革，坚持要为老人做手术。看着家人恳求的目光，隋主任决定，再难，也要大胆尝试，一定要治好杨奶奶的病！

经过全面细致的检查和综合评估老人的身体状况后，骨科、内科、外科、麻醉医师、护理团队进行联合会诊。专家们经过缜密研讨、详细分析老人病情、评估手术风险并征得患者家属同意后，给老人实施了人工髋关节置换术。

由于老人各项身体机能都处于下降状态，因此手术难度较大，对百岁老人施行手术治疗存在诸多难题。为保证手术安全，手术时在保证手术质量的前提下，专家们尽可能缩短手术时间，备足血液，同时安排内科医生进手术室协同监护。

在手术室和麻醉科医生齐心协力的配合下，隋福革用了不到一个小时的时间，就成功为杨奶奶实施了"人工关节置换术"。手术过程进行得非常顺利，各项指标均在控制范围之内。

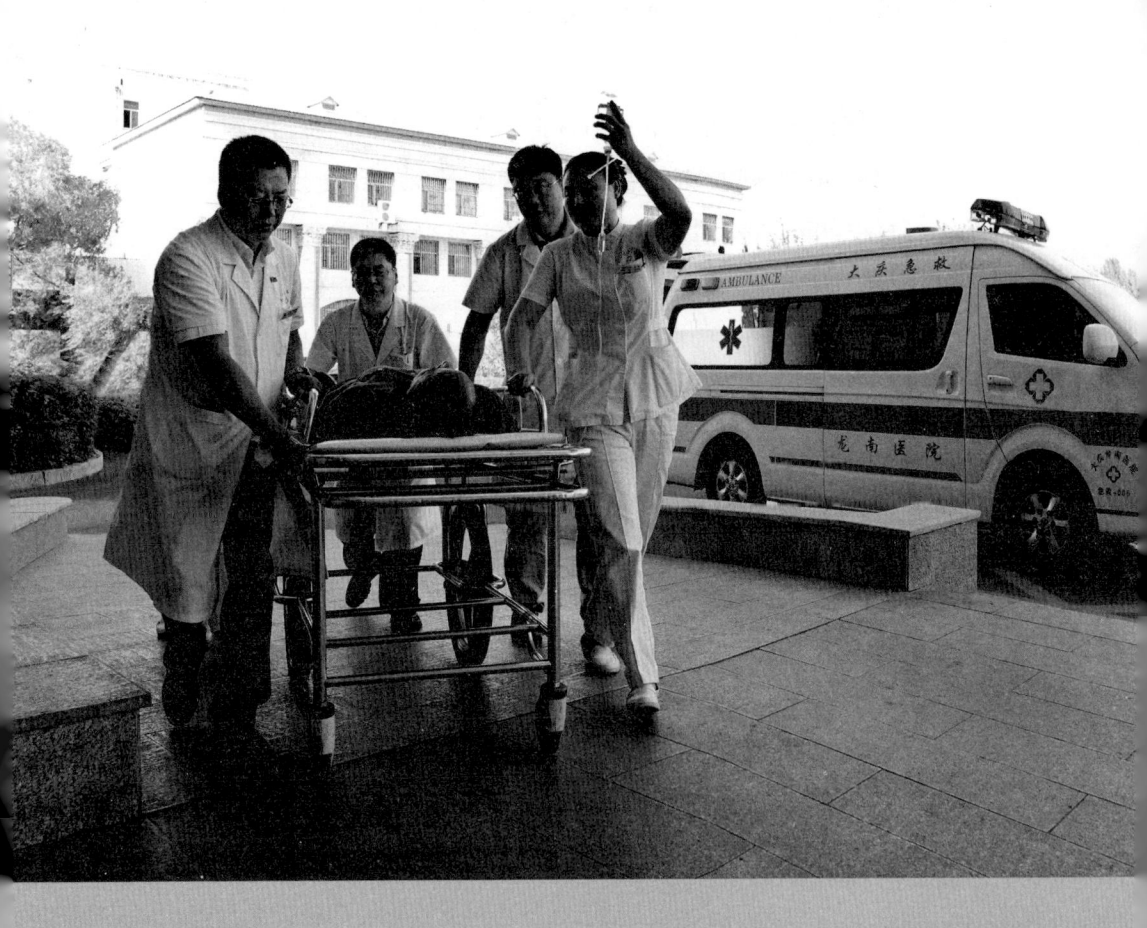

医者慈怀
YI ZHE CI HUAI

悬壶济世，医者慈怀
宅心仁厚，治病救人

坚持"守破离"的匠心仁医

◎ 由加波

在《匠人精神》一书中,这样叙述成为一流工匠的"守破离":跟着师傅修业谓之"守",在传承中加入自己想法谓之"破",开创自己新境界谓之"离"。

龙南医院院长翟秀伟就是这样一位仁医。他在技术上精益求精,在管理上科学创新,在服务上尽善尽美。

他有很多故事,每一个故事都像一股清泉流进人的心田,温润,甘甜,澄澈……

那就讲讲他当神经外科主任时的那些事儿……

故事一:我不会放弃救治

有人说,"医生看病就像修机器,疾病就好比机器出了问题。医生给人看病,就像一个工程师在修理机器。但遗憾的是,机器的零件没得换,所以难哪。"

那是一个炎热的夏天,一位患巨大矢状窦内脑膜瘤的老大娘被送到龙南医院。

大娘姓徐，年过七旬，入院时病情极其复杂。经过检查，医生发现徐大娘还患有糖尿病、脑梗死、面神经炎，可谓数病缠身。

本来徐大娘的情况就有些不妙，术后，她又出现脑水肿，严重危及生命。面对这一情况，徐大娘的家属感到救治无望，悲痛之余，开始考虑为她准备后事。

就在这时，翟秀伟主任对徐大娘的家属说："不要绝望，只要有一线希望，我们都不会放弃救治。"

那些天，翟秀伟主任一直守在徐大娘的病房里，细心观察大娘的病情，随时为她调整治疗方案。

一天，两天，三天……翟秀伟主任整整在徐大娘的病房守护了六天六夜。奇迹终于出现了，已经陷入弥留之际的徐大娘，竟然在"鬼门关"走了一圈，又转了回来，意识渐渐清醒。

徐大娘醒过来了，知道翟秀伟主任六个昼夜一直守在她床边的时候，不由得潸然泪下，感激地说："谢谢你，是你救了我这条命啊！"

翟秀伟主任如释重负地一笑，然而，他笑容里却也有着掩饰不住的疲倦。是啊，六天六夜没有休息好，即便铁打的身体也受不了。

故事二：拿我的卡去开药

有人说，"医生看病就像照顾子女，患者就好像医生的孩子们。医生看病就像母亲照顾一群生病的孩子，没有一位母亲不希望孩子早点痊愈。"

一位值得称赞的好医生，不仅医术精湛，还要医德高尚，关爱患者，翟秀伟主任便是如此。

有一次，患者孙先生住进龙南医院神经外科。经过翟秀伟主任的诊断，孙先生为自发性脑出血，需要立即诊治。然而，家属听完翟秀伟主任的诊断后，却站在诊室里，半天没有动地方。

翟秀伟主任觉得奇怪，问道："是不是有什么困难？"

孙先生的家属愁眉苦脸地说："大夫，不瞒你，我们是从农村来的，住院的押金都是借来的，哪还有钱买药。"

听到这里，翟秀伟主任不假思索地说："不用担心，你拿着我的医疗卡去开药。"

患者家属不由一愣，连声说："这不合适，我哪能用你的医疗卡。"翟秀伟主任说："怎么不合适？谁没有遇到难处的时候，赶紧去开药吧。"

就这样，孙先生的家属拿着翟秀伟主任的医疗卡，将药买了回来。没几天，孙先生的病情就好转了，面色渐渐红润，身上也有了力气。

几天后，恰逢一年一度的除夕佳节，翟秀伟主任在查房的时候，发现孙先生的晚餐只是吃剩的盒饭，这怎么行？翟秀伟主任当即拿出200元钱，硬塞到孙先生家属的手里："过年了，买点好吃的，虽然是在医院，也得有点过年的样子。"

翟主任的话，仿佛一缕暖暖的春风吹进了孙先生心里，孙先生躺在病床上满怀感激地说："翟主任，你对我们太好了，真不知道该怎么报答你。"

翟秀伟主任说:"别想太多,你养好病就是对我最好的报答。"

故事三:你的好意我心领了

有人说,"医生看病就像下围棋,疾病就好像一个棋局。医生的工作就是通过不断的努力,去逆转一个败局。"

翟秀伟主任的手术刀,不知救了多少人。每次,当患者出于感激,拿出红包表示一下的时候,他都婉言谢绝。

有一次,翟秀伟主任连续做了两天两夜的手术,由于过度劳累,体力透支,致使眼结膜重度水肿。

面对同事们关切的目光,翟秀伟主任微微一笑,说:"别愣着,继续做手术。"就这样,翟主任咬着牙一直坚持做完了手术,直到患者脱离危险,安全无恙地推出手术室,他才快步走到诊室治疗自己的眼睛。

事后,患者家属听到这一消息,很是过意不去。在前来道谢的时候,患者家属偷偷将一个红包塞到翟秀伟主任的衣兜里。

晚上下班时,翟秀伟主任才发现兜里的红包。第二天早晨,翟秀伟主任早早来到医院,把红包里的钱为患者交了住院押金。随后,他找到患者家属说:"你的好意我心领了,红包我坚决不会收的。"

类似这样的事儿不胜枚举,只要有人送来红包,翟秀伟主任都会巧妙地将其退还给病人。

故事四：独自上阵做手术

有人说，"医生看病就像演杂技，疾病就像一根钢丝。医生看病就好比走钢丝，明知道难走，也没有拴保险带，但因为这事儿有意义，所以还要继续往前走。"

翟秀伟主任不仅对病人爱护有加，对身边的同事也特别关心照顾，凡事都为旁人考虑。

要知道，在做脑血管造影时，X射线照射很容易引起白细胞减少或性腺的损害。因此，每次做手术时，翟秀伟主任只要能独自上阵，就绝不让其他同事参与。

有一天，一位要做脑血管手术的患者被推进了手术室。翟秀伟主任站在无影灯下，看了一眼身旁的年轻同事，说："你在外面盯着就行，这个手术我自己来做。"

同事觉得不妥，坚持要和翟秀伟主任并肩作战。翟秀伟主任劝道："别犟了，X射线危害太大，你还没当爸爸，能避免就避免。"

就这样，翟秀伟主任将助阵的同事劝到了外面，独自一人把手术做完。从手术室出来，翟秀伟主任摘下面罩后，同事们不由大吃一惊，只见他面色苍白如纸，还不停地咳嗽。原来，翟秀伟主任最近身体状况也很不好，眼角膜充血严重，白细胞不到4 000单位（正常人5 000~10 000个单位），在这种情况之下，哪能受得了X射线的侵犯。

同事责备翟秀伟主任，不该一个人做手术。翟秀伟主任微微一笑说："这没什么，我扛得住。"

翟秀伟就是这样一个人，一位执着而又技艺高超的工匠，一位淡泊而又仁爱无私的良医。我们引用《人民日报》中的一段话解读"守破离"："守，以理想为基，久久为功而不改初衷，精益求精而臻于至善；破，以思考为底，无思考则无变化，无变化则始终是老样子，学而思才能'芳林新叶催陈叶'；离，以创新为核，有非同寻常的构想，方能'人无我有，人有我强'……匠心是精雕细刻和精益求精之心，是追求卓越不断超越之心，是破除成见不断创新之心。匠心之道贵在'守破离'。"

加班大王李春双

◎ 由加波

加班大王这个绰号,是李春双的闺蜜给起的,隐隐之间不难察觉,闺蜜对李春双的无奈。李春双自己也挺不好意思,每次闺蜜约她出来聚聚,她都在加班。

李春双是神经内科医生,从医十年,平均每年加班达700多小时。

有一天,她与闺蜜约好中午一起吃顿饭,电话刚放下,一位经常在神经科住院的老患者被家属火急火燎地送来了。李春双一看患者状态不好,考虑是急性脑梗死,遂再次放弃与闺蜜约好的聚会,陪同患者做各项检查,待病情稳定后,已经到了下午正常上班时间。

李春双觉得不好意思,给闺蜜打个电话,约她晚上出来。然而,计划不如变化快。这天下班前,李春双巡视病房的时候,发现一个患者突发心脏骤停,当时,患者坐在椅子上,体型特别肥胖,她跟陪护费了很大的劲儿才把患者抬到床上,随后马上组织抢救。

在抢救过程中,李春双沉着冷静,不停地给患者实施心肺复苏,并进行相应的处理。患者的呼吸、心跳终于恢复了,生命体征趋于平稳了。因患者心脏再次停搏的风险很大,这种抢救分秒必争,为了患者的安全，李春双没有去休息，而是继续守在患者床边……

　　李春双一忙起来，就把约会给忘了，结果闺蜜电话打过来，问她怎么还没到饭店，李春双这才猛然想起，连声道歉，弄得闺蜜哭笑不得。

温情小年夜

◎ 沈江萍

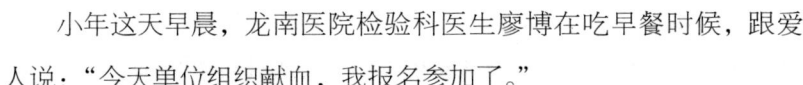

小年这天早晨,龙南医院检验科医生廖博在吃早餐时候,跟爱人说:"今天单位组织献血,我报名参加了。"

爱人不高兴,噘着嘴说:"你已经连续献了三年,咋还献?"

廖博说:"我得起个带头作用。"

爱人看了廖博一眼说:"你都瘦成啥样了,抽一管血去,得吃多少好东西才能补回来。"

廖博忙安慰道:"我知道你心疼我,别看我瘦,可我身体好啊,献点血没啥。"

爱人叹口气,低头吃饭,她知道,廖博倔,不好劝。

廖博当天就把血献了出去,爱人买回一只本地鸡,炖了一锅鸡汤。小两口有说有笑吃晚餐,然而和谐温馨的气氛,很快被廖博的一句话破坏了。

廖博说:"老婆,过年期间我值三十的夜班,初二、初四的白班。"

爱人将筷子"啪"的摔在桌子上,问道:"又是你自己主动提出来的?"

廖博嘻嘻一笑,算是回答了。

爱人说:"奶奶今年都 88 岁了,想看看她的孙子,原定全家一起到北京看奶奶的,你又值班,大过年的,你一人在家,我不忍心啊。"

廖博说:"我知道奶奶岁数大了,她想看孙子,你们抱着孩子先到北京等我,我会好好照顾自己的。等我忙完工作就去找你们,你要支持我工作啊。"

爱人低头不语,算是答应了。

做通了爱人的工作,廖博长松一口气,兴致勃勃地说:"年三十不在一起,咱们就好好过一下小年。"说着,取来一瓶红酒。

爱人瞪了廖博一眼说:"亏你还是大夫,献完血能喝酒吗?"

廖博一拍脑门说:"可不是吗,我都忘了。"

"一高兴,啥都忘了。"爱人脸上露出乐模样,满天乌云都吹净,又是晴空万里好心情。

一触即发的家庭战役,比红灯的时间还短。理解万岁,爱人之所以这么好劝,只因她总觉得救死扶伤充满了神圣感,暗暗期待廖博能当个好医生。

被"记住"的刘医生

◎ 刘金丽

"刘医生,来重患了!"凌晨4时许,呼吸内科医生刘金丽听到护士李娜焦急地呼喊。

"什么病?"刘金丽问道。

李娜回答说:"是哮喘,已经昏迷了!"

说话间,刘金丽已经来到急诊室,定睛看去,觉得患者有些眼熟,但是想不起来叫什么名字。这时,李娜已经动作麻利地给患者吸好氧气,接好监护,开好静脉通道。心率血压正常范围,刘金丽立即给予对症治疗。

患者接受治疗后,病情趋于稳定。当刘金丽在他耳旁大声呼唤的时候,患者慢慢睁开眼睛,瞅了瞅刘金丽,说:"刘大夫,我活过来了!"

在那一瞬间,刘金丽医生眼睛湿润了,他竟然还记得我姓什么!患者的老伴也是满眼泪水,紧紧地握着刘医生的手说:"刘大夫,谢谢你们,没有你们,我老伴就没命了,谢谢你们的救命之恩啊!"

刘大夫,我活过来了!看似简单的一句话,却饱含着深刻的意义。医生全身心救护患者,患者记住了他所信任的医生。把患者当亲人,做一名能被患者记住的好医生,这是一件多么幸福的事。

给患者揉脚的好大夫

◎ 龙医宣

巩大爷是龙南医院老年病科的老患者了，2013年3月份的一个下午，他因高烧引发肺炎住院。巩大爷被家人紧急送到龙南医院时，高烧不退、呼吸困难、哮喘发作。老年病科主任李秀莉在抢救中安慰说："不要担心，您这是个小病，不算啥，过不了几天就能出院了。"

李秀莉的话像一粒定心丸，让痛苦不堪的巩大爷心里一宽。

随后，经过心电图、吸氧、化痰、消炎等一系列检查和药物控制，巩大爷的病情在最短时间内得到了控制。巩大爷心里挺乐呵，然而第二天晚上，他的病情反复发作，呼吸急促，无法休息。当班医生王洪静、邓庆梅及时给巩大爷用上了保护心脏的药物，让大爷再一次渡过了难关。

巩大爷因长时间坐在床上，双脚浮肿，抬都抬不起来，李秀莉查房时看到，就蹲在地上用手轻轻按压巩大爷的脚面，并耐心地询问巩大爷还有哪里不舒服。这对李主任来说，只是一个很平常的动作，但对于巩大爷来说，却倍感亲切和真诚，感激地说："孩子，你们的态度可真好，我还是头回碰上，大夫给患者揉脚的。"

高主任的高招

◎ 毛 军

人上了岁数，要是耳朵聋，交流起来特别费劲，都能急死人。这不，龙南医院循环内科十四病区就住进了这样一个人。患者姓姜，八十多岁，病情不是很严重，但是由于耳背，沟通困难，把医护人员都快弄崩溃了。

有一天，姜大爷得去做B超，护士到病房里来找。当时，姜大爷倚着床头正发呆，护士大声说："大爷，我领你去做B超。"姜大爷看了护士一眼，满脸茫然地问："你领我去找什么？"护士提高声音说："做B超。"姜大爷不高兴了，噘着嘴说："谁吵吵了？"护士被弄得哭笑不得，每次跟姜大爷说话，一句话至少得说好几遍，再不把姜大爷弄激眼了，再不弄出笑话来。

这时候，病房里的一个患者跟护士说："这老爷子，也就你们高主任能跟他沟通。"

这位患者说得不假，高志刚主任跟姜大爷沟通起来就不费劲，这到底是怎么回事呢？中午吃饭的时候，护士碰见了高主任，说出了心中的疑问。高主任笑笑说："原因很简单，耐心点，试图去理解他。"

高主任这么说，也这么做的，每天来到科里总是先去了解一下姜大爷的情况，耐心听老大爷的主诉，又一遍一遍给老大爷讲病情，就这样，沟通不再是问题，姜大爷病情自然一天比一天好转了。

生命之吻

◎ 邓丽娜

这天，患有妊娠糖尿病的姜女士，因巨大胎儿进行剖腹产手术。术前一切顺利，没想到孩子出生后，意外发生了……

孩子没有自主呼吸，上肢肌张力弱，皮肤苍白，口唇青紫。经主刀医生雷娟主任吸痰刺激后，仍无反应。女麻醉医生李文波来不及多想，马上为孩子进行口对口人工呼吸，孩子还是没反应。

李文波一边观察孩子的胸廓起伏，一边沉着地向巡回护士刘锦昭下达医嘱。随后，继续为孩子做人工呼吸，见孩子手脚动了一下，她赶紧又一口气吹进，孩子发出了细声。

连续吹气后，李文波的头上渗出了汗珠，可孩子的反应依然极其微弱，在场人员的心都提了起来。巡回护士刘锦昭早已准备好了新生儿气管插管的物品，当李文波把喉镜插到孩子咽喉部时，孩子手脚动了起来，并发出一声较响的哭声。

"太好了，呼吸恢复，快拍背，再吸一下羊水。"李文波果断地将喉镜取下，边给孩子拍背，边给孩子吸氧。孩子的哭声越来越响亮，皮肤也由苍白转成了红润。"孩子没事了。"放松下来的李文波这才发现后背全湿透了，口罩外面也沾满了胎脂。

爸爸，擦汗吧

◎ 邓丽娜

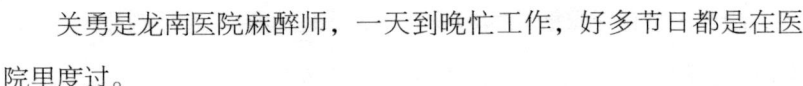

关勇是龙南医院麻醉师，一天到晚忙工作，好多节日都是在医院里度过。

这天，他又早早地来到了手术间，开始了一天的工作。中午12时，关勇将刚进行完剖宫产手术的患者送出手术室，忽然发现他13岁的女儿竟然站在手术室门外。

看见他的身影，女儿高兴地迎了上去，从背后拿出了一个礼盒，满脸微笑地说："爸爸，节日快乐！"

关勇一下子呆住了，今天是什么节日？

"爸爸你忘了，今天是父亲节啊。本想早晨送给你，结果我醒来时候，你已经上班了……"

关勇颇有感触地想，是啊，最近单位的事情实在太多了，每次回到家时，女儿都已经上床睡觉，等她醒来时，自己就上班了，已经有好几天没能和女儿说上话了。

这时，女儿小心翼翼地打开了礼盒，里面是条深蓝色的毛巾。"爸爸，你的工作太辛苦了，就让这个毛巾陪着你，替我为你擦汗吧！"

望着女儿送来的礼物,关勇不由感动得满眼泪花,伸手接过来说:"孩子,爸爸没有陪好你。"

女儿说:"没关系的,爸爸是在忙着救人,我跟妈妈都很为你骄傲。"

抢救英雄看阅兵

◎ 陈东伟

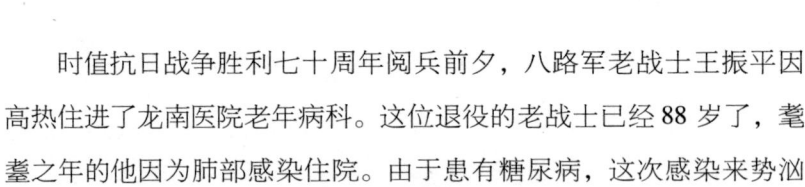

时值抗日战争胜利七十周年阅兵前夕,八路军老战士王振平因高热住进了龙南医院老年病科。这位退役的老战士已经88岁了,耄耋之年的他因为肺部感染住院。由于患有糖尿病,这次感染来势汹汹,高热不退,血压和血氧饱和度都难以维持。

住院期间,大庆市政府的领导们来到病区慰问,为患者送来了纪念勋章,并推来了一部新的轮椅。看到老人的病情危重,领导们指示,目前大庆市的八路军老战士仅存的不足三十人,每一位老战士都是我们的珍宝,要好好爱护,一定要尽全力保障老人的健康。老年病科的医护人员们感到身上的担子更重了。

几天后,王大爷病情加重,除了寒战、高热、还出现心率加快、喘息加重的情况,考虑是在感染后又继发了急性左心衰,责任主治医邓庆梅和李剑带领值班医生和护士就站在王大爷的床边寸步不离,给予紧急抢救,直到患者的心率降至正常、血压恢复正常才离去。

随后的几天里,这种病情变化一次次发生,为了挽救王大爷的生命,邓庆梅和李剑建议患者家属将患者转入重症监护室(ICU)进一步治疗,可是王大爷的倔劲上来了:"我不去什么U里待着,我就要在这张床上看阅兵典礼。"

王大爷的态度很坚决,老年病科的医生们也下定决心,一定要让老大爷恢复健康,坐起来看阅兵式。各相关科室的专家被请来会诊,每当患者有病情变化时,医生和护士都第一时间来到床前,前后一共四次抢救,最终从死神的手中抢回了大爷的生命。

阅兵当天,王大爷已经可以坐在床上观赏阅兵典礼了。看到电视里威武的士兵队伍,具有威慑力的各种新式武器,他骄傲地抚摸着自己的勋章,向家里人讲起当年参加过的战役。这种感情也感染了所有的医护人员,为我们的祖国,为祖国的抗战老兵感到自豪。

带着颈托写病历

◎ 白　洁

"唐姐，快休息一会吧，我们来就行，您快安心打点滴……"在龙南医院呼吸内科十八病区有一个带着颈托、打着点滴还在工作的医生，她就是呼吸内科副主任医师唐颖。

唐颖医生因颈椎间盘滑脱，需要带颈托复位和点滴治疗，最近正在家休病假，然而有天早晨，她忽然出现在十八病区。

同事很诧异地问:"唐姐,你怎么来了?"

唐颖笑笑说:"在家待不住,过来看看,有没有什么活,我能干的。"

同事说:"你看,你还带着颈托,这万一闪着,怎么办?"

唐颖满不在乎地回答:"没事,不耽误干活。"

就这样,唐颖虽然处于点滴治疗的过程中,但还是经常往病区跑,做一些看病历、写病历等力所能及的工作。带着颈托还忙来忙去,成了呼吸内科十八病区一道特别的风景线,很多患者都好奇地看着唐颖,每当这时,唐颖就开玩笑说:"咱们是病友。"

带病坚持工作,虽不是什么大事,但正是这种小事彰显出了医务人员无私奉献、顾全大局的精神。这些年来,唐颖始终默默工作,没有豪言壮语,用自己的实际行动,心系患者、用心服务,她可真是一位值得敬佩的好医生。

被"遗忘"的生日

◎ 白　洁

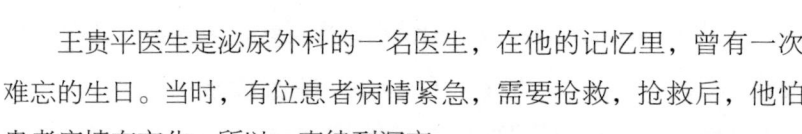

　　王贵平医生是泌尿外科的一名医生,在他的记忆里,曾有一次难忘的生日。当时,有位患者病情紧急,需要抢救,抢救后,他怕患者病情有变化,所以一直待到深夜。

　　深夜 12 点,当王贵平还在忙碌的时候,龙南医院微信群里发出了一张王贵平医生的工作照片,照片下还有一段话:王哥今天过生日,这个点还没回家!这就是一个神医的一天,happy 45 years old!

　　虽然王贵平光顾抢救病人,忘记了生日,但是同事们没有忘记,纷纷祝他生日快乐,为他点赞,送花及活泼的生日蛋糕表情,并且你一言我一语地唠了起来。

　　"都这个点了,王哥还不回家,再有 20 分钟生日就过完了。"

　　"好样的!"

　　"白天忙了一天,半夜还在病房辛苦工作,自己的生日就这么度过了,感动……"

　　王贵平医生对每一位患者,都全力以赴,即使是休息日,也经常到病房查看。他认真负责的态度始终感染着身边的每一位医护人员。

手术室上演温馨"哑剧"

◎ 邓丽娜

有天晚上,大庆龙南医院手术室来了一位特殊的病人。这位徐大娘先天聋哑,既不识字也不会手语,只能用手势和她沟通。摆手表示不行,竖起大拇指表示好、真棒、没问题、你放心吧等意思。

进入手术室后,徐大娘异常紧张,眼睛里透出恐惧和无助。护士邓丽娜握住她的手,轻轻拍着她的肩膀,用手比画着如何脱衣服,如何躺在手术床上,并不断地向徐大娘竖起大拇指,对她进行鼓励。

麻醉过程中,患者不能随意移动。邓丽娜就一直握着徐大娘的手,和她比画着打针的动作,摆着手告诉她不要动。虽然徐大娘听不见,但是吴丽霞和邓丽娜还是和她亲切地说话。验证麻醉效果时,正常人可以准确地说出疼还是不疼。可徐大娘怎么表达呢?麻醉师吴丽霞和护士邓丽娜一起配合,麻醉师触碰徐大娘的时候,邓丽娜一边观察大娘的面部表情,一边向麻醉师皱着眉表示疼痛地点头。经过几次比画,顺利完成麻醉效果的评定。吴丽霞不断地向大娘竖起大拇指表示赞赏,徐大娘也露出了欣慰的笑容。

徐大娘的手术顺利结束了,她迫不及待地向护送她的吴丽霞和邓丽娜竖起大拇指,不住地点着头。

坚守背后的"酸与苦"

◎ 白 洁

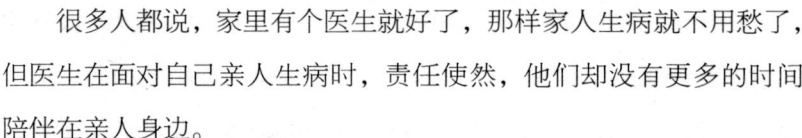

很多人都说,家里有个医生就好了,那样家人生病就不用愁了,但医生在面对自己亲人生病时,责任使然,他们却没有更多的时间陪伴在亲人身边。

一天中午,急诊科送来一个上消化道大出血患者。经过消化内科医生贾丽萍等医护人员的全力抢救,患者慢慢好转。贾丽萍医生放心不下,守在患者床前近三个小时,直到患者转危为安。

22时30分,贾丽萍接到家里的电话,孩子发烧严重了。贾丽萍医生的孩子刚刚两岁,已经发烧好几天了,当听到孩子病情严重的消息,贾丽萍心急如焚,然而,她却只能在电话里告诉家人给孩子加些药。与此同时,贾丽萍的父亲正在忍受着肚子异常疼痛的煎熬。为了不给女儿添麻烦,贾爸爸愣是没给女儿打电话,自己找了片药吃下去。星期五下班后,贾丽萍才知道父亲阑尾穿孔,严重感染,周末在医院做了手术。来不及多陪伴父亲,第二天早上,贾丽萍医生又坐火车赶回医院值班。

这天,消化内科收治了5名患者。白天出血患者3名,半夜来了一名腹痛、呕吐3天的患者,消化内科值班医生赵丽然立即给予对症治疗。患者的症状得到缓解后，家属不住地跟赵医生说着感谢的话。不到半个小时，又来了一名呕吐患者，病情极其严重，当赵丽然将其处置完，天已大亮。赵医生一夜未睡。其实别人不知道的是，赵丽然的父亲前两天做大手术，她却没有陪伴在身边。

　　这几天，消化内科副主任孙庆文的父亲也住院了，她却忙得顾不上给父亲做口饭吃，全心全意坚守在自己的工作岗位上，将近一个月没有休息好了。消化内科医生涂征艳的父亲肾功能异常，这段时间辗转省内多家医院看病，却依然没有确诊。涂医生自己的身体状况也不是很好，但她依然是那个工作认真、患者交口称赞的好医生。

　　一边是牵挂于心的亲人，一边是放心不下的患者。这些忙碌的背后，是一颗颗牵挂父亲的女儿心。

尽职尽责的好医生

◎ 王洪静

　　陈东伟是大庆龙南医院老年病科的一名年轻医生，在工作中尽职尽责，对患者无微不至，是一名患者信得过的好医生，但面对家人，她却充满了愧疚。

　　劳动节前夕，陈东伟的公公因重症肺炎住院了。老人今年68岁，平时是个沉默寡言的人，生怕给同是医生的儿子、儿媳添麻烦，反复感冒了一个月却始终瞒着不说，自己悄悄吃药坚持，直到高热被儿子发现，做了肺CT检查，已经是肺脓肿了。

　　儿子立刻把老人送到了医院，可是由于老人患有糖尿病，感染一发不可控制，出现了呼吸衰竭，转入ICU病房戴上了呼吸机。

　　陈东伟在休息时间到ICU病房看望公公，和主治医生询问病情，向各科专家求助治疗方案的同时，心里还挂念着她的患者，仍坚持在科里值班。实在忙不过来，陈东伟就把刚满3岁的孩子交给心脏不好的父亲和患肿瘤的母亲帮助照顾。

　　很不幸，所有的努力都没能挽留住公公的生命。陈东伟仅请了一天假用来安排公公的后事，随后便返回到工作岗位，因为需要她的不仅仅是家人，还有更多的患者。

用简单重复的事诠释着医者大爱

◎ 于庆华

11月份的一天早晨7点,东海医院龙新社区卫生服务中心的一楼大厅内已经是人头攒动,龙新社区65岁以上居民体检还在继续,只看见一位医务人员,在有条不紊地安排老年患者进行项目体检,他就是狄万军医生。

社区65岁以上的老年居民体检工作是相对困难的,存在年龄偏大、体弱多病、行走不便,以及没有家属陪检等情况,狄医生就主动担负起这项分检、陪检工作。为了防止老年居民空腹时间长容易产生低血糖等情况,狄医生白大衣兜里揣着许多糖块,准备随时能用上。"在二楼做B超,我也上不去呀,怎么做呀?"狄医生听到喊声,快速下到了一楼,看见是一位七八十岁、体重有近二百斤的手拄着手杖的大爷,气喘吁吁地用手帕擦着汗,愁容满面。"大爷你是来体检的吧?有困难我来帮助你,你放心。"狄医生二话没说就搀着大爷,一步一步地上到了二楼。"大爷你先休息一会,缓缓劲。""孩子我好像不舒服,低血糖了。""大爷你不要紧张,我这里有糖块,可以缓解你的低血糖症状。"大爷含着糖在休息着,狄医生马上协调体检相关项目检查人员,为大爷开通绿色通道,优先检查。在B超检查时，大爷上检查床困难，狄医生就半抱着大爷，把大爷扶上了床，帮大爷解开衣服，帮大爷转身，一直检查完，又帮大爷穿好衣服。狄医生接着端来一杯热水，大爷微笑地接过去点点头，直到老人家休息好后，又把大爷送下了楼。这时候，大爷的儿子在一楼寻找着大爷，看到这一切，眼睛湿润了，"我说让他等我一会，把孩子送到学校，再陪他体检，没想到他自己先来了，给你们添麻烦了。"看见大爷父子远去的身影，狄医生又开始新的帮扶、陪检工作。

老年人体检工作持续了近两个月，每天故事都在发生，内容不尽相同，但这里却书写着一名医务工作者医者仁心、大爱无边的情怀。

医生自制"最美的鞋"

◎ 段彩绫

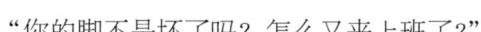

"你的脚不是坏了吗？怎么又来上班了？"

看到一瘸一拐的风湿骨病科医生杨丽走进诊室，内科护士长潘丽心疼地嗔怪道，并赶紧上前扶住，却发现杨丽医生的鞋很"别致"——缠满纱布的脚不是穿在鞋里，而是被一道道红线捆绑在粉红色的拖鞋上面。这双自制的鞋引起了大家的注意，了解情况后，大家都称赞这是医院里"最美的鞋"。

两日前，杨丽走路时不小心踢在门框上，剧烈的疼痛让杨丽意识到脚趾出了大问题。检查结果证实了杨丽猜得没错，右脚大脚趾的趾甲磕掉了一半，另一半也保不住只能拔掉了。

忍受着"拔甲"的剧痛，杨丽首先想到的不是自己的病痛，而是一位老年患者。这位患者患间质性肺炎，病因不明确，这几天特意约了杨丽医生，要仔细检查一下。如果自己不上班，老人会白跑一趟，还会耽误老人的病情，况且自己还要完成排班的工作，门诊医生一个萝卜一个坑，工作可不能耽误呀！这些，她都想到了，却唯独没有想到自己脚坏了，怎么穿鞋？怎么上班？婆婆因肺心病在住院，怎么照顾？

面对一个个难题,杨丽逐一攻破。她找来一根长长的红线,因为脚趾肿胀及包裹纱布无法穿鞋,她就用红线把脚绑在鞋面上,央求着爱人每天接送自己上下班,还把照顾婆婆的重任一股脑儿推给了丈夫,自己依旧天天出现在诊室里。

顾不上吃的生日蛋糕

◎ 吴 芳

已经晚上九点多了,龙南医院妇科病房的值班医生护士们还在进进出出地忙碌着。在这些繁忙的身影中,就有周春娜医生。

这天,周春娜24小时值班,由于患者多,她从早晨一直忙到晚上。手机的微信一次次有信息发进来,她却无暇顾及。

周春娜心里清楚,那些微信肯定是亲人朋友发来的生日祝福,没错,今天正是周春娜35岁的生日。早晨上班的时候,家人跟周春娜说,晚上回来做点好菜,给她过生日。周春娜告诉家人,今天24小时值班,回不来了。家人不由都露出失望的表情。

下午的时候,家人特意订了一个生日蛋糕,送到医院。然而,周春娜实在太忙,生日蛋糕一直被冷落在电脑桌上,近在咫尺却顾不上吃一口。

直到夜色很深,周春娜才忽然想起蛋糕,想起自己的生日,但是一看表,却已经是凌晨,生日已经过去了。那个圆乎乎、甜丝丝的奶油蛋糕,大概因为没有完成使命,而跟周春娜生起了闷气。

医院是个24小时都需要医护人员坚守的地方,有多少团聚被错过,有多少假日被耽搁,又有多少个生日被如此遗忘。

微信圈里"晒"感动

◎ 白 洁

最近,通过微信朋友圈,我们看到了大庆龙南医院医生护士们不为人知的一面。在他们的手机相册里,有近三分之二的照片都是同事工作的点点滴滴。

看,照片上带着颈托工作的医生是呼吸内科副主任医师唐颖,她颈椎间盘滑脱,正常需要休息3个月,可她几天后就带病坚持工作,每天会诊量还那么大,她却从没抱怨过一句。

医生慕丽娜,上夜班咳嗽了一晚上,本应该下夜班回家休息,但由于科里繁忙,她主动牺牲休息时间,打着点滴工作。

有段时间呼吸内科主任鹿翠香的膝盖不好,总是反复肿,医生嘱咐她最好别动,休息一段时间,但是科里病人多,工作忙,根本离不开,她只能每天用冰敷来缓解。

医生彭翠兰被车撞了,只是休息了几天就返回岗位。她婆婆肺癌手术,彭医生利用下夜班和中午休息时间去接替丈夫看护婆婆,没请过一天假。

医生李佳腰不好,严重到咳嗽幅度大了,都会腰椎间盘突出,但她依然认真工作。

其实不光呼吸内科的医生爱岗敬业，还有许许多多无私奉献的医生护士们，循环内科十四病区护士胡雪足部韧带坏了，打着石膏固定，虽然不能走路，但是力所能及的工作一项也没落下。

这些晒在微信朋友圈里的普通画面，张张都能引发众多人的感动。

好心眼的医院

◎ 武冰冰

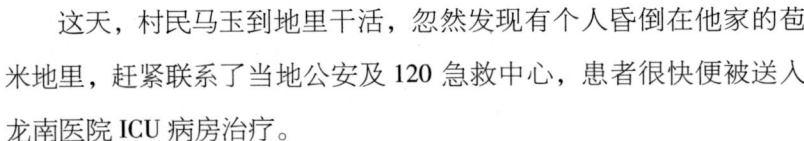

这天,村民马玉到地里干活,忽然发现有个人昏倒在他家的苞米地里,赶紧联系了当地公安及120急救中心,患者很快便被送入龙南医院ICU病房治疗。

患者病情危重,由于没有家属,科室联系了院医务处,为患者开通绿色通道,立即制定方案,全力实施抢救,在不交费的情况下,没有影响治疗。

因为患者药物中毒损伤较重,处于严重的躁动状态,ICU医护人员为他做了大量的防护措施,防止发生一切意外。

经过一番治疗及精心护理,患者意识转为模糊状态,但是语无伦次,很难辨清。值班护士李修萍发现患者不停地在说些什么,便问患者叫什么名字,以及家人的联系方式。患者的回答很模糊,但是李修萍没有放弃,仍然不停地询问。

十分钟、二十分钟过去了,患者说的话还很难听清楚,只是模糊地说出了他的名字和几个数字,李修萍根据听到的数字反复地进行排序拨打电话,几经周折终于找到了患者的家人。

患者的姐姐赶到医院后,边哭边说:"家人都要急死了,咱妈天天在家哭。每天都往公安局跑无数次。"

李修萍在一旁安慰患者的姐姐,又细心指导她办理入院手续。患者的姐姐感激地说:"真是太谢谢你们了。"李修萍说:"患者是最重要的,这都是应该的。"

在找到家人第二天,患者顺利转出了ICU,临转出的那一刻,患者的姐姐紧紧握住弟弟的手说:"你知道吗?如果不是开通绿色通道,及时抢救,你早就死了。龙南医院的医生护士心眼实在太好了。"

一台"疯抢"的手术

◎ 邓丽娜

2016年3月1日,一台特殊的剖腹产手术即将在大庆龙南医院手术室进行。说这台手术特殊,是因为患者是一名艾滋病病人。由于艾滋病具有很强的传染性,患者的一滴血,溅到眼里对医生来说都是极其危险的。稍有不慎,就可能被艾滋病病毒感染。

这台手术谁来配合?谁来冒这个风险?

"我来,我是手术室护士长。"手术室护士长初晓杰第一个站了出来。"我年龄大,我上台担任洗手护士。"早已不用参加手术的老护士李博也冲了出来。"我负责外巡,给你们递东西。"刚参加工作不满一年的新护士张超杨没有一丝退意,也主动请缨。麻醉医生佟香芝则是默默地准备好了手术麻醉所需要的一切,"这个麻醉我来做。"

团队组建完了,张超杨一如平常,面带微笑去病房迎接患者。"你放心,我们会全力帮助你平安生下孩子。有什么需要,尽管跟我们说。"张超杨温柔的话语马上让患者紧绷的脸松弛了下来。

当天,手术室专门为这名特殊的患者准备了一套手术器械。做手术时,每位医生和护士都采取了严密的防护措施,戴防护罩、穿双层隔离衣、戴双层手套、防护眼镜，做好一切防护工作。

　　手术顺利进行，随着一声响亮的啼哭，一个新生命诞生了。一个漂亮的女婴使劲地挥舞着小拳头，不知道她是否能感到这些将自我安危抛在脑后的绿衣"妈妈"们，对她无私的爱呢。

送不出去的"奖励"

◎ 陈东伟

"邓医生,麻烦你帮我把这1 000块钱给冯大娘缴上住院押金。"这天早晨,龙南医院老年病科主任李秀莉交给责任主治医师邓庆梅一个"特殊"任务。

原来这钱是患者冯大娘的老伴林大爷硬塞给李秀莉的。当天查房之后,当李秀莉把这张红色押金票子交给林大爷时,他满脸涨得通红:"不行,不行,这钱是我们一家人的心意,主任您怎么给交了押金呢?"

李秀莉面含微笑地说:"大爷,救死扶伤是我们应该做的,这是工作,钱,我说什么都不能要。"

林大爷无奈之下,只好将押金票子收下。那么,林大爷为什么非得要给1 000块钱呢?

事情是这样,冯大娘得了老年痴呆,谁都不认识,跟小孩一样,但她却是林大爷全家的宝。没住院之前,全家就担心她住院害怕、生气,可住进来之后,才发现之前的顾虑都是多余的。

医护人员每次给她扎针、查体,动作都那么轻柔。冯大娘不爱吃饭,李秀莉还帮着想了好多办法,告诉林大爷怎么能让她吃东西,吃什么对她好。

　　李秀莉等医护人员的优质服务感动了林大爷，老人觉得写一封感谢信已经不能表达全家的感激之情，所以才想到来点"物质奖励"。

　　在龙南医院老年病科，像林大爷这样"送奖励"的人不在少数，可每次都被李秀莉主任婉言拒绝了，她觉得，患者对自己工作的认可，就是最大的奖励。

拾金不昧的好医生

◎ 张晓磊

"真的太感谢你们医院的张医生了!要不是她,我的损失可大了,感谢医院培养出这样优秀的职工!"近日,物探公司职工吴先生专程来到龙南医院纪检监察处,送上一封表扬信,以感谢拾金不昧的口腔科医生张彬。

事情发生在一个上午,物探公司职工吴先生来到龙南医院体检中心体检,采完血后,吴先生就坐在采血室旁边的椅子上等候。在进行下一个体检项目时,吴先生匆匆离开,不慎将背包遗失在休息椅上。

当时,口腔科医生张彬经过这里,发现了遗失在休息椅上的背包。"谁将背包丢失了?"考虑到失主可能是来体检的,张彬拿着钱包在服务台旁询问,可大家都说不知道。

十多分钟过去了,始终没有人来认领。为了找到失主的线索,张彬医生及体检中心的工作人员打开了那个包,发现里面有现金、身份证、驾驶证及多张银行卡,但没有联系电话。无奈,张医生只好用最原始的方法,守株待兔,并不时询问返回体检中心的体检人员,经过多重查询,最终找到了失主吴先生。

张彬医生拾金不昧的高尚品德让吴先生感动不已,几次要以实物感谢张彬,都被她婉言谢绝了,于是出现开头的一幕。拾金不昧是中华民族的传统美德,也是一个人优秀品质和崇高社会责任感的具体体现。张彬医生用实际行动,再次展示了医院医务人员的高尚风采和优良品质,为医院树立了良好的社会形象。

医患 13 年后的不期而遇

◎ 白 洁

13 年前，王大娘因为肺癌，在上海做了一次手术，手术非常成功。当时，为王大娘做手术的就是现在龙南医院的"特聘专家"罗清泉教授。

这些年，王大娘心里一直念念不忘救了自己的恩人。一次偶然的机会，王大娘的儿子在电视上看到上海胸科医院胸部肿瘤治疗中心的罗清泉教授在大庆龙南医院定期会诊、手术的信息，非常激动。掐着罗教授会诊日期，王大娘的儿子一大早就到心胸外科门口等待罗教授的到来，要替自己的母亲表达他们一家这么多年来的感激之情。

当天，罗清泉教授安排了 4 台手术，时间非常紧张，但是罗教授了解情况后，自己也深受感动：一位普普通通的患者，这么多年还没有忘记我，我一定要去看看这位大娘。

13 年后，王大娘终于在龙南医院见到了当时为自己做手术，使她重获健康的救命恩人。看到罗教授后，王大娘激动得热泪盈眶，感谢的话一遍遍地重复……

在医生眼里，病人身负重患，是等待拯救的生命。在病人眼中，医生救死扶伤，是人间最可爱的人。

医生的"胸怀"

◎ 侯淑艳

一天中午,龙南医院透析室门口一位患者高声大喊着:"你必须给我一个说法,不然我找你们主任,找你们院长,为什么透析下来没有达到设定脱水量。"

得知情况后,杨庆春医生查看了患者的透析记录单,没有任何问题,就问患者上机时有没有吃什么东西。患者说:"就吃了两个酥饼,那才多少重量……"这时护士长孔祥茹走到患者身边说:"您别生气,有话咱们好好说,你先透析,我一会调查完肯定给你一个说法。"劝了好半天,最后患者终于同意先透析,稍后再解决问题。

接着,护士长给当天值班护士打电话询问当时情况,值班护士回忆,那天患者吃了两个酥饼,还吃了两个大香瓜,因手扎针不方便,还是当班护士轮流喂他吃的。知道原因后护士长找到这位患者,很委婉地说:"咋样了,没事了吧?以后香瓜啥的少吃点,容易导致钾高,我们不建议吃。"听完,患者恍然大悟。

下机后,这名患者找到杨庆春医生说:"对不起,都怪我记性不好,冤枉你了。"杨庆春接受了患者的道歉,没再追问什么。杨医生觉得,作为一名医生就要有包容的胸怀!

王奶奶做手术认个"孙女"

◎ 邓丽娜

96岁高龄的王奶奶,额头上长了个瘤子,由于她身患冠心病、原发性高血压等多种疾病,出于安全考虑,市内多家医院都拒绝为她进行手术。

王奶奶额头上的瘤子越长越大,足有鸽子蛋那么大,已经影响到了王奶奶的正常生活,成了她的一块心病。

后来,王奶奶抱着试试看的态度,来到龙南医院,没想到医生真答应了她的请求。不过,口腔科医生王雷告诉王奶奶的家人:"虽然手术难度并不大,但患者的身体状况能否承受手术,对医生来说确实是个挑战。"

负责此次手术麻醉的是拥有硕士学位的麻醉医生华庆丽。从接到这个任务起,华庆丽就开始着手了解王奶奶的身体及患病情况,积极翻阅相关病例,并与科室的其他人员进行深入探讨,最终制定了一套预防各种意外情况的麻醉方案,以确保手术安全。

为了缓解王奶奶的紧张情绪,术前华庆丽还特意来到病房,拉着她的手安慰道:"奶奶,您别怕,手术过程中要是有哪里不舒服就跟我说,我就和您的孙女一样。"

手术当天,王奶奶一进手术室就用眼睛四处寻找着华庆丽。华庆丽刚一走进来,王奶奶便一把抓住她的手说:"孙女,我这老婆子可就交给你了。""奶奶,有我在,您就放心吧。"

手术进行得很顺利,可术中王奶奶的生命体征却突然急转直下,情况不容乐观。不过由于术前准备充分,一切都在华庆丽的掌控之中。她一边时时监控着王奶奶的生命体征,一边不断安慰着王奶奶,以缓解老人的紧张情绪。

手术成功完成,可就在要把她送回病房的时候,王奶奶突然发生了呼吸困难。华庆丽又进行了一次紧急处置。奶奶躺不下,华庆丽就紧紧靠住床扶着她,怕她坠床,并细心地给她盖好被子。刚刚缓过来的王奶奶不禁泪湿眼眶,轻声说:"有你这个孙女真好。"

好医生慷慨解囊

◎ 白 洁

七十多岁的刘大娘在社区肿瘤筛查中,查出肺部有不明肿物。刘大娘赶紧来到龙南医院检查,确诊病情后,刘大娘与老伴却没有立刻办理住院手续,而是在病区的门口站着,神情黯然。看着老人为难的表情,心胸外科副主任张义栋主动上前询问情况。

原来,老人身上没有足够的钱来交住院押金,子女又都远在外地上班,根本不可能立刻就赶回来。两位老人都七十多岁了,行动本来就不方便,再加上刘大娘的病情,他们很是焦虑。

见此情景,心胸外科副主任张义栋马上拿出两千元钱,塞到刘大娘手里:"大娘,您别着急,我这有点钱,先用这钱看病吧!"在张义栋副主任的帮助下,刘大娘顺利地办理了住院手续。

刘大娘非常感激,她紧紧地握住张主任的手说:"孩子,真是太谢谢了,幸亏有你,不然我们真的不知道该怎么办了……"

"大娘,钱都是小事,看好病才是最要紧的,有什么事儿,您尽管来找我……"张义栋轻声安慰着刘大娘。

张义栋付出的不仅是金钱,还是一缕金灿灿的暖阳,是一汪甘甜的清泉,是比金子还贵重的人间真情。

来历不明的"贺喜红包"

◎ 王艳春

正沉浸在初为人母的快乐时光中的吕女士和付女士,在大庆龙南医院住院期间,同一天收获了两个惊喜,一是宝宝降生,二是收到他人替交的住院押金。这到底是怎么回事呢?

2015年12月18日,孕妇吕女士来到龙南医院产科待产,结婚8年,吕女士三次宫外孕,做了两次试管婴儿也都没有成功,因此这个宝宝对吕女士夫妇来说异常珍贵,双方家庭十分重视。吕女士的丈夫在得知当天值班医生是卢战凯时,马上准备了谢意。卢战凯医生为了让孕妇和家属安心,偷偷将红包为孕妇交了住院押金,术后送产妇回病房时,将票据交到了家属手中。

无独有偶,12月20日又有一名孕妇付女士来龙南医院生产,这个准妈妈已经42岁高龄,并且是初产妇,入院后检查羊水略少,孕妇和家属尤为着急,拿不定主意该怎么办。卢战凯医生根据病情向孕妇及家属耐心解释,给孕妇选择了一个最佳分娩方式。事后卢战凯医生也同样把家属硬塞给他的红包交了住院押金。

这两份谢意加起来一共有4 000元钱,两名产妇在生产当天,收到这样一份"红包"大礼很是意外。但在卢战凯医生眼里那是再平常不过了,在工作中他遇到了很多很多次……

押金"无故"增多之谜

◎ 刘 宏

这天,龙南医院儿科三病区医生办公室来了一位眼含热泪的患儿家长,她将一个装有500元现金的红包塞到医生宋兵的手中后,便转身跑开了。

面对这推脱不掉的红包,宋兵医生想了一个巧妙的办法,她用红包为患儿交付了住院押金。

患儿是在一个月前住进的龙南医院。住院前,家长带着孩子四处求医,治疗了7天,孩子的病情也不见好转,反而越来越严重。入院当天,孩子发烧,咳嗽非常厉害,一夜没睡。那一夜,宋兵医生也跟着一眼未眨,一会儿看看孩子的体温,一会儿拿着听诊器听听孩子的肺部……经过宋兵医生的精心治疗,患儿病情渐渐好转,家长感激不尽。

"我们很幸运,遇上了这么好的医生,您不但医术好,对待我们还像亲人一样。送个红包表示感谢,您一定得收下。"家长真心实意地说。

宋兵医生推辞说:"这些都是我们应该做的,医生和家长的心情是一样的,都盼着孩子快点好起来,这个红包我不能收!"

患儿家长把红包硬塞到宋医生手里,转身就跑。眼看推脱不掉,宋兵医生暂时"收下"后,将红包里的钱为患儿交付了住院押金。

驶不出内心的暖暖记忆

◎ 张淑萍

闫晓燕（化名）是齐齐哈尔医学院的学生，现在龙南医院进行大五临床实习。2010年2月26日，刚刚从家中返校的她突然鼻子流血、牙龈出血，在同学的陪伴下，到龙南医院急诊科就诊。值班医生给她做了相应的检查，化验结果血小板只有1.3万，以继发性血小板减少当晚住了院。

第二天，党支部书记张淑萍和班主任邹艳梅得知情况后，放弃了周六休息，立即赶往血液科探望。

经了解，闫晓燕同学患有类风湿性关节炎，通过亲属介绍，在河南某地邮寄中药口服治疗，大约服药四个月，近期常出现鼻出血、牙龈出血、皮肤出现血点，故返校检查。

闫晓燕再次化验时，血小板仅有2 000，需要立即输入新鲜血小板。邹艳梅通过同学与血站联系，顺利输上了新鲜血小板。周一，教管中心的老师上班得知情况后，购买了一些营养品前往病房看望，同时栾旭、于泉、刘显云、邹艳梅、刘景凤、张淑萍6位老师每人捐助了200元，共计1 200元表示慰问。

闫晓燕住院期间，邹艳梅每天都打电话了解病情，两天到病房看望一次，帮助联系输入血小板4次等。

　　闫晓燕在血液科住了18天，由于血小板升的较慢，家长要求到天津治疗。邹艳梅和同事们帮着办理了转院手续，又和医院急诊科联系了120转运车，把闫晓燕送上了火车。南去的列车驶出了老师们的视线，然而老师们给予闫晓燕的关爱，却可能一生都驶不出她充满感激的内心。

上门指导患者透析

◎ 李 亮

　　腹膜透析是利用自身的腹膜作为透析膜的一种透析方式，具有保护残余肾功能、适用范围广、透析效率高、治疗费用低和生活质量高等优势，患者在家中就可以进行透析。不过，这种仪器操作起来比较复杂，需要具有专业知识的人进行指点。这不，龙南医院肾内科专门成立一个团队，进行院外指导。

　　这天上午，肾内科主任董春玲带领护士长李亮、医生于海涛、护士邵畅等腹透团队成员又出动了，这次他们是对近期出院的腹透患者进行跟踪指导。

　　董春玲刚一走进叶林珍的家中，老人的家属便格外热情地迎过来，端茶倒水，招待几位大恩人。董春玲说："别忙了，我们就是想来看看，这阵子透析得咋样，操作时候有没有不懂的问题。"

　　叶林珍老人说："完全按照你们教的进行操作，我感觉透析得不错，现在脸上也有肉了，走路也有劲了，多亏了你们呀。"

　　董春玲点点头，对腹透操作间的环境、物品准备查看了一番。然后，又对叶林珍老人外口皮肤情况和腹透日记每日超滤量都看了一遍，这才放心离开。

下一家是刚刚插管出院的患者刘玉敏,同样,董春玲几人刚一进屋,便受到了热情款待,刘大爷兴高采烈地说:"我现在水肿全消了,人也精神了,谁看我都说不像病人。"

看到刘大爷精神饱满的样子,董春玲也很高兴,称赞刘大爷的老伴做得好,老人家谦虚地说:"在医院你们非常认真地教我们,每个操作都要考试,不合格还要补考,没有你们的严厉,我们也做不到现在这样啊!"

都说医者仁心,心系患者,这在董春玲几人身上都得到淋漓尽致的体现。不仅对住院的患者照顾有加,连出院之后,他们还牵肠挂肚,这一份弥足珍贵的情意,真让人感动。

医生的眼里只有一种人

◎ 王　丽

家住喇嘛甸镇的老刘，今年56岁，两年前患脑动脉瘤住过院，今年又一次突然发病，病情危急，被120急诊送到龙南医院脑外科进行救治。

老刘住院期间，上大学的女儿请了几天假，一直守在病房。女儿刘婷婷是个敏感好强的女孩，以前，她一直觉得，城里的大夫瞧不起来自农村的患者，因此，父亲刚住院的时候，她对医生护士都有些抵触。

但是后来她发现神经外科医生黄鑫每次跟自己询问父亲情况时，态度都特别和蔼，脸上总是挂着一丝温和的笑，那亲切劲儿，就好似一个多年不见的亲戚。

同样，神经外科主任邢立举也特别慈祥，一点架子都不端。刘婷婷很是感慨，有次跟黄鑫顺口说了一句："你们真好，从来没有因为我爸是农村人而歧视他。"

黄鑫说："什么城里人，农村人，富人，穷人，在医生眼里只有一种人，就是病人。我们竭尽全力要把每一个病人都治好，让这个称呼与他无关。"

黄鑫的话，让刘婷婷深受感动，同时也隐隐后悔，自己当初要是报考医学专业就好了。

良医李万荣

◎ 赵 巍

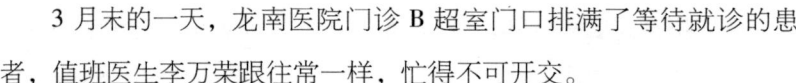

3月末的一天,龙南医院门诊B超室门口排满了等待就诊的患者,值班医生李万荣跟往常一样,忙得不可开交。

突然,一个焦急的声音传了过来:"大夫,快点给我看一下,我受不了了。"

李万荣医生顺着声音看过去,只见一个三十岁左右的妇女扶着门,脸色极为难看。

见此情景,李万荣马上走过去,扶住这位患者,仔细询问。

原来,这位患者早上突然感觉右侧肚子疼,有如刀子在搅一样。

李万荣考虑到是急诊,没有去挂号,也没有去开申请单,就让患者躺在床上检查。这一检查不要紧,发现患者有大量腹腔积液,右侧附件区还有明显的混合性包块。李万荣马上手写了一个报告,然后给妇科打电话说明患者的情况,又借了一个轮椅,把患者推到病区。

妇科值班医生根据超声报告马上进行急诊手术,结果是输卵管壶腹妊娠破裂,腹腔内大量积血,幸亏抢救及时,否则将危及生命。

患者出院后,特意到B超室来感谢李万荣大夫,"如果不是你及时帮我诊断清楚,送我到妇科手术,我的生命可就危险了。"

李万荣诚恳地说:"医生的天职就是救死扶伤,我们麻烦点不要紧,重要的是你们的健康。"

火车上演绎生死时速

◎ 高亚楠

"现在播报通知,卧铺车厢一位乘客突发心脏疾病,急需医护人员帮助……"

这天晚上,Z172 次列车乘务组播放的寻找医务人员救助的广播,引起了一位乘客的注意,她就是大庆龙南医院 ICU 护士李修萍。

作为一名经验丰富的资深护士,李修萍二话不说,马上赶了过去。当她见到患者的时候,这位 41 岁的男同志已经浑身冷汗、胸闷气短,坐立难安。

手机连线,隔空诊断判病情

生死攸关,李修萍立即开始救人,然而列车上只有血压计和听诊器,没有其他救助设备。经过测量李修萍发现患者血压偏高,心率更是快得异乎寻常,达到 140 次/分。在 ICU 工作多年的李修萍立即意识到,这是位危重患者,必须马上处置,否则会有生命危险。

为了第一时间诊断患者病情,李修萍马上拨通龙南医院 ICU 副主任医师陈波的手机。

陈波医生通过电话问诊和李修萍的详细描述后,迅速判断这位患者是心衰发作,需要强心、利尿、扩冠和吸氧治疗,同时必须严密监护生命体征。

没有条件,创造条件也要上。

"硝酸甘油半粒继续舌下含服,监测心率水平!"

"是……"

这是一段看似再寻常不过的医护对话,却发生在不寻常的地点。

李修萍按照陈波医生的医嘱,把乘客送来的硝酸甘油,为患者舌下含服。

可是由于列车环境嘈杂,车轮和车轨的撞击声极大,影响了李修萍为患者心率计数。该怎么办呢?她灵机一动,取下自己的运动手环给患者戴上。

晚 21 时 30 分，患者心率降至 120 次/分，气短症状明显缓解，可以半卧位；22 时 20 分，患者胸闷症状完全缓解，能平卧休息……

心理辅导，守在身边解心结

李修萍不停向陈波医生远程汇报患者病情，陈波医生通过电话耐心细致地跟患者沟通，从而得知患者不愿意给人添麻烦，迟迟不肯提前下车就诊。

为了让患者得到更及时的治疗，李修萍和电话远端的陈波医生，轮番给患者做起了心理辅导。他们帮助患者缓解病痛的同时，还做通了他的思想工作，患者终于同意提前下车。

第二天上午列车驶进沈阳北站，李修萍将患者平安护送上了 120 救护车。

一整夜，护士李修萍和电话那端的陈波医生一起，守护在患者身边，通过无形的电波，为患者架起一座"健康之桥"。

祸不单行昨日行，福无双至今朝至

◎ 李 雪

老蔡的父亲，因患白内障住进龙南医院五官科，在父亲准备做手术这段时间，老蔡一直在床前陪伴。就在父亲手术当天下午，焦急、劳累的老蔡突然左侧肢体无力，说话言语不清。老蔡心里慌张起来，担心自己得了脑中风，当时就他一人陪在父亲身边，老父亲已经82岁了，一时间又联系不上家人，这可怎么办？

这时，五官科值班的刘文波医生也发觉老蔡情况不对劲儿，立即对其检查，发现他的肌力确实减弱。随后，刘医生让值班护士李景马上带老蔡去做CT，与此同时，刘文波又帮老蔡到门诊交费。等刘医生交完费赶到CT室的时候，CT结果显示老蔡是突发脑梗死。

庆幸的是，老蔡诊治及时，又有好心的大夫帮着垫付押金，这才逃过一劫。当他在病床上得知父亲也在五官科医生护士的精心照料下逐渐康复，不由潸然泪下。尽管父子双双住院祸不单行，但相继平安无事福双至，老蔡觉得自己挺幸运。

出院之后，老蔡逢人便说："当时刘大夫把我送到神经科住院时，那里的医生很惊讶，还以为他和刘医生是熟人呢。刘大夫对我真好，这件事我一辈子都忘不了。"

我们共同承担风险

◎ 吴 芳

7月的一天,独自在家的夏某忽然感到胸口剧烈疼痛,挺了1小时后,他打车来到龙南医院。经过诊察,夏某病情危重,入CCU的一瞬间,值班医生蔡医生告诉夏某:"现在你是急性下壁心肌梗死,立即卧床不许动,随时会心脏骤停。你就一个人,请相信我们,签署《授权委托书》《静脉溶栓知情同意书》。签字不是为了免责,是我们共同承担风险。"

患者点点头,接过笔,签完字刚撂下笔,心脏就室颤、骤停了,医护人员随即展开抢救。十几分钟不间断的紧急救治,硬是把患者从鬼门关拉了回来。

患者爱人为了表示感谢,塞给蔡医生500元。蔡医生亲自到住院收款处,用这500元钱为患者交了住院押金。

CCU有许多冠心病危重患者,很多患者家属在患者进手术室前,都会找到主任或医生"表示表示"。对待患者及其家属的举动,医护人员心里十分理解,因为他们知道,这对于家属来说是一种心理安慰。每当术后推着患者离开手术室时,主任和医生们都亲自将钱一并返还,家属不收,他们就把红包塞到患者枕头下,并对患者及家属说:"你们不要担心,患者病情已经稳定,我们不会收受病人红包的。"

徐主任，你做做检查吧

◎ 刘欣欣

神经内科徐树军主任这段时间一直腹泻，可是他却一直"挺着"，不肯做检查，这可急坏了他的爱人。

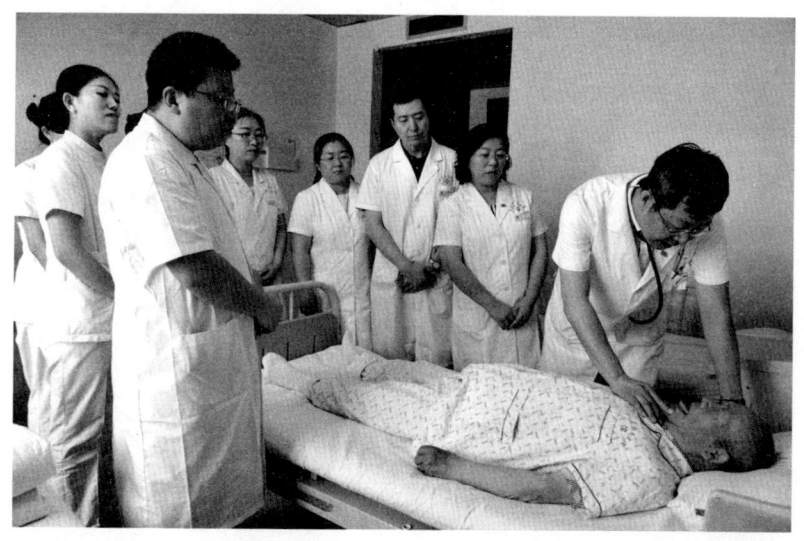

爱人特意向单位请了假，准备了热气腾腾的早餐，来"督促"徐主任做检查。因为需要采血，主任来时就没吃饭，爱人很怕他身体吃不消，就让他抓紧时间先采血，然后吃点早餐再开始工作。

事与愿违，主任并没有听爱人的话。一进病区他就非要先听交班，交完班后又要查房，虽然科室患者量已有所减少，但当把所有患者逐一检查完毕后，已经过了9点，主任这才完成了这项只需30秒的采血检查。

这个时候，早餐也失去了来时的"热情"。同事们提议给徐主任热一热再吃，可徐主任却说："没事，简简单单地吃几口就行了，再说还是很温乎的嘛。"他爱人上前摸了一下，早餐已凉透了。

这时又有患者家属来向主任询问病情，主任马上随家属进入病房。当他爱人看见没有吃完的早餐时，虽然心疼，却也只是轻轻地说了一句："哎！这么不听话，等腹泻好了，胃病又该找上来了！"

对于患者及家属，徐树军是一位好医生，可对于家庭，他却是一位让爱人担心的丈夫！

垫付一份真情

◎ 车瑛琦

老患者来住院,押金不足,好心的医生不但没有将患者拒之门外,还垫付了住院押金,每次提起这事,姚大爷都赞不绝口,满脸的感激之情。

姚大爷由于有癌症病史,所以平日格外注意检查及治疗。4月7日,姚大爷因咳嗽咳痰不适症状加重,又来到龙南医院肿瘤科住院。

医生开完住院条后,姚大爷忽然发现自己出来匆忙,身上只带了500元钱,一时又和家里人联系不上,这可如何是好?姚大爷急得好似热锅上的蚂蚁。最后,他告诉杨柳医生自己得回家取钱再来住院。

杨柳医生考虑到这天特别冷,姚大爷又体质弱,往来奔波对身体不好,于是说:"别着急,不足的钱我可以先帮你垫付。"

姚大爷连声说:"不用了,还是我回去取吧。"

杨柳医生说:"大爷你就别跟我客气了,早点住院,早点治疗。"说着,从自己钱包里拿出了准备给父母买衣服的钱。

看到杨柳医生递到手中的钱,姚大爷感动得热泪盈眶,一再地说:"遇到好人了,杨大夫对我们这些患者真是实心实意的好啊。"

用我的体温,暖你的血液

◎ 邓丽娜

10月10日,一名车祸患者从泰康转送到龙南医院住院治疗。患者颈椎、腹部受到撞击,怀疑肝脾破裂,处于休克状态,必须马上进行手术,接诊医生迅速把患者推进了手术室。

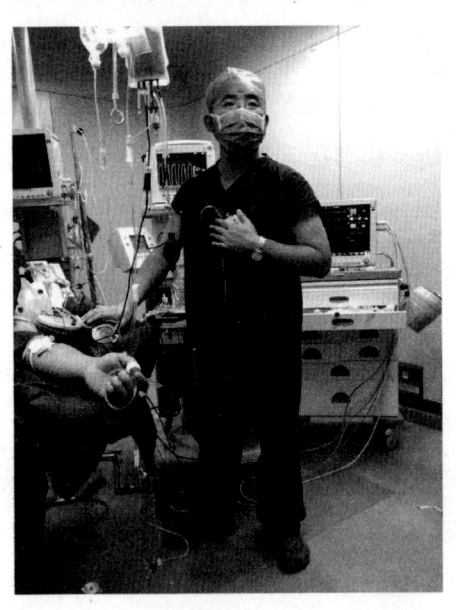

"加快补液、推升压药、气管插管……"无影灯下,老麻醉师曲

宪杰沉着冷静地指挥着现场。

手术开始了,打开患者腹膜的一瞬间,鲜红的血液喷涌而出,刚刚稳定的血压一下子降了下来。输血、加快输液速度、压迫止血……

护士一路小跑往返血库取血,刚取来的血液温度太凉,不适合马上输给患者。可是患者的情况又等不及血液慢慢升温。"把血给我,我来加热!"曲宪杰拿过一袋血,直接放在他的胸口,冰冷的温度让他不禁打了个寒战。

就这样,曲宪杰一边用右手控制着麻醉机,观察术中情况,一边用前胸温暖着左手中的血袋。800ml 的血浆在曲宪杰的胸前逐渐变暖,输入到了病人体内,病人的血压终于恢复正常。

4 个小时过去了,时钟的指针指向凌晨 3 时 30 分。普外科和泌尿科医生共同为这名患者进行了肝破裂修补术、后腹膜血肿清除术和盲肠浆膜破裂修补术这三种手术,患者术前及术中的失血量达到了 3 000ml,输入患者身体的每一滴血中都带着医护人员的温度……

迟交的请假单

◎ 刘欣欣

这天上午,龙南医院神经内科17病区的医生陈业鹏走进主任办公室,随后,从兜里掏出一份请假单。直到此时,主任才知道陈业鹏其实一直是带病工作。

早在半年前,陈业鹏参加过一场抢救。虽然她当时处于生理期,身体很痛苦,但面对危急的生命,还是毫不犹豫地冲到了患者床前。在值班护士紧密配合下,陈业鹏终于将患者从死亡线上拉了回来。然而,她却由于在生理期过度劳累,为自己的身体带来了长达数月的"苦楚"——功血。

身为医生的陈业鹏当然知道自己的病有多重,她填了一张请假单,准备请假调养一阵子。然而,当她走到主任办公室的门前时,却犹豫了。科里的人手本来就不够,自己一请假,他们还能忙过来吗?

想到这里,陈业鹏将请假条又悄悄放回兜里。打那以后,她对谁都没说自己的病,跟往常一样上班。为了瞒着大家,她避开同事的目光偷偷服药,瞒着亲人强作欢颜地生活,所有的苦水都咽进肚子里,所有的痛楚都自己一个人扛。直到后来,病情越来越糟糕,她实在挺不住了,这才来找主任请假。

当主任了解到陈业鹏的病情后,略带责备地说:"身体不舒服,怎么不说呢?这张请假单,你早就该给我了。"

陈业鹏笑笑说:"也没多大事,挺挺就过去了!"

一张迟到的请假条,一段让人感动的故事,一颗高贵顽强的心,让同事们深受触动,视为楷模。

呼唤生命的"绿色通道"

◎ 王大勇

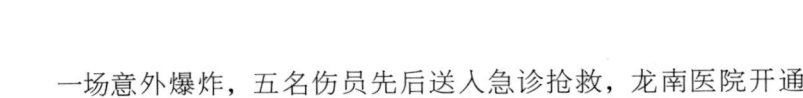

一场意外爆炸，五名伤员先后送入急诊抢救，龙南医院开通"绿色通道"，上演了一幕惊心动魄的生死之战。

突发险情医护严阵以待

5月30日，端午节小长假和六一儿童节临近，刚刚交完班的急诊科医护人员在井井有条地采血、转病房……突然，急诊科的120电话响起，"龙南吗？我是120中心，某处发生爆炸，受伤人数不详，会来医院就诊，请马上准备。"随即120出诊警铃急促地响起，接听的科护士长何阳立即把情况报告给了急诊科主任李和永。

李主任没有迟疑，立即安排外科人员准备接诊，护士准备急诊急救。急诊外科副主任王大勇听到后立即到总值班室找到总值班人员，"赶快通知放射科、B超室、CT室可能会有大批伤员，需要启动急诊绿色通道。"很快得到了院领导的回复，副院长李永刚指示全力抢救，开放绿色通道，一切为伤员开路。

一时间，急诊科沸腾了，所有医护人员严阵以待。

绿色通道展开生命救援

8时50分,第一个伤员到达,急诊科所有人即刻有条不紊地进行抢救工作,当时这名中年男性,躁动呼喊不配合检查。科护士长何阳、护士长施佰丽和护士们紧密配合,为患者监测生命体征、吸氧,并顺利打开静脉通道。同时,王大勇副主任、聂长春医生为患者仔细检查,初步判断患者右小腿闭合骨折,颅脑损伤可疑。聂医生紧急为患者做了小腿骨折夹板固定。不能遗漏任何一个细节,王大勇副主任和李和永主任决定马上为患者行头肺CT及腹腔B超检查和X光检查,以明确病情。打开绿色通道,不用任何手续直接完善检查。

医生护士陪同第一个伤员检查的同时,急诊科的其他人员分成几组紧锣密鼓地准备迎接下一批患者的到来。随即,王大勇副主任立即通知总值班请求医务科协调支援急诊。

紧接着,第二个伤员被120紧急送到,患者表情痛苦,左小腿畸形明显。聂长春医生为患者小腿外固定后又主动请战:"我去送这个患者。"

前后也就十分钟的时间,急诊科已把两名重患安全送诊辅助检查。

有条不紊全员积极应战

在全科人员抢救这组爆炸伤患者的时候,科室还不断有其他急诊患者就诊，随120急救出诊的医生们脚步也没有停歇。正常就诊患者、120出诊患者、集体爆炸伤患者……急诊科一时间应接不暇，但训练有素的急诊人没有一刻耽搁，所有的安排紧张有序，抢救及时高效。

就在大家全身心工作的时候，又来了三名患者，他们满身油污、情绪紧张。这时，前来支援的十二病区总值班医生奚拥军及时赶到，经初步判断三位患者生命体征平稳，需要进一步完善检查明确诊断，奚大夫一人护送三名患者进行检查。

二十分钟内先后到达的五名患者都被安全迅速地分诊，有效地执行了急诊绿色通道，一路急诊辅助检查，所有科室畅通无阻。检查后前两名患者有颅脑损伤及腹腔脏器破裂等危重情况，分别送达普外及脑外科紧急救治，三名轻伤患者住进相关科室。此时，一场战斗取得了阶段性胜利，来不及放下疲惫，急诊人又开始积极备战下一场不可预测的抢救。

多年来，急诊科形成了"院前急救——院内急救——危重症抢救"的国际模式，开通急诊PTCA和急诊脑血管病介入治疗等"绿色通道"5个，从挂号到治疗全程陪检，每一步骤都"无缝隙"，为救治患者争取了宝贵的时间。科室年陪检万余人次，处置患者8万余人次，抢救危重患者3 000余例，最多一次抢救突发事件患者达34人，最多一天出诊25次。

医者仁心,千里救援

◎ 薛 晗

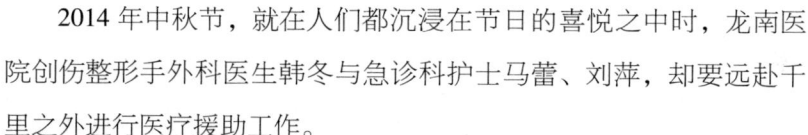

2014年中秋节,就在人们都沉浸在节日的喜悦之中时,龙南医院创伤整形手外科医生韩冬与急诊科护士马蕾、刘萍,却要远赴千里之外进行医疗援助工作。

原来,昆山市某车间发生巨大爆炸事件,大批伤员需要紧急救助。龙南医院医务科接到省卫生厅关于立即组建医疗团队派往昆山爆炸现场进行医疗援助的紧急电话后,立即调兵遣将,安排三人前去支援。

马蕾和刘萍都是急诊科的资深护士,多次获得省市级奖励,是医院的优质服务明星。韩冬是在烧伤科工作多年的医生,参与抢救治疗过多起类似的突发事件。

从接到命令到紧急出征,三人只有一个晚上的准备时间,他们没有丝毫的怨言,也没有任何的推脱,其实,他们是各有难处。马蕾的爱人在八厂工作,不能常回家,孩子刚上小学一年级,还没有适应新环境,正需要爸爸妈妈的照顾。可为了这次任务,马蕾把工作放在了第一位,将孩子留给母亲照料,自己匆匆踏上行程。护士刘萍把上小学二年级的孩子送到了婆婆家。医生韩冬平时生活中自己独自带着孩子，为了这次援外工作，当天晚上他就把孩子送到了父母家。

第二天清晨，三人迎着瑟瑟秋风，背着简单的行囊，踏上了奔赴江苏的行程。经过十多个小时的舟车劳顿，三人到达了苏州市医院，这里是救助伤者的中心医院。刚到当地，来不及放下疲惫，三人就进入了重症监护室。没有更多的时间熟悉环境，他们一边工作、一边适应，还要不停歇地治疗和护理重病患。

在此次行动中，龙南医院从接到命令到挑选队员再到出发，只用了短短十几个小时，以实际行动践行了龙南医院在保障油田生产、维护油田员工健康的同时，也能够为社会提供医疗服务救治援助，也更加证明了龙南医院医护团队是一支敢于攻坚、敢打硬仗的优秀医疗队伍。

种满桃花的白大褂

◎ 周柳杉

对于龙南医院五官科医生冯长生来说,抢救室也是战场,常常血染征袍。前阵子就有一次这样的经历。当时,冯长生刚把白大褂换上,准备这一天的工作。

忽然,急诊平车推进来一位面色苍白、浑身是血、口中鼻中还不断向外涌出鲜血的患者,凭着职业的敏感性,冯长生迅速判断出这是一位鼻出血的患者。这种病不同于黏膜出血,鼻腔的血管隐藏在深处,患者无法自行止血,而血管创面大,血液就会不停地流出,患者有可能因失血过多而休克,血液在喷涌的过程中,也有可能阻塞呼吸道,造成窒息。

情况紧急,冯长生和李冬云护士长立即将患者推入耳鼻喉科换药室。患者是个瘦瘦弱弱、脸色苍白的年轻女孩,由于大口大口地喷射性呕血,人显得特别虚弱。

患者只能卧位躺着,冯长生寻找血点非常困难,但是他还是弯着腰不停寻找。由于冯长生正对着患者的口鼻,患者每一次呼吸、咳嗽,血液都喷溅在他的身上、脸上,甚至连眼镜、头发上也都是患者的血液,但他始终保持一个姿势,弓着背、弯着腰、目不转睛、凝神屏气，仔细地观察着患者的鼻腔。

凭借多年的工作经验，冯长生终于准确找到出血点，立即为患者施行右侧鼻腔双极电凝止血术，整个过程，动作干净老到，一气呵成，血终于止住了。直到这时，大家才发现冯长生脸上、衣服上满是斑斑血点，白色大褂仿佛种满桃花。

良医的良

◎ 施佰丽

120出诊，什么情况都有可能发生。这不，龙南医院外科医生王鑫就碰上一个精神病患者。当时，龙南医院120接到出诊任务，东湖有一骨折术后、脑梗死、抑郁症的患者要转运到大庆第三人民医院，王鑫和护士朱晓庆马上出诊到现场。

这是一名患有精神病的58岁男患，好几天没吃饭，有自杀倾向。患者的爱人血压高，实在受不了患者的折磨，要求出诊的医生，无论如何也要把患者转到医院去。在运送过程中，由于这名男患的病情特殊，反应异常，给出诊的医务人员的工作带来很大的困难。

最初，王鑫、朱晓庆和患者家属一起把极度不配合的患者固定在担架上，然后从6楼往1楼抬。此时，患者异常烦躁，用牙把床单布撕坏了，家属已坚持不住了，患者随时都有抽搐的可能。

为了保证患者的安全，王鑫医生一直陪在患者的身边。异常烦躁的患者挣脱了手上的固定，正好一拳打在了王鑫医生的左眼和左侧鼻根部，眼镜也被打碎了。王鑫觉得一阵头晕眼花，立即靠在了墙边上，才避免在楼道中摔倒。

受了伤的王鑫只是迟缓了片刻，就坚持和大家一起把患者抬到了一楼。他为了让患者尽快得到救治,顾不上处置自己的伤口,马上对大家说:"没事,患者要紧。"随后,跟大家一起把患者送到了三医院住院治疗。在把患者安顿好之后,王鑫医生才到四医院做了检查,诊断为左眼顿挫伤、眼压高。王大夫自觉头晕眼花、恶心呕吐,静点甘露醇,住院治疗。

　　作为医生,王鑫做到了"工作第一,患者至上",为了患者,不顾自己的安危,这种全情投入与忘我付出,再次诠释了良医的良,也是善良的良。

"草莓"气若游丝,医生妙手回春

◎ 叶立伟

　　草莓是龙南医院儿科一病区收治的一名比较特殊的患儿。她胎龄 32 周,母亲是高龄产妇。草莓出生时全身青紫,呼吸困难,很快被转到了新生儿病房。治疗中,她频繁出现呼吸暂停,这个脆弱的小生命随时可能离去,医生邹积茹连续多日寸步不离地守护着草莓。

　　经过邹积茹跟同事们近半个月的努力,草莓的病情渐渐稳定下来。但情况并没有预想的那样乐观。邹积茹试图为草莓停掉氧气,但连续几次都失败了。这个早产儿会不会患有支气管肺发育不良?

　　草莓的肺部 CT 检查结果出来后,大家沉默了,"担心什么来什么",一个典型的支气管肺发育不良的影像呈现在医生面前。这种病可能会严重影响患儿将来的健康状况、神经发育和生活质量,但草莓的父母坚持不放弃。

　　草莓的爸爸说:"我相信这里的医护人员,在草莓最危险的时候,是你们一直守护她。无论将来草莓的病发展成什么样子,我们都无怨无悔。"

　　经过全科会诊,邹积茹调整了治疗方案,大约两周的时间,草莓可以自己吃奶了,且对氧气的依赖程度也没有那么高了,仅在进乳时短暂吸氧即可。草莓的爸爸妈妈为她准备了家庭制氧机,小草莓就这样出院了。

出院后,草莓渐渐地完全脱离了氧气,体重也稳定增长,但草莓的父母及儿科一病区的医护人员都知道,草莓的路还很长。支气管肺发育不良所致的远期并发症会不会出现、早产儿神经系统的问题、今后的生活质量问题等仍是必须要面对的。

生病的医生

◎ 冉鑫田

医生也生病？那当然，医生也是人，都吃五谷杂粮，哪能不得病。龙南医院一病区医生陈立佳，一天早晨交班的时候，突然感觉右侧面部麻木，当时没在意，但是在查房时，发觉症状加重。

同事劝道："小陈，你去查一下，别耽误了。"

陈立佳放下手头工作，一检查，原来得了面神经炎，需要定期进行针灸、按摩、理疗以及用药治疗，且病程较长。恰逢当天是她值班，为了不耽误小患儿的病情和治疗，陈立佳拒绝针灸治疗，继续埋头工作。

无独有偶，就在陈立佳被病痛折磨的时候，门诊医生常香玉也出了情况。她前天在诊室坐了一夜，接诊了144名患儿后，早上突然流鼻血不止，她只是简单擦擦、用棉球堵住后接着给患儿看病。

吃午饭的时候，陈立佳跟常香玉碰到一起，两人各自提到身上的病，同事忽然成了病友，相视苦笑。就在这时，儿科主任王秀娟走了过来，碰巧听见她们的对话，哈哈一笑说："身体咋都这么不好呢？"说着，只见她从衣兜里拿出北京阜外医院的诊断报告，原来，王秀娟有肥厚性心肌病，并且非常严重，随时有心梗的可能。

治病的医生自己得了病，她们反而一点不积极主动去治疗，这是怎么回事？还不是因为怕耽误工作。如此的热爱，如此的付出，真让人心生敬意与感动。

一场抢救生命的接力赛

◎ 王 丽

这天上午,一位老年车祸患者被送到急诊科,急诊外科潘志华医生立刻为患者做相关检查。

由于患者面目受伤,血迹斑斑,家人非常着急,做完头部CT、腿部拍片、腹部B超后,来到骨科四病区。

医生赵丛然放下手里的工作,立刻为患者做详细的全身检查,确诊患者腿部无大碍后,嘱咐患者家属马上到眼科检查。

家人推着平车来到眼科二病区,当班医生李策立刻为患者检查眼睛,查看片子,询问病情,发现患者眼角、鼻梁骨、上嘴唇等多处有裂伤,在头部CT无大碍的情况下,没有让患者到门诊进行处置,而是马上组织口腔科医生王雷、耳鼻喉科医生张丽娟等多个相关科室医生团结协作为患者进行缝合手术。

面部缝合,当然要考虑到美观,医生用很细的针进行清创缝合,经过大家的努力,只用了二十多分钟就为患者缝合完毕。

最后,患者及家属又来到神经外科七病区会诊,邢立举主任、刘禹兵医生认真为患者查看CT片子,询问病情,确诊患者病情稳定,只需要在急诊留观,患者家人终于松了一口气。多个科室争分夺秒、团结协作为患者处置,使患者家人的脸上终于露出了笑容。

你好,侠医

◎ 马 蕾

2016年12月1日,龙南医院急诊科门前急速驰来一辆120急救车,一个推着老人的平车飞快地推进了急救室。"医生、医生,快看看我爸,他叫不醒了。"

医生郎冰军马上跑步上前,拨开患者的眼皮,发现双侧瞳孔不等大,右侧瞳孔对光反射已经消失,患者呼吸微弱,口唇发绀,双肺满部痰鸣音。

情况紧急,护士丁永娇立即给患者进行吸痰、利用口咽通气道开放气道。随后赶到的护士冯秋月和丁永娇密切配合很快完成了面罩给氧、留置针建立静脉通道、末梢血糖检测、心电图检查、心电血压监护的初期处理。由于患者病情危重,需进行头颅CT检查,郎冰军和冯秋月携带抢救箱,推着患者迅速赶往门诊CT室。

患者刚被抬上检查床,细心的冯秋月就发现患者出现下颌式呼吸,查看心电、血压监护,该患者的心率下降至50次/分,血压降至92/64mmHg。

"不好,患者呼吸心跳要停。"

"面罩辅助呼吸,阿托品0.5mg、盐酸肾上腺素1mg、可拉明

0.375、洛贝林 3mg 静推。"郎冰军镇定地下达医嘱。

2分钟后患者的心率上升至72次/分，可是呼吸仍不见好转。

"快，回急诊科，进行抢救。"

患者被飞速推回了抢救间，得到抢救消息的急诊科副主任侯春风也迅速赶到抢救室。

"吸痰、血氧饱和度监护。"侯春风准确下达医嘱。

15分钟后，患者的生命体征逐渐恢复，血压从 50/30mmhg 上升至 100/60mmhg，心率从70次上升至88次/分，血氧饱和度从64%上升至100%，从死亡线上活了回来。最后在医护的周密护送下，患者入重症监护室继续治疗。

这仅仅是急诊科一天处置中的一个缩影。仅这一天，心跳呼吸骤停、急性脑卒中、急性心梗、呼吸衰竭、药物过量、有机磷农药中毒等重症患者纷纷而至，抢救处置连续不断。急诊科的工作人员，既是医，也是侠，每天都忙得不可开交。

不轻言放弃,为无陪医生点赞

◎ 杨 洋

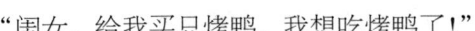

"闺女,给我买只烤鸭,我想吃烤鸭了!"

"好的,我一会儿就去给你买。"护工小张一边削着苹果一边答应着。

要吃烤鸭的这位大娘姓白,是让北医院无陪病房三病区的一名患者,目前结束住院治疗后,正在接受养护康复治疗。经过前一阶段的治疗养护,白大娘现在已经是身体倍儿棒,吃嘛嘛香了。要知道,和一个多月前刚来医院的时候相比,那可真是判若两人。这其中的变化,还得从白大娘一段曲折求医经历说起。

那是8月29日早上,白大娘躺在担架上被送到了无陪病房三病区门口,当时白大娘面色苍白,体态消瘦,腹部隆起,气息微弱。身体状况非常不好。

"大夫,全市的医院我都跑遍了,一看见我母亲病的这么重,都不收。家里孩子他爸又在外围油田工作,我在家一个人带孩子,母亲又病的这么重,真是顾不过来啊!我母亲因为患盆腔肿瘤,已经多次下病危通知书了,估计留给老人的日子不多了,让老人余下的时间能够走的安逸一点。求求你让我母亲在你们这住院吧!"白大娘的女儿一边哽咽一边把一个红包塞到医生的手里。

无陪病房三病区的李医生见状，认真地说："这可不行，你的心意我领了，但红包我坚决不能收！"随后看了看老人，转而语气温和地说："我们会尽快为老人安排病床，尽全力救治。老人家在这里，我们会像亲人一样悉心照料，请放心吧！"

刚开始住院时，白大娘因为多日不能进食，体态消瘦，浑身乏力，就连从床上起身都需要护工的搀扶。每顿饭仅仅是喝点米汤，整天都是在昏睡状态中度过，即便是和其打招呼也是下意识地应和着。这样的状态持续了半个多月。病人白细胞 $37.3 \times 10^9/L$，血糖高，肺炎、腹膜炎，B超检查腹部有肿块，体察腹部肿大，拒按。面对这么严重的病症，三病区王承华主任带领医疗团队研究病情，制定治疗方案，根据以上症状，结合临床经验，王主任进行抗炎营养支持治疗。就这样，经过一个多月的治疗和精心护理，老人的状态就像芝麻开花，节节高，状态一天比一天好。

11月2日的早晨，白大娘的女儿为了表达谢意，给让北医院无陪病房三病区送来了一面锦旗。她握着王主任的手说："你们把我母亲从死亡线上拉了回来，真是太感谢你们了，现在我母亲的状态非常好，在家里还能帮助我带小孩呢！"

不轻言放弃，尽职尽责，无陪病房的医护人员以爱岗敬业精神诠释着医生的职责，那面盛满感激与信任的锦旗，在早晨阳光的照射下显得格外闪亮。

仁爱行医的刘海燕

◎ 张 岩

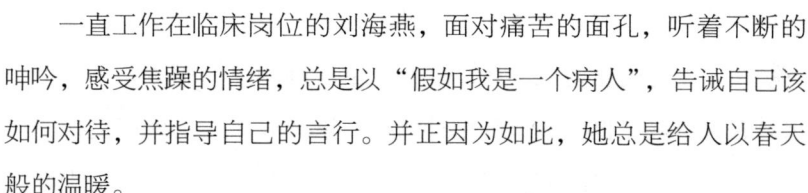

　　一直工作在临床岗位的刘海燕,面对痛苦的面孔,听着不断的呻吟,感受焦躁的情绪,总是以"假如我是一个病人",告诫自己该如何对待,并指导自己的言行。并正因为如此,她总是给人以春天般的温暖。

　　在哮喘科工作期间,有一名肺间质纤维化的患者,病情较重,喘息痰多,多次住院治疗,其效果都不理想。刘海燕通过查阅资料,结合患者病情,辨证施治,通过一段时间的中药治疗,终于使患者病情减轻,能从事轻体力活动了。因此,患者总是说:"要是没有刘大夫,我就没有今天。"

　　在中医科工作期间,刘海燕遇到一名抑郁症患者,她经常利用工作之余,给患者进行耐心地疏导,利用微信回答患者的问题,在配合中药治疗后,不但解除了患者的病痛,也减轻了患者家庭负担。

　　刘海燕是年轻的业务骨干,也正因为是年轻的医生,有时候得不到病人的信任和认可,甚至会面对病人的很多疑问与刁难。对此,刘海燕总是耐心地跟患者解释,耐心地回答病人提出的每一个问题,直到病人满意为止。病人在得到有效的治疗后,都会笑着对她说

"这个'小大夫'真行!"

作为党员,她时刻严格要求自己,哪里需要就去哪里。东海医院创业城门诊创建以来,她服从领导安排,发挥专业特长,担任中医科主任,接待患者千余人。在给患者治疗的同时,不忘关怀患者心理健康。众所周知,创业城老年人居多,老年患者往往多种疾病集于一身,且子女多不在身边。因此,对待老年患者不但要仔细问诊,还要做到百问不烦。对活动不方便的患者,为其跑前跑后,把患者视为家人。对老年患者多与其沟通,不但能缓解由于病痛带来的情绪,还能树立他们的康复信心。由于她的热情服务,不但给患者减轻了病痛,也减轻了其精神负担,患者病愈后仍保持良好的沟通,得到了患者的高度认可,多次收到患者赠送的锦旗。由于她工作突出,2016 年获得了"优秀共产党员"的称号和龙南医院"青春榜样"的殊荣。

多年的临床工作,让她积累了较丰富的临床经验。她擅长运用中医中药,治疗心脑血管疾病(如冠心病、心律失常等)、呼吸系统疾病(支气管炎、慢阻肺、哮喘等),对肺间质纤维化有独到见解及治疗方法,对感染性发热及不明原因引起的低热、不良生活方式引起的代谢性疾病(痛风、高血脂、糖尿病等)和癌症放化疗后的辅助治疗,都有比较深入的研究。同时,她还擅长调节体质、心理不良的亚健康状态。

她在致力于临床工作的同时,也非常重视临床科研,积极参与各级的临床研究,发表各级论文数篇。先后多次获得市、矿区及龙南医院级科技进步奖项。在取得科研成果的同时,她把科研成果应用到临床中，让科研更好地服务于临床，为更多的患者解除病痛。

刘海燕坚持"领导在场不在场一个样，白班夜班工作质量一个样，有人检查无人检查一个样，对熟识病人陌生病人一个样"的职业操守，得到了同志们和领导的认可，并委以重任，任命她为科室主任，负责科室的日常工作。现在，她更加严格要求自己，每天都是第一个到工作岗位，最后一个离开科室，没有休息日，没有一句怨言，没有一点个人要求。在她的带动下，科室人员都积极主动工作，形成了全科上下团结、诚信、求精、务实、高效的工作氛围，得到了全院上下的一致认可。

天使在线
TIAN SHI ZAI XIAN

用行动践行南丁格尔誓言
用大爱托起生命之光

我比"龙医"小五岁

◎ 孙　妍

2002年,我分配到龙南医院的时候,龙南医院还是个五岁的"儿童"。而今,它已是一个20岁的"青年"了。而我呢,也从一个不谙世事的小护士,成长为一个病区的护士长了。提起这些,我总是觉得心里热乎乎的,像是有许多话要倾诉。

记得入院教育时,我重温了南丁格尔的誓言:"终身纯洁,忠贞职守,尽力提高护理之标准;勿为有损之事,勿取服或故用有害之药;慎守病人家务及秘密,竭诚协助医生之诊治,务谋病者之福利。"可以说,这成了我人生的格言——我把自己的青春和热情,完全交给了护理事业。

有一次,一名食道癌术后患者,在如厕时突然因咯血而窒息。当时,我正在吃午饭,听到了呼救声,立即赶到现场施救:清理呼吸道、吸氧、建立静脉通道、心电监护——我精心地协助医生抢救。而在清除血块时,腥臭的鲜血,弄得浑身上下到处都是,可我已经顾不得这些了,只有争分夺秒,才能从死神的手中,抢回患者的生命。

五年前,最疼爱我的姥姥病重,我真是满心的牵挂。可当时科室患者多，护理任务繁重，护理人员紧缺，我只能强忍着悲痛和忧伤，坚守在护理工作岗位上，直到姥姥去世的那一天，我才去见了她最后一面。姥姥走了，我放声大哭起来——我哭自己，不能在姥姥面前尽孝。但我想，姥姥一定会理解我，那毕竟是对事业的忠诚啊！

2015年2月中旬，那是一个难忘的夜班：一位血管介入术后的患者，如厕后突然出现腰痛、伴不明性休克。我立即告知医生，并给予心电监护、氧气吸入、静脉输液、备血输血、实行抗休克对症处理。经过争分夺秒地抢救，患者的病情得到了控制，最终转危为安了。这时，我已经是筋疲力尽了，毕竟我连续上了四个夜班。但是，当看到患者家属感激的目光时，我从心底感到了欣慰。

算起来，我比"龙医"小五岁。我在"龙医"的呵护下，茁壮成长起来，并成长为一名护士长，承担起了一个病区护理工作的管理责任——走上管理岗位第一天，省内首例跨省器官捐献DBD肺移植手术，在我负责的十一病区实施，这对我来说是机遇也是挑战。

因此，了解新的手术业务，掌握新的护理技能，是当前工作的重中之重。为此，我把压力变成动力，上班时就和主任、医生探讨肺移植手术相关问题，下班后查阅大量有关肺移植术后管理资料，用最短的时间，了解肺移植手术的难点和重点，组织科室护理人员，学习肺移植护理知识，为做好患者术后管理，做了极其充分的准备。诸如：隔离服、洗手、鞋套、无菌操作等，建立了一整套"肺移植手术"患者的护理方法。当看到患者身体一天天康复，特别是走出隔离病房那天，我的心情是无法用语言来表达的。

患者出院后，需一周一次化验血药浓度，并根据化验的结果，及时调整患者的用药，减少供体的排斥反应。为了防止患者身体出现异常，需护理人员上门进行采血。作为护士长，必须考虑到采血时间、医院到患者家的距离，会给护理人员带来不便。因此，我主动承担起这项任务，每周一早上五点，我便悄悄爬起来，披着冬日皎洁的月光，迎着刺骨的寒风，奔走在去往患者家的路上。就这样周而复始，终于迎来了春日的暖阳——患者家属灿烂的笑容，那是对我的最高奖赏。

一晃，在龙南医院工作十五年了，我尽了一点应尽的责任和义务，院里却给了我那么多的荣誉：院级优秀护士、市级优秀护士、服务明星、优秀代课教师；2005年，又派往北京安贞医院心胸外科进修学习……十五年的护理工作，丰富了我的人生阅历，我的价值观也成熟起来，护理技能也更加的娴熟了，这都得益于院里的培养、前辈们的引领和同事们的帮助，我必将珍惜于怀，并与之努力一同前行，迎接更加美好的未来！

最美的呼吸

◎ 白 洁

在大庆龙南医院 NICU（神经重症监护室）这个承载着生命重大意义的病房里，有着这样一个忙碌的身影，她执行医嘱快速到位，抢救病患专业娴熟，每一个护理操作都干净利落。她就是"藏"在 NICU 的最美 90 后"护士新娘"——于淼。如果不是好友的爆料，谁曾想到，这个看似年轻瘦弱的小姑娘，前不久在国外拍婚纱照的时候，做了一件"轰动"的大事，抢救了一位心脏骤停的外国患者。

事件回放

2016 年 1 月 2 日，泰国皮皮岛，一位出海的外国人遭突发情况昏迷，救护艇将其送到沙滩上时，患者已失去意识，抢救不容耽搁。正在海边租船准备出海照婚纱照的于淼，听到呼救的声音，来不及思考，下意识地奔向求救地点。由于语言不通，沟通困难，外国患者的朋友拒绝让任何人碰触患者。"NICU！Nurse！"于淼作为现场唯一的医务工作者，仅用两个英文词语，快速获得患者朋友的信任。心脏按压、人工呼吸……那一刻，她不是身穿婚纱的美丽新娘，她是外国患者的"救命稻草"。约 15 分钟的抢救,弄花了于淼的新娘妆、弄乱了她的发型、弄脏了她的红色礼服。直到急救车赶来,于淼手上的动作没停过一秒。

据了解,外国患者送入医院后,由于抢救及时,转危为安。

五星好评

于淼未婚夫:没想到于淼小小的身体里有着这样强大的能量,

当时的她只想着救人，跑的速度比谁都快。看到她投入到紧急抢救中，除了感动，我也替她捏了一把汗，因为不是每个人都有勇气做出这样的举动。她的工作是守护别人的生命健康，以后我的使命就是守护她的幸福平安。

龙南医院 NICU 护士长袁玉英：当听说她有这样的举动，我们一点都不意外。因为于淼在平时工作中就是非常认真、敬业的。别看她年龄不大，是个 90 后，但是专业素养却十分成熟，NICU 科室为她骄傲！

摄影师：当时情况太吓人了，老外大老远就喊 911，就跟拍电影一样，我们淼淼想都没想，顾不上衣服、化妆，第一时间就冲了过去，真给我们国人长脸！

一枝康乃馨

◎ 金 晶

母亲节这天,满城皆是康乃馨,把玫瑰的风头都抢走了。龙南医院循环内科十四病区护士长何阳早晨上班时,也买了一枝康乃馨。护师王海燕觉得纳闷,怎么还买朵花上班?何阳笑吟吟地说:"因为在医院里,我也有一个'妈'。"

何阳说的这个'妈',就是十四病区的患者陈大娘。陈大娘刚入院时,由于下肢静脉炎疼痛导致不能翻身,身后骶尾部压出了褥疮。这种情况之下,护理陈大娘的却只有一人。护士长何阳并没有因此而拒绝陈大娘入院,她让护士先为陈大娘腾出一个病房,又派有经验的护士建立翻身记录,制定营养配餐,给予疾病指导。

此外,何阳还亲自按时按点地为陈大娘更换体位、更换尿垫、按摩受压部位,观察并监督褥疮的好转情况。

因为治疗费用很大,家里经济条件有限,陈大娘很着急,何阳没事就来到大娘的床前,安慰她别上火,只要有信心,很快就能痊愈出院。

何阳想尽一切办法来帮助陈大娘,哄她开心。因此,母亲节这天特意送了陈大娘一枝康乃馨,让这个躺在病床之上的老人,能感受到世间仍有温情在。

"大娘,这是康乃馨,代表健康。"何阳声音轻柔地跟陈大娘说。

陈大娘点点头,眼睛湿了。

"大娘,你知道我为什么买一枝吗?"

陈大娘摇摇头,将脸侧过来。

"一枝康乃馨,一直健康。大娘,你能做到的。"

陈大娘终于忍不住,眼泪缓缓淌出,湿了枕巾。

"你看,怎么还把你说哭了。"何阳伸手擦了擦陈大娘眼角的泪水,心里也很难过。

"孩子,别误会,大娘是感动的。"

就这样,在何阳的激励之下,陈大娘重新恢复了自信,以顽强坚忍的意志,最终战胜病魔,慢慢康复了。

一枝康乃馨,一直幸福,这是多么纯真而又健康的寓意。

孩子，你看这个世界

◎ 白 洁

　　国丽是龙南医院创伤整形手外科护士长，刚参加工作时，她被分配到了神经内科，这是院内公认的大科、累科、忙科、脏科，病患多是一些肢体偏瘫的老年人。

　　有一回，病区收治了一名昏迷的老人，他患了脑梗死，不能说话，看样子是一名拾荒老人。国丽把他当作自己的长辈，为他翻身拍背，拿出自己的浴液毛巾为他清洁头发、擦洗全身。慢慢地老人恢复了意识，但还不能言语，每次国丽都耐心地领会着、猜测着老人的意思，尽量满足老人的要求。

　　一天夜里，老人突然大便失禁，排泄物弄得身上、床上到处都是，令人作呕的气味把同屋的病友们都熏跑了。国丽毫不犹豫地走向病床，一遍遍地为老人擦洗、换衣物、整理床单。第二天早上，她给老人买来早餐，一口口地喂老人吃。

　　经过一段时间的精心护理，老人得以恢复，并含糊说出了自己的家乡，经过公安局找到住址，主任、护士长把患者亲自送回了家。临走前老人眼神中充满了感激，用不太顺畅的言语说了句"谢谢你们了。"当时国丽的心暖洋洋的，觉得自己执行的就是天使的使命。

然而这样一位心善无瑕的天使，却也遭到了一次噩运的袭击。

2012年5月，国丽的孩子优优提前84天出生，由于早产，孩子支气管、肺发育不良，始终徘徊在生死边缘。

看到十几天大的孩子无数次承受着病痛的折磨，又一次次顽强地存活下来，她无法诉说心里的痛，恨不能代替孩子躺在那小小的保温箱里。她知道，儿子的病情并不乐观，但作为母亲她不能退缩，作为医者更不能放弃这个幼小的生命，她坚持着……

63天后，孩子由于各脏器衰竭，抢救无效，医院下了病危通知书，面对这个痛心的事实，国丽深知自己已经无能为力了。如此敬畏生命的她，没想到生命对她却是如此残酷。但作为一名医护人员，她没有对生命低头，她艰难地做出了一个决定，既然留不住他的生命，那就留下他的光明。

国丽强忍着悲痛，拨通了眼库的电话。本以为手术只是取下薄薄的一层眼角膜，但孩子太小，为了完整性，需要将眼球整只取下。看到孩子眼窝深陷、眼角还有斑斑血迹，那一刻，国丽的心都撕裂了。她抱起优优，紧紧地贴着儿子的小脸，不停地对他说："优优，妈妈爱你，你给别人带来光明，还会看到这个美丽的世界。"

2013年11月，优优成为当时黑龙江省最小的角膜捐献者，他的角膜成功移植给了绥棱县的赵红霞，使多年因为失明不能劳作的她，重新获得了光明，让整个家庭充满了希望。

听到这个消息后，国丽无法抑制地一路奔波见到了赵红霞，在眼神交汇的刹那间，她们抱头痛哭。赵红霞不停地流着眼泪，一直说："我会好好珍惜咱们孩子的眼睛，将来一定把眼角膜再捐出去，让优优的爱延续,给更多的人带来光明。"听到这样一番话,国丽心里无比安慰,尽管优优只活了63天,但他用捐献的角膜延续了自己的生命。孩子,你还在看着这个世界。

紧系患者"生命线"

◎ 李彩凤

一个星期天的下午,大雨倾盆,正在家休息的龙南医院心胸外科护士长李彩凤,忽然接到一个电话。这是杜尔伯特蒙古族自治县中医院的一名患者家属打来的。原来,患者留置的PICC导管输液不畅,家属非常着急。

两个月前,李彩凤为这位患者进行过PICC置管,因此家属才知道她的电话号码。从家属焦急的话语中,李彩凤感到患者情况严重。想到患者行动不便,路途远,又是大雨天,让他到龙南医院进行处理太不方便,还是自己去一趟为患者处理比较妥当。

想到这里,李彩凤在电话里毫不犹豫地对患者家属说:"别着急,我马上打车过去。""我已经找车赶往大庆接你了。"患者家属焦急地说。

放下电话,李彩凤马上到医院准备物品。由于雨大,道路泥泞不堪,经过一个多小时才到达县中医院。李彩凤立即给患者进行通管和导管维护,两个小时后导管终于被通开了。当时天已经黑了,李彩凤谢绝了患者家属的挽留,又冒雨赶回家中。

PICC技术是利用导管从外周手臂进行的深静脉穿刺,龙南医院心胸外科护士长李彩凤率先在大庆开展此项技术,并在全院推广使用,减轻了化疗及长期输液患者的静脉损伤性痛苦。半年的时间里,心胸外科的护士们就到肇州、杜蒙、八厂等地为患者置管达十余次。

别样的孩子

◎ 刘欣欣

在龙南医院神经内科17病区,最近住进来一位特殊的患者,他今年26岁了,但因他母亲去世早,心里极度缺乏安全感,因而对医护人员所采取的治疗措施很抵触。住院期间,科室的医护人员为他进行处置的时候,不但耐心解释,而且还给了他无微不至亲情般的照顾。

每天,护士们进行处置时,他都是最后一个。因为他的恐惧心理,每次医护人员在为他扎针前,都要进行很长一段时间地劝说,为此患者家属也深表歉意。每次处置前,都能看到在一旁陪护家属那尴尬的表情。这虽然增加了护士们很多额外的工作量,但患者的情况却在大家的关心下得到好转,不久后,患者不再惧怕护士扎针、换药了。

虽然这位患者已经26岁,但是当科室的护士提到他的时候,仍然习惯用"这个孩子"称呼他,因为大家知道在他的心里是多么渴望母爱。护士们觉得,虽然不能弥补给他早逝的母爱,但能让他在大家的细心呵护和暖暖的温情中,体会到别样的"亲情",也是一件值得去做的事。

不是亲人胜似亲人

◎ 曹晓娟

龙南医院常常接收一些"三无病患",所说的三无,就是患者无姓名、无陪护、无钱。

这天,神经外科的医护人员跟往常一样,在各自的岗位上忙碌着。忽然,门外传来了120急救车的声音,随后患者被推进重症病房。

又是一个"三无患者",只见他蓬头垢面地躺在床上,口眼歪斜,浑身散发着臭味,躁动不安。护士程静不怕脏也不怕臭,率先帮患者把冰冷的衣服脱掉。护士冷雪不顾自己怀着6个月的身孕,上前帮忙,并且以最快的速度为患者采血、扎针,给予处置。就在大家刚刚松口气的时候,患者突然呕吐起来,护士曹晓娟顾不上带一次性手套,冲上前将患者的呕吐物收拾干净。

经过大家紧张有序地抢救,患者病情慢慢平稳下来。但是由于患者来时没有家人的陪伴,又出现记忆丧失,生活不能自理,对治疗也不配合,因此医护人员不但要为其治疗,还要对他进行生活护理。

随着病情逐渐好转,大家才从患者口中得知他叫刘铁文(化名），45 岁，离异，目前单身，没有家也没有固定工作，平时就住在楼道里。

在了解了刘铁文的个人情况之后，大家给予了他更多的关怀和照顾，并为他请来了护嫂。在工作之余，大家都腾出时间和精力来照顾他，帮他洗漱，帮他进行康复训练，曹晓娟还负责给刘铁文刮胡子。

就这样，医护人员将刘铁文当作自己的家人一样。慢慢地，他在护嫂的搀扶下能够走路了。他的衣服很脏、很臭，都生霉了，于是护嫂王国荣就默默地把家中适宜的衣服带来，给他穿上。作为一个普通人，平时很少能接触到这样的人和事，而龙南医院的护士们却早已习以为常了。刘铁文只是神经外科救治的"三无患者"中的一个，面对着这么多"三无患者"，大家都会给予春天般的关怀。

桃花潭水深千尺,不及龙医爱我情

◎ 侯淑艳

这天上午8点多,龙南医院透析室的护士们早早做好准备工作,要为患者透析上机,可是还有一位叫赵丽芹的患者迟迟没有来。

孔祥茹护士长马上给患者打电话询问情况,得知患者女儿今日高考,作为单亲妈妈的她面对透析和陪女儿高考,处于两难的境况。不透析可能引发高血钾、心脏骤停等严重后果,透析又怕陪伴不了孩子,影响孩子成绩。面对如此情况,孔祥茹护士长说:"高考是孩子一生的大事,别耽误了,我们破例晚上为你单独透析,你就安心的陪孩子吧。"电话里患者激动得不知道说什么好,只听见一声声"谢谢"从话筒里清晰地传出,所有在场的患者都说:"你们真是太好了,太为我们患者着想了!"

当天,孔祥茹孔护士长主动值夜班为这位患者做透析,很多护士纷纷请缨要求替护士长值这个班,都被她拒绝了。晚上她一直工作到夜里十一点钟,神经衰弱的她基本一夜无眠,第二天仍然强打精神上班。大家都劝她休息一天,但她依旧坚持在岗位上,因为科里一个护士要参加职称考试,她还要替班。

这样急患者之所急的事情,经常在透析室发生,没有人感觉有什么特别,但是患者很认可:"你们所认为的应该做的小事,对我们个人、我们的家庭都有很重大的意义,龙南医院有你们这样的护士,是我们透析患者的福音!"

护士先生"猴赛雷"

◎ 邓丽娜

说起王雷,在龙南医院可是大名鼎鼎,同事们都说他是手术室的一名"护士先生"。

"护士先生"不仅技术过硬,工作起来也特别认真。有一天,手术室的手术量特别多,眼瞅着就要下班,王雷反复地看表,好似有什么心事。最后,他终于下定决心,主动请缨,留下来加班。

谁曾想,王雷在手术台上,一站就是六个钟头,他的手机出现了十多个未接来电。原来,这一天恰好是王雷23岁的生日,特地从老家赶来的母亲和家人从晚上五点就在饭店等他了。

王雷一直瞒着同事,直到晚上九点多,所有的手术全都做完,他才换上衣服,直奔饭店而去。王雷赶到饭店时候,满桌的菜都凉了。母亲见儿子工作如此辛苦,眼睛不由湿润了,埋怨说:"什么工作不好,为什么非得选护士。"

王雷夹了一块锅包肉,放在母亲的碟子里,说:"因为我喜欢啊,就像你喜欢锅包肉一样。"

妈妈拿王雷没办法,其实,她也相信自己儿子的选择没有错,救死扶伤是一种美德。

第二天早晨，妈妈赶回老家，王雷没去送站，而是准时出现在了医院的手术室，当天还有两台换关节的手术需要他进行手术配合。同事们都很惊讶，问他累不累，他回答："不累，我是护士先生，当然要比护士小姐们体力好。"

护士长当"陪护"

◎ 陈东伟

75岁的刘大娘因为血压高达230/120mmHg住进了龙南医院的老年病房,值班医生陈东伟紧急诊治,刘大娘的血压逐渐下降到160/80mmHg。病情虽然有所好转,但还需要做个头部CT检查。

这个时候,刚下夜班的护士长杨雪看见刘大娘是一个人来看病,便走过来问:"大娘,怎么没有家属陪您来?"

刘大娘叹口气说:"我哪想到会住院呀。"原来,刘大娘是来开降压药的,没想到病情严重到需要住院。她给儿子打电话,可儿子有事脱不开身,得晚一会儿才能来医院。

杨雪安慰刘大娘说:"没事,我可以帮你。"

就这样,杨雪把照顾大娘的责任揽了下来,临时客串陪护。她先是用轮椅推着刘大娘到一楼的CT室去做检查。回到病房后,杨雪又用自己的餐卡为老人买来热腾腾的饭菜。四处看看,刘大娘连个喝水的杯子都没有,这怎么行,她又跑到楼下的超市,为刘大娘买了几个纸杯。

刘大娘见杨雪对自己这么好,感动极了,连声说:"这丫头,不但长得漂亮心也善!"杨雪一直陪伴在大娘身边,直到她的儿子下午赶来才离开。

扎着腰围的小天使

◎ 邓丽娜

龙南医院 90 后手术室护士马梦迪，不慎患上了腰椎间盘突出，水肿的神经带来的剧烈疼痛让她行走困难，需要马上住院进行治疗。

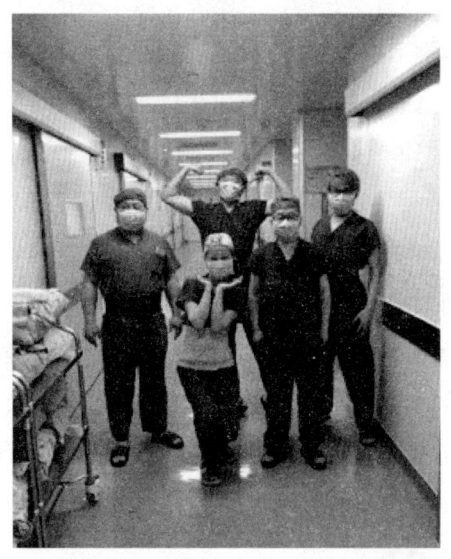

就在马梦迪准备好了要住院的这天，手术室的工作量剧增，护士人手安排不开，忙得脚打后脑勺。马梦迪迟疑了一下，主动请缨要求参加手术。

同事王丹劝道："我们能忙过来，你还是去住院吧。"

马梦迪满不在乎地说："没事，我有腰围保护。"

就这样，马梦迪扎上保护腰椎的腰围，冲锋陷阵，10个甲状腺切除手术，一个接一个地连续进行。接患者，输液，手术配合，送病理，核对数量，填写记录，将患者安返病房，忙得不可开交。喝口水对于她们这些配合手术的护士来说，都是一种奢侈的想象，更不要说是一个正处于病情急性发作期的小姑娘，马梦迪的腰围里早已汗湿一片。

虽然疼痛使马梦迪的身体不敢直立，但一种强大的信念却在默默地支撑着她，一定要挺下去。

手术顺利结束后，她和同样靠腰围支撑的甲乳外科的医生们照了一张照片，共同见证了医护人员用自己的坚持为患者带来的康复希望。

"透析天使"守护生命

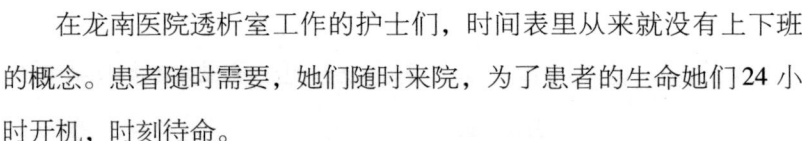

◎ 侯淑艳

在龙南医院透析室工作的护士们,时间表里从来就没有上下班的概念。患者随时需要,她们随时来院,为了患者的生命她们24小时开机,时刻待命。

一天,透析室护士项红霞下班刚到家,突然接到急诊电话,一名服毒自杀的患者已经处于昏迷状态,急需透析。项红霞放下电话马上打车从新村赶到医院,和柏琳医生一起为患者插管做血液灌流,清除血中毒素,一直忙到晚上十点多。

患者病情平稳后,项红霞才拖着疲惫的身体打车回家。刚到家没半小时,急诊病房又打来电话,一位服药过量的患者需要透析,项红霞再次打车赶往医院。忙完这个患者已经快凌晨4点了,她直接在科室里休息了一会,因为早上还要继续给CCU的患者做床旁血液透析。

这时,项红霞感觉到自己的感冒症状又加重了,体温已经38.3摄氏度,吃了退烧药,她又继续工作。交班的时候,护士长孔祥如看见她的脸泛着不正常的红,还不住地咳嗽,知道她生病了,马上安排别的护士替她工作。经过检查,项红霞诊断为严重的肺部感染,医生建议她进行大剂量抗感染治疗十天。

大家都埋怨项红霞为什么不早说,她说:"科里有生病的,休婚假的,哪有人呀,我以为自己能坚持住呢!"

用手为患者抠出大便

◎ 白 洁

近日，大庆龙南医院收到了这样一封感谢信，其中一段是：邢护士对每一个病患都当作自己的家人一般精心照料，住院期间，不论多忙，每天都按时注射药物，例行检查。值得一提的是，我姥姥李丛娥体内毒素堆积，邢护士亲手为她上药通便，不怕脏不怕累，没有半句怨言。看似天经地义的举动，对这样一位非亲非故的护士而言，也许只是工作职责所在，但却让我们所有人为之动容，深深感叹其医德的伟大。

信中提到的邢护士就是大庆龙南医院神经外科七病区护士邢倩。李丛娥老人因动脉瘤住院近 20 天。在住院期间，多天的便秘使老人痛苦不堪，医生也想尽各种办法。邢倩护士不忍看着老人整天难受煎熬的模样，于是，亲手为老人掏出了粪便硬块，没有厌恶嫌弃，没有置之不理。患者家属备受感动，邢倩护士却说：当时只想着怎么样解决问题了，这都是我应该做的。

邢倩护士是情真意切地给予患者家人般的温暖和照顾，默默地用行动为患者的健康保驾护航。其实，龙南医院收到过许多各科室患者康复后送来的感谢信、锦旗、牌匾，这些饱含真心的感谢，充满称赞的评价，无疑是对医生、护士辛勤工作最充分的肯定。

"老小孩"笑了

◎ 杨 洋

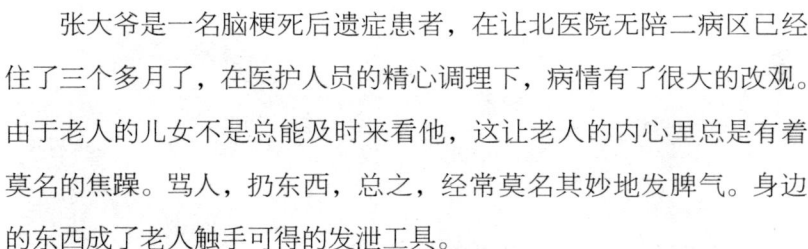

张大爷是一名脑梗死后遗症患者,在让北医院无陪二病区已经住了三个多月了,在医护人员的精心调理下,病情有了很大的改观。由于老人的儿女不是总能及时来看他,这让老人的内心里总是有着莫名的焦躁。骂人,扔东西,总之,经常莫名其妙地发脾气。身边的东西成了老人触手可得的发泄工具。

一次查房中,护士侯晓峰来到病房,正碰见张大爷在大声喊:"不想活了!不想活了!"一边喊叫着,一边扔着东西。眼看手里的杯子就要砸到老人自己了,小侯三步并作两步,冒着"枪林弹雨"冲到了老人身边。一边夺过老人手里的杯子,一边安慰老人说:"张大爷,我是小侯,干嘛发这么大的脾气啊!是哪里不舒服吗?"看见大爷沉默了一下,她又说:"那是不是想你姑娘了?你看我这不来了吗!"看见侯护士来了,张大爷焦躁的情绪收敛了许些。

"大爷,你看你,您这年龄最忌讳生气了,一生气该有病了,就不能吃好吃的了!"侯晓峰一边为大爷揉着肩膀一边劝说道。

"我要吃柿子!"听说好吃的,老人来了精神。

"好!好!好!那是想吃黄色的、红色的,还是粉色的呢?"

"我要吃粉色的!"

"我去给你买!你等着啊!别再闹了!"

一会儿的工夫,侯护士买来了小柿子。当把一颗颗小柿子喂进老人的嘴里,看见老人吃着小柿子破涕而笑的样子,侯晓峰也笑了。

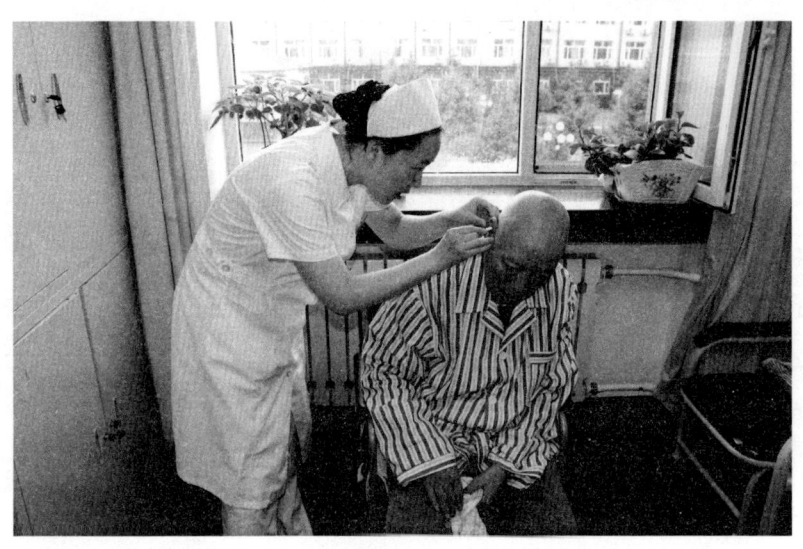

90后护士降服"小妖"力刷朋友圈

◎ 邓丽娜

"给龙南医院护士点赞,这小护士真是有耐心。我家小妖抽血化验,害怕得直躲,眼泪也成双成对,怎么也不肯把胳膊贡献出来,小护士就一直哄着,劝着,糖衣炮弹无所不用,真是挺厉害,也真是佩服。因为这个小家伙从小到大打针一直都是让我们头疼,今天真的还算顺利……"

这是一位小患者妈妈发送到朋友圈的信息,这个让人"头疼"的小家伙和龙南医院的护士之间到底发生了什么?

乳名叫小妖的女孩子今年12岁,妈妈姜女士想给她做一次体检,因此带她来到了龙南医院健康管理中心。小妖从小就惧怕打针,前一天和妈妈说好会配合医生,可一坐到采血的椅子上,她就害怕了,始终不肯把手伸出来,眼泪噼里啪啦不停地掉。

负责采血的是健康管理中心的90后护士姜楠,一看见小妖哭了,忙拿出一块糖哄她。可小妖就是不要:"我不想吃糖,我也不想抽血,抽血多疼呀!""不疼,像蚊子叮一样,你要相信阿姨。阿姨的技术可好了,你把手伸过来,你要是觉得疼,阿姨就不抽了,你看行不行?"

姜楠温柔地劝说着。小妖有点动摇了："阿姨，我可以看着吗？能轻点吗？""行呀。"姜楠笑了，"你看，这个是婴儿专用的针，一点都不疼，试试呗？"姜楠熟练地为小妖扎上止血带，一下就穿刺成功，血注入试管。

"真的不疼呀！我以后还来找你抽血行吗？"小妖脸上还带着泪珠，小嘴儿已经开始笑了。"阿姨你多大？""我二十多岁。""噢，离退休还有好几年呢。"小妖的话引起周围人的一阵笑声。

小妖妈妈说，龙南医院的护士不但技术好，服务也好。小妖哭了二十多分钟，她就哄了二十多分钟。她都要放弃了，可这个小护士依然那么有耐心。

小妖说，下次扎针还要找这个阿姨。

弃婴和他的临时妈妈们

◎ 冉鑫田

一天下午,龙南分局的民警将一个弃婴送到龙南医院,婴儿是在一个果园里捡到的,入院时处于深昏迷状态,身上有多处冻伤,脐带已脱落。手指、脚趾均为六指(趾),右手指间及末节呈坏疽样改变。

情况紧急,护士肖春燕、冉鑫田立即给予患儿清洁、吸氧、吸痰、建立静脉通道,对症治疗。由于患儿在外面时间比较长,来医院时周身散发着恶臭味,难闻的体味充满整个护士站,肖春燕几人并没有因为气味难闻而退而远之,仔细认真地为患儿更换纸尿裤、做臀部护理等一系列清洁工作。

经过近一个小时的努力,患儿终于恢复了应有的状态。当天晚上,由于患儿的体温较低,护士蒋贵玉把军大衣盖到了孩子的婴儿床上面,自己却挨着冻。

第二天一早,护士长于金玲得知科里有一个弃婴时,早早来到了科里,为患儿做起了基础护理工作,一次次喂奶、一次次换尿布、洗澡。每天下班时,她总要交代夜班护士做好患儿的各项护理。

上夜班时,护士们在忙碌工作的同时,还为孩子喂奶、换尿布,常常是一手抱着孩子，一手做着工作。每个人的心里，都把这个小弃婴当成了自己的孩子，对于还没有成家的医护人员，同事之间常常开玩笑地说，提前实习了。

孩子在医院的这段时间，有许多好心人得到消息，都伸出了援助之手。奥林爱婴宝母婴生活馆经理，先后两次来到医院，为孩子送来了两箱"贝因美"奶粉。医院鲜花店的老板送来一件衣服、两桶奶粉。奥林妈妈群的一些好心人也送来了大量奶粉、衣服、纸尿裤。护士王春红自费为孩子买来了眼药水。

就这样，在爱心接力下，孩子的脸上长肉了，身上的臭味没有了，眼睛也能睁开了，时不时还会睁开眼睛笑一笑。是啊，能有这么一群临时妈妈，孩子的心也是暖的。

姑娘姑娘你真棒

◎ 邓丽娜

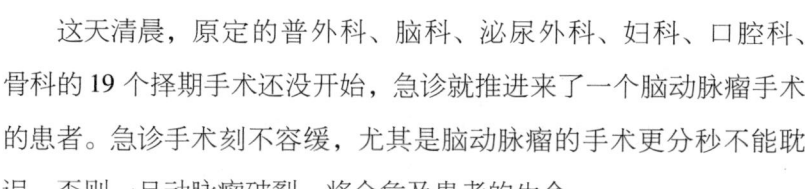

这天清晨,原定的普外科、脑科、泌尿外科、妇科、口腔科、骨科的19个择期手术还没开始,急诊就推进来了一个脑动脉瘤手术的患者。急诊手术刻不容缓,尤其是脑动脉瘤的手术更分秒不能耽误,否则一旦动脉瘤破裂,将会危及患者的生命。

护士长初晓杰紧急调配在家中休息的护士马琳和韩蕾来配合手术。可就在各台手术准备就绪,准备开始手术时,又递上了两个剖腹产和一个阑尾炎的手术通知单。5个手术间已全部安排了手术,没有多余的手术间了,怎么办?急诊手术不能耽误,择期手术的患者也不能怠慢,这可急坏了初晓杰。经过反复与病区医生沟通,说明情况,最后达成一致,择期手术为急诊手术让路,解决了急诊手术无手术间可用的棘手问题。

接下来,手术一台接一台,手术多、任务重,手术室的姑娘们动作麻利,恨不能再生出两只手,多长出两条腿。这个患者还没出手术室,下一台的患者就已经在手术间的门外等待,这一台手术刚下来,手术室护士们就开始迅速清点打包手术器械,整理手术间,清扫卫生,以最快的速度接下一台手术的患者。扎点滴,准备手术器械，备好各种仪器，手术室护士们一边手脚并用地麻利准备着，一边还不忘对患者进行心理安慰，亲切的语气，让患者丝毫没有感觉到一丝的急躁。

值班室桌上的午餐，由热变温又变凉，没有一个人去碰一下。饮水机空等了一天，也没有人来接过一次水。护士邓丽娜的胃病犯了，护士刘萍腰椎间盘突出，都不曾有一句怨言。大家只有一个心愿，尽快为患者进行手术，尽早让患者摆脱病痛的折磨。

晚上19时，当最后一个择期手术患者被安全送回病房时，大家终于结束了这一天的紧张而繁重的工作。回头一看，急诊手术间的灯还仍然亮着，夜班护士们又开始了新的奋战。

我们就是您的"眼睛"

◎ 邓丽娜

十一个眼科患者的择期手术正在进行,无影灯下有全力作战的主刀医生也有为手术跑前跑后的白衣天使。在近4个小时的时间里,邓丽娜、芦美玉、王磊一个接一个地接送患者、消毒、点麻药……让患者在重赴光明的路上平安度过这黎明前最黑暗的一段时间。

白内障患者大多是上了岁数的老人,腿脚活动不便,眼睛看不清。芦美玉接送患者时,能走路的,就手拉手领着,不能走的,就用轮椅推着。上上下下、接接送送将近二十趟,把芦美玉累得双腿直哆嗦。

在等待手术的时间里,患者不免心里有些焦急。护士邓丽娜就挨个给患者做思想工作。"大爷,千万别着急,稍等这一会儿,不是为了以后更好地看世界?""大娘,明天就能看见蓝天了,您高不高兴呀?"邓丽娜嘴里安慰着患者,手上也不闲着,有条不紊地做着各项工作。

时针指向23时30分,11名手术患者都安全回到了病房,所有手术器械都已清洗保养完毕,这一天的工作全都完成,三名护士这才打车回家。8个小时以后,她们又将开始新一天的工作,为那些看不见光明的眼睛指引方向。

天使一笑也倾城

◎ 白　洁

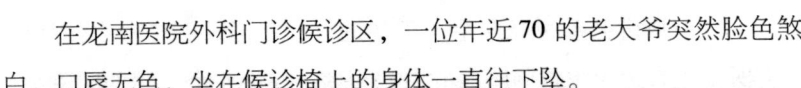

在龙南医院外科门诊候诊区，一位年近70的老大爷突然脸色煞白，口唇无色，坐在候诊椅上的身体一直往下坠。

"大爷，您哪里不舒服？"外科门诊护士长马思红走过来询问。

老大爷昏昏沉沉，无力回答。马思红发觉情况不妙，赶紧将老大爷放平。

"怎么了？"恰好从此路过的脑科门诊护士刘艳过来问道。

马思红焦急地回答道："这位大爷昏迷了，你赶紧去取个氧气袋。"

刘艳应了一声，不大一会儿工夫，带着氧气袋去而复回。

血压计、听诊器、氧气袋等抢救仪器准备完毕，两位护士马上就地进行抢救，并疏散围观群众，为老人争取足够的空间和空气。

老大爷的舌头堵在口唇之间情况十分危险，两位护士动作娴熟，配合默契，畅通呼吸道、监测血压。经过一番努力，终于把昏迷的老大爷抢救过来。两位护士又将老大爷抬放在准备好的平车上，推进外科门诊抢救室，给老大爷吸上氧气。看着慢慢缓过来的老大爷，马思红和刘艳如释重负，相视一笑，那笑容仿佛两朵同时绽放的鲜花，淡淡香气散于空气之中。

生死一线四分钟

◎ 丁雅婷

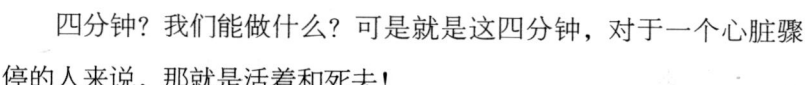

四分钟？我们能做什么？可是就是这四分钟，对于一个心脏骤停的人来说，那就是活着和死去！

15秒：抽搐；30秒：呼吸停止；1~2分钟：瞳孔固定；4分钟：糖无氧代谢停止。生死一线的四分钟，龙南医院循环内科的医护人员每天都可能面对。

2014年1月12日晚，龙南医院循环内科十五病区护士白雪在准备次日输液签的时候，突然听到有平车推入科室的声音，她立刻放下手里的活，只见两名家属推着一名老年男患进来。

白雪接过入院通知单，只见上面写着：患者盛成俊，男，60岁，持续胸痛7小时。她加快脚步到医生值班室找医生，刚走到一半，就听到家属大声呼喊："快来人啊，看他怎么了。"

白雪急忙转身跑到患者身边，只见患者已经意识不清，不停抽搐。在循环科工作十年的白雪迅速判断患者已经发生心脏骤停，来不及多想，她立刻将患者移到平地，随后将除颤机推过来，熟练地调节除颤器能量200J，给患者电除颤。除颤器示波显示窦性心律，心率66次/分，患者心跳恢复，意识恢复，呼吸恢复，抢救成功。

看见患者转危为安,白雪这才松了口气。

  第二天,患者病情稳定后,他的妻子特意找到白雪,想要感谢一下这位美丽的天使。白雪淡淡地说:"不用谢,这是我们医护人员应该做的。"

欣欣的眼泪

◎ 刘 宏

龙南医院儿科门诊护士刘欣欣患上了"干燥综合征",这种病很缠人,不好治。自从确诊后,刘欣欣一个月就得去一次北京把脉调整药方,每次往返车费600多元,一个月药费最少2 500元,这么大的开销对她无疑是雪上加霜。

虽然家里有困难,但要强的刘欣欣从来都没跟人说,也没向组织汇报过,一直坚持着边工作边治疗,装着跟没事儿人似的。

不过,细心的儿科主任王秀娟还是察觉到了刘欣欣有点不对劲儿。有一天,她跟护士长宋晓萍说,"欣欣最近怎么老去北京。"宋晓萍说,"不太清楚,是不是家里出啥事了?"王秀娟说,"这个咱们得弄清楚了。"

就这样,经过暗中刺探,王秀娟和宋晓萍才知道刘欣欣遇到了难处,同事相处,岂能袖手旁观,两人一合计,决定在儿科开展一次献爱心、暖人心活动。

这次活动采取自愿形式,捐款额数不限。儿科的医生护士们听说此事,都非常热心,积极踊跃地参与,共捐5 400元整,由王秀娟和宋晓萍交到刘欣欣手上。刘欣欣被感动得直流眼泪,这5 400元钱同时也是科里姐妹们的爱意,刘欣欣岂能不感动。

手术台旁"暖男爸爸"

◎ 邓丽娜

贺贺是个刚刚两周岁的小男孩儿，平时就很胆小的他，这次因为经常复发的腹股沟疝，不得不来到医院进行手术治疗。

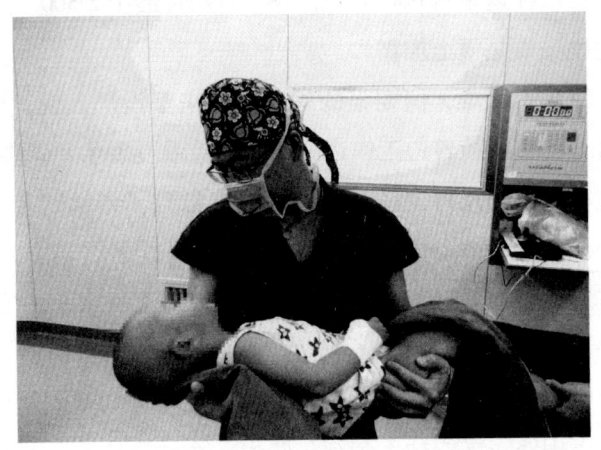

此次为贺贺麻醉的是大庆龙南医院的麻醉师关勇，关勇是个极具爱心的"暖心男"。他常说，要想让孩子配合，就要先成为他的朋友。这不，贺贺还在麻醉准备间等候的时候，关勇就利用门框边和他玩起了躲猫猫的游戏，逗得小贺贺哈哈大笑。他那因害怕挂在眼角的泪珠还一颤一颤的，让人既好笑又心疼。趁着小贺贺情绪稳定的时候，关勇和护士张雪配合给他推注了麻醉药，将他抱入了手术间。

整个手术过程，关勇一直守护在小贺贺的身边。小儿的麻醉难度极高，麻醉药给多了，影响患儿的生命体征，给少了，患儿又极易躁动。为了时刻观察贺贺的呼吸，关勇用一丝棉絮粘在贺贺的鼻孔处。氧气面罩扣不严，关勇便用一只手托住面罩，右手酸了就换左手。

手术结束后，关勇又细心地将贺贺的衣服穿好，轻轻地将他抱起。他注视着贺贺的眼神是那么的温柔，充满着关爱，就像看着自己的孩子一样。看到的人都不禁发出感叹："关老师，你真像是贺贺的'爸爸'呀！"

你的信任，是我的动力

◎ 杨 雷

"我信任这里的护士，她们充满自信的话语、微笑和一丝不苟的精神，充分展示了她们医者慈怀的内涵。"这是五官医院综合病区意见簿上的话，是一位小朋友的妈妈留下的，这对护士来说，是至高无上的奖励。

一次，一位肥胖的老年患者做静脉穿刺，看见进来的是一名年轻护士，不禁露出怀疑的眼神："我岁数大了，经不起折腾，护士长呢？还是让她来吧。"护士郑琪一边安慰，一边认真确定穿刺部位。最后，顺利地完成了穿刺。处置后，郑琪为老人放下衣袖，轻声安慰老人说："奶奶，我三十分钟巡视一次病房，您安心地睡觉吧！"在离开房间时，这位老人由衷地说："小护士，针扎得还真不错。"郑琪心里喜滋滋地，患者的信任，不仅是对她的认可，也是对医院的认可。

戴花帽的护士"妈妈"

◎ 邓丽娜

5月8日是母亲节,小欣宜在龙南医院里和三个戴花帽子的护士"妈妈"一起度过了这个特殊的母亲节。

小欣宜是个漂亮的小姑娘,可是跑步的时候不小心摔倒了,一个树枝就那么巧地插进了她嘴里,把口腔内划了个大口子。小欣宜满嘴的鲜血,满脸的泪水,可把她的爸爸妈妈吓得不轻。

到了龙南医院手术室门口,小欣宜说什么也不肯进去,谁劝也不好使,这可急坏了她的爸爸妈妈,在手术室门口直跺脚。

护士刘锦昭急中生智,连忙拿出给自己女儿刚买的玩具来哄小欣宜。别说,刘锦昭这一招还挺管用,小欣宜终于不哭了,乖乖地牵着刘锦昭的手走进了手术间。趁此机会,麻醉师李文波和华庆丽也上前安慰着小欣宜,给她讲笑话,小欣宜终于破涕而笑,主动要求和三个"妈妈"合影,留作纪念。

小欣宜的嘴里缝了三针,顺利地完成了手术,几个"护士妈妈"都非常高兴。刘锦昭还特意将她跟小欣宜的合影,发到了朋友圈,告诉所有朋友,今天在医院,她也过了一次母亲节。

温暖的"特权"

◎ 邓丽娜

"护士,我从卫生间回来了,可以给我打针了。"一位老大爷走到龙南医院甲乳血管外科护士站,跟值班护士说道。

"好的大爷,请您回病房稍等,我马上给您准备。"护士爽快地答应。

旁边一位陪护纳闷地问老大爷:"大爷,您老怎么知道该打针了呢?"

"是它告诉我的。"大爷边说边举起手中一个粉色的牌子,"这是温馨提示卡,就是它提醒我该打针了!"

说起这个粉色的温馨提示卡,可是甲乳血管外科患者的特权。当护士进行操作处置时,如果遇到患者有特殊原因没有在病房,护士就会在患者床头桌上放一张"温馨提示卡",提醒患者返回病房后,及时联系护士进行处置,避免患者因不知道诊疗内容和护士操作时间而影响治疗。小小提示卡,既加强了护患沟通,又确保了患者医疗安全。

患者张大娘对这项举措就相当满意,她的腿脚不好,走路慢,因为怕护士来扎针的时候自己不在,都不敢去厕所。自从有了温馨提示卡，张大娘再也不用担心错过输液了。

除了温馨提示卡，甲乳血管外科患者还有一个"特权"，这就是 PICC 专属病号服。

PICC 深静脉置管术因并发症少，留置时间长，广泛应用于临床需长期输液的患者。由于 PICC 置管术穿刺的血管位置在肘上 2~3 厘米处，每次进行输液时，患者都需要脱下长袖的病号服，给患者带来许多不便。

甲乳血管外科的护士们看在眼里，记在心上，利用业余时间提建议、画图纸、想办法，反复讨论、反复试验，终于为患者设计出了一款"高端、大气、上档次"的 PICC 专属病号服。

38 岁的乳腺癌患者陶女士，是这款专属病号服的第一位穿着者，以前只要输液，她就得脱下一只袖子，输液时还不能穿上，这只胳膊只能用东西盖上，活动吃饭都十分不便。

自从穿上这个'专属'病号服，输液的时候陶女士就把袖子上的扣子打开，还可以在不影响输液的情况下，将下面的扣子扣上，一点也不影响活动。衣着也整洁了，朋友来看望，她也不尴尬了。

甲乳血管外科的护士们想得太周到了，两个小发明，暖意无穷。

"亮"女仁心

◎ 张彦强

说起龙南医院肾内、血液科护士长李亮,人们总是忍不住高挑拇指。28岁的李亮,生得俊俏,心地善良,真是内外都美。

李亮曾在CCU重症监护病房、急诊、发热病房等多个科室从事护理工作。为练习穿刺技术,她把自己的手当成"试验田",自费买来百余支输液器、注射器,上百次地反复练习,摸索出"无痛进针法",能在干瘪无弹性的血管上"扎针"。

有一次,一位83岁高龄的老患者,血管像头发丝一样细,急需平喘治疗。李亮接过头皮针,一针见血。这救命的一针,把患者从死亡线上拉了回来。

过硬的本领,让李亮闻名全院,然而,真正让大家对她心生敬佩,还是她那高贵的品质。李亮手机从不离身,从不关机,并定期进行电话回访和入户随访,帮助患者解决难题。家住新村的赫大爷,脑梗死后遗症,长期瘫痪在床,不能正常进食,打成糊糊的食物、水和药品只能通过胃管输入到大爷胃里。小小一根胃管成为大爷的"生命线"。

在下胃管时,大爷经常会有痰液喷出,李亮从未嫌弃过,总会成功下置胃管。后来大爷出院了,考虑到大爷的身体状况,她就每月到家里为大爷更换胃管和尿管,一坚持就是四年多,直到大爷离开。她的回访记录本上记录着 200 余次电话随访和 100 余次入户随访,也记录了年均 150 余小时的真情奉献。

大爷,我就是您的陪护

◎ 侯淑艳

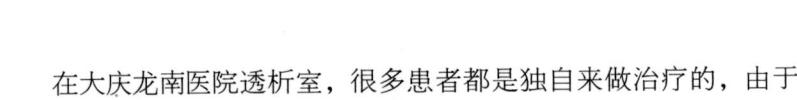

在大庆龙南医院透析室,很多患者都是独自来做治疗的,由于透析的时候不方便活动,护士就像家人一样照顾着他们。

郑大爷右侧胳膊缺失,在透析过程中,突然腿和手剧烈抽搐,医生马上给予降低脱水治疗。虽然大爷的情况好转了,但身边没有陪护,护士乔璐就站在床边给郑大爷揉腿,让他僵硬的小腿肚慢慢放松。

郑大爷不好意思地说:"闺女别忙了,我好多了。"

乔璐摸着郑大爷还是很僵硬的小腿肚说:"没事,我再给您揉一会儿。"等大爷小腿的肌肉完全放松后,乔璐又握起郑大爷的左手,轻轻揉搓他僵硬的手指。

郑大爷说:"给我儿子打电话,让他来。"可是郑大爷儿子的电话一直关机。

护士乔璐安慰郑大爷说:"他手机可能没电了,没事,别担心,你儿子来之前,我帮您揉,好点没有?"

郑大爷的手渐渐恢复了正常。邻床患者的家属看见了直夸乔璐说:"这里的护士真好,我以前还担心,自己来不了,我家这位没人照顾，现在我放心了。"

　　护士乔璐抬头笑笑，甩甩自己僵硬的手，又投入到紧张的工作中去了。

寂寞的饮水机

◎ 邓丽娜

在家休息的龙南医院手术室护士马琳,早晨起来时,胃病忽然犯了,她找了一个热水袋,放在胃部,这才稍微好了一些。就在这时,手机响了,一看号码,熟,是护士长初晓杰打来的。

初晓杰在电话里说,今天的手术一个接着一个,当班护士有点忙不过来,能不能过来帮下忙。

马琳毫不犹豫地说:"没问题,我这就打车去医院。"

撂下电话后,马琳换了衣服火速赶往医院。这个时候,她的胃病还没好,路上被风一吹,反而更加严重。但马琳哪里顾得上这个,救场如救火,以前自己忙不过来的时候,不也借过救兵吗?

到了医院后,马琳立即跟着大家忙了起来。手术一台接一台,这个患者还没出手术室,下一台的患者就已经在手术间的门外等待,点滴,准备手术器械……

马琳的胃疼得越来越厉害,她时不时地用手按下胃部,转身又微笑着面对患者。没有热水袋,喝口热水也许能缓解一下,但实在太忙,每当马琳准备去打杯热水,这边准保有个急活。

就这样,马琳跟姐妹们整整忙了一天。当最后一个手术患者被安全送回病房后,马琳赶紧朝着水房方向走去。到了地方一看,饮水机满满一桶水,早晨啥样,现在还啥样。原来,不止马琳,科里别的姐妹也忙得没顾上喝一口水。饮水机整整寂寞了一天。

女儿的致歉

◎ 邹冬梅

孙志瑛的母亲于 2009 年 1 月查出甲状腺病变，需手术治疗。但由于手术需要人照顾，身为脑外科护士的孙志瑛，却因一直忙于工作，母亲的手术一拖再拖，只用口服药物维持。

直到 2010 年 4 月 20 日，在普外科医生强烈要求下，孙志瑛才给母亲办理入院，并进行手术治疗。孙志瑛没有同科室任何人讲这件事，也没请假护理母亲。直到护士长从普外科医护人员口中知道此事，当即，主任、护士长及全体脑外科医护人员都去看望孙志瑛的母亲。

老母亲忍不住埋怨女儿太忙，一直没时间照顾自己。随后又说，唉，谁让我女儿是脑外科的人呢。孙志瑛听了妈妈的话，心里很难受，当着大家面给母亲道歉。这种场面令大家既感动又惭愧，因为这样的事情几乎每个人都发生过。

就在主任及护士长决定给孙志瑛护士上报假期来照顾母亲时，她拒绝了。孙志瑛说："在龙南医院，有一种精神，叫脑外科精神，永远把患者的事情摆在第一位；有一种生活叫脑外科生活，我既然选择了脑外科，就要默默承受这种生活带来的压力。我现在所做的，只不过是咱们脑外科人普普通通一件事,换成大家,会做出同样的选择。"一句质朴无华的话,道出整个脑外科医护人员生活真实写照。

给绝望的患者生的希望

◎ 苗翠清

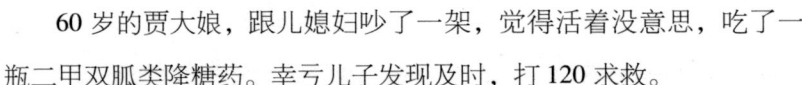

60岁的贾大娘,跟儿媳妇吵了一架,觉得活着没意思,吃了一瓶二甲双胍类降糖药。幸亏儿子发现及时,打120求救。

120急救车来了,贾大娘却不配合,双眼紧闭,牙关紧咬,就是不动地方,看来是下定决心不活了。

后来,在护士苗翠清、医生郎冰军的劝慰下,贾大娘总算上了120救护车。然而,没隔多大一会儿,贾大娘情绪又烦躁起来,一度要跳车,被医护二人拦截。到达抢救室后立即给予贾大娘血压、微量血糖测量、测心电图并机器洗胃。贾大娘拒绝洗胃,不管儿子儿媳怎么劝,甚至大哭哀求也都无济于事。

这时,护士长施佰丽面含微笑地柔声说:"大娘有什么事情想不开的呢?您看您的儿子儿媳多么伤心,如果您有什么三长两短的,您想让这个家散吗?您不想想您的儿子儿媳也得看看孙子呀。您本身身体不好,吃了药才20分钟,如果抓紧时间洗胃,药物没有吸收太多情况不太严重,观察几天就会没事,时间拖久了就危险了……"

在大家伙的劝慰下,大娘终于勉强配合洗胃了,由护士韩雪给予机器洗胃28次直至洗胃液澄清。在洗胃过程中郎冰军、施佰丽协助观察病人的神智，瞳孔、心率等状况，直到洗胃结束将病人送至病区。

　　急救科的白衣天使们，经历了太多的死亡，也正因为这样，才更懂得生的珍贵，才在贾大娘轻生之际，极力挽回她的生命。有时候，在绝望中建立希望，只需一个微笑就够用了。

用微笑去迎接每一天

◎ 刘志远

微笑，是天地赐予我们独一无二的礼物，唯有人类才可以有独特的这样一种表情，而正是这微笑可以阳光般地照耀他人温暖自己。一个微笑化解掉的不只是一份愤怒、一份无奈、一份痛苦，它更增加的是彼此间的人与人之间的沟通、信任。而我们康复科的副主任付忠华每天阳光般的微笑、真诚的关怀带给患者的是每天好心情。

张玲是去年开始在我院接受治疗的一名患者，52岁，患病前脾气急躁而且正值更年期。突然的脑出血使她失去了原本独立自主的生活，退休后满世界跑的旅游计划破灭了，躺在床上动一动都要别人帮忙。孩子还在上研究生，自己帮不了什么反倒成了累赘，刚到医院时极其抑郁，很少说话、入睡困难、厌食，在治疗上也不是很积极。这样的患者如果心病治不好花再多钱别人使再大的劲都是徒劳的，家里人很是着急却束手无策。来到康复科后，付忠华发现了这种情况，对她进行了细致的观察和了解，感知到了她内心的压力和苦闷后，经常找她聊天，不断耐心开导，给她讲开心的事，讲笑话。付忠华的陪伴与理解，使她的情绪一天比一天好，也能积极主动配合康复治疗。刚开始她不愿进康复大厅，现在她在大厅的时间一天比一天长。突然一天张玲的一句"谁不会说呀我也会说笑话！"把大家逗得更是开心了好几天……现在的张玲积极配合治疗，患肢承重力逐渐增加，关节活动度也逐渐加大，整个人也变得有了生机。

不论是在病房还是门诊，付忠华都能热心解决患者的实际困难。2017年9月的一个周末，付忠华值门诊班，这时走廊里传来了一个急促声音，"憋死我了"。她推门一看，一个老大爷扶着一个老大娘走了过来，大娘提着裤子，满脸是汗。原来大娘便秘，排不出大便来，在家用了一支"开塞露"没管用，这才来到医院。两位老人没有子女，已经80多岁了，看到这种情况，付忠华赶紧到药局拿来了2支开塞露给老人用上，又戴上手套，帮助老人把粪块抠了出来。老人痛苦的表情渐渐褪去，露出了笑容，一直说"孩子，谢谢你了"。这时付忠华的脸上也绽放出了笑容。

不光她自己这样做，她的科室、她的团队都这样做。就是这样的一群人，他们心里充满了阳光，他们用真诚的微笑去迎接每一天，去感染身边的每一个人！

护士"妈妈"的怀抱

◎ 邓丽娜

小男孩欣欣,今年 3 岁,前阵子感到嗓子不舒服,到龙南医院一检查,医生说,得做腺样体摘除的手术。

做完手术那天,小欣欣被送到了麻醉恢复室。这个时候,小欣欣逐渐开始清醒,伤口的不舒服和环境的不熟悉,使他开始变得烦躁,哭闹不止,身体不断地扭动着,大声地喊着妈妈。

所有的人好话说尽也没哄好小欣欣,后来,护士孙海荣把小欣欣抱在了怀里。小欣欣的身体还在不断地扭动着,把盖在他身上的所有衣服都弄到了地上。孙海荣给他裹上被子,又怕他乱动把点滴碰掉,于是,就把他抱到了窗台前,那里有温暖的阳光,孩子不会冷。

在孩子的挣扎中,孙海荣的头发被抓乱了,但她仍轻拍着欣欣的后背,哼唱着儿歌,哄着他。高瑞英怕孩子哭闹造成乏氧,就取来氧气面罩。可是欣欣一点也不配合,高瑞英就用手举着面罩,放在他面前给他吸氧。面罩距离欣欣面部太远,吸氧达不到效果,距离太近,欣欣又不接受。这个不远不近的距离,只一会儿就让高瑞英的手酸麻起来。

慢慢地，欣欣不哭了，安静地依偎在孙海荣的怀里，就像躺在妈妈的怀里一样，黑黑的眼睛看着护士"妈妈"，露出了甜甜的笑容。

龙南医院就是俺的救星

◎ 金　晶

住在龙南医院循环内科十四病区的夏大娘,已经70多岁了,无儿无女,生活困难,只有一位后老伴和她相依为命。但那位老人也已经八十多岁高龄,还身患癌症,生活不能自理。夏大娘有一位亲弟弟,但因为某些原因不愿来照顾她。

夏大娘得的是慢性心衰,身体水肿,需要用大量的利尿剂。应用药物后,夏大娘每几分钟就要上一次厕所,很多次都是没等提上裤子就又开始排尿了。大娘本就身体不好,又没有家人护理,上厕所很不方便。护士们看到大娘的这种情况,就一趟趟地为她端尿端尿,搀扶着她起床,生怕她摔倒,每天三餐还轮流为大娘打饭。夏大娘在这个温馨的病区里,得到了护士们亲人般地特殊照料。

"可出院后,大娘的生活又该怎么办呢?"内科护士长郑玉霞看在眼里急在心里,每天打电话一遍遍地联系夏大娘以前的单位、所在社区、民政部门、所属公安局等,还特意走访了退休办、老龄委……一次次的协调、一次次的努力,终于感动了夏大娘的弟弟,他主动到医院缴纳了住院费用,还雇了一名陪护照顾老人的起居。看到大娘的生活有了着落,大家很欣慰。

随着病情渐渐好转,生活也有了希望的夏大娘高兴地说:"这儿的医生护士一个个比亲人还亲啊!护士长更是好样的,解决了我的一大心病,有这么多好心人,我肯定长寿!"

爱与关怀托起生命的"重量"

◎ 党雪艳

金秋时节,细雨纷纷,但窗外的嘈杂丝毫没有影响到产房内的温馨。从早上8点接班起,产科助产士李文苓就没有停止过脚步,从清点物品到巡视病房、接收新入院患者、接生,忙得午饭都没有吃上。

下午3点多,任女士在家人的陪同下手捧下腹,缓步走进了产房。经询问得知她妊娠足月,下腹部阵发性疼痛已经2个小时了。任女士略显急躁,李文苓细心地为她讲解疼痛原因,并马上为其进行入院查体。在胎心监护期间,李文苓耐心地解答任凤敏的疑惑,并鼓励她正常分娩。

在晚上巡视病房期间,李文苓看到孕妇因疼痛在病床上哭闹,家人在身旁束手无策的状况,马上过去安抚,叮嘱其慢节律呼吸,并指导家属在孕妇宫缩期间按摩以便缓解疼痛。

月亮隐去,太阳升起,新的一天来临,产房内每个人的心中都对即将到来的宝宝充满了期待。上午8点,接班助产士党雪艳遵医嘱给予任女士2.5单位缩宫素静点。任女士宫缩越来越强,每一次的用力都让她筋疲力尽。护士长孙明月为她擦拭额头上渗出的汗水,在身边指导孕妇正确地运用腹压。

胎头拨露后，铺产台准备接生。考虑到胎儿较大，可能会发生肩难产，由孙明月和党雪艳共同为其接生。此刻，任女士因为疼痛身心疲惫、紧张烦躁，不停地询问："护士，生了么？生了么？怎么还不生啊！"党雪艳耐心地安抚："别着急，好好用力，孩子的头已经出来了，要加油，为了自己、为了孩子，好好用力！"

早8时20分，一个白白胖胖的男孩在大家的帮助下降生了。伴着孩子响亮的啼哭声，在场医护人员悬着的一颗心总算是放下了。胎盘胎膜于5分钟后娩出，胎盘胎膜完整。孙明月给新生儿称重，5 080克！

任女士得知宝宝的体重后，非常惊讶："孩子这么大啊！我还以为只有七斤多呢？"

护士长将孩子包好后，抱到任女士的身前，温和地说："看看的你胖儿子，多可爱！你是一个伟大的母亲，因为你的信心和努力配合，孩子才会健康平安地降生！"

任女士热泪盈眶地说："不、不，都是大家帮忙，我才会有信心！谢谢大家，谢谢！"

关爱从点滴入手

◎ 曲兆丹

"真情关爱，点滴入手"，这是乘风医院内科护士长赵辉经常挂在嘴边的一句话。她所带领的团队，"真情服务"的理念已经深入人心，对每一位护士来说，"真情关爱病患"已经不单单是一句口号，而是促进医患关系融洽、拉近医患之间距离的催化剂。

该院内科住院的患者多半是 60 岁以上的老人，每年一到冬季，突发心脑血管疾病住院的老年患者便明显增加，很多老人都是老病号，有的甚至是专门奔着护士长赵辉来的，家住乘二村的冯大爷便是其中的一位。说起冯大爷的住院史，赵辉可是记忆犹新，那是两年前的冬天，老人第一次来住院时，给赵辉的第一印象是说话一直板着脸。为了能让老人心情愉快、舒心地住院治疗，赵辉简直是费尽了心思。

怎样才能取得老人的信任和认可呢？那就让我先从点滴开始吧。赵辉认真配好了药，小心翼翼地来到了病房。她并没有马上为老人点药，而是亲切地说："大爷，刚取回来的药，有些凉，咱们暖一会再点吧！先给你说一下咱们医院的环境和住院的事项。"赵辉耐心地说着，老人认真地听着，此时双方的距离明显拉近了。

"大爷,要是还有什么不明白和需要帮助的,可随时到护士站去找我,现在咱们点滴吧!"老人满意地点点头。赵辉仔细看了一下老人手背的血管,针对老人血管弹性差、比较脆的特点,赵辉使用了针刺手法,此法能提高点滴针刺的成功率,并且可以减轻疼痛感。"好了,我要给你扎针了,一点儿也不疼,不用紧张。"熟练的手法、几乎无痛感的进针,让冯大爷不得不对这个年轻的护士长刮目相看。几天的住院经历,让冯大爷实实在在地感受到了什么是"真情服务"。从此,冯大爷便认准了赵辉,每次住院前,都会给赵辉打电话,问她在不在。

如今,"真情关爱"已成为全科护士的座右铭,通过团队"正能量"的发挥,逐步营造出了"医患和谐"的良好氛围。

尴尬的术中意外

◎ 邓丽娜

2015年12月28日凌晨，特意从林甸赶到大庆龙南医院看病的杨大爷因为发生腹膜炎，怀疑阑尾穿孔被送入了手术室。杨大爷的情况十分糟糕，阑尾已经穿孔，腹腔内大约聚积了300毫升的脓汁，脓汁中含有粪便。而且阑尾和周围组织粘连严重，手术进展十分缓慢。

8点半，刚进入手术间准备接下夜班护士工作的手术室护士王雷和刘萍闻到手术间里有一股难闻的气味，寻找来源，原来杨大爷排泄在了手术床上。当时手术正在进行，杨大爷排出的粪便无法处理，刘萍就找来一些单子盖在杨大爷的腿上，以防影响手术。而器械护士王雷所站的地方正是在杨大爷的大腿侧，那令人作呕的气味让他直皱眉头。

手术终于结束了，掀开手术单子的时候一股恶臭扑面而来，整个手术间的空气马上让人感到窒息。杨大爷也闻到了这个气味，知道自己大便失禁，脸一下子变得通红，眼睛紧紧地闭着，表情僵硬，手不自觉地抓住身下的床单，没想到这一抓他的手上也沾上了粪便，这下情况更加糟糕了。

王雷看出了杨大爷的难处,马上走到他的身边轻声:"大爷,没事。我给您擦干净再送您回去。"于是王雷先用吸引器将稀的粪便吸走,接下来又找来干净的布一点点地为大爷擦拭。

　　"孩子,别擦了,差不多就行,回去让我儿子擦吧。""大爷,一会就好了,咱们干干净净地回去多好。"王雷的手依然细细地为大爷擦着,实在受不了了,王雷就悄悄回头换一口气。

　　十分钟的时间,王雷将杨大爷身上的粪便全部清理干净,又为大爷换上了新的床单,将杨大爷送回了病房。回到病房的杨大爷紧紧地握住王雷的手,一个劲儿点头表示感激。王雷也微笑地看着大爷,用眼神告诉大爷,"这都是我应该做的,您老放心,此事我一定为您保密。"就在两个人相视一笑中,一种无私、一种大爱、一种信任在彼此的心中延伸开来。

白衣天使的情怀

◎ 杨 洋

于京艳护士长啊，待人真诚、热情，像家里人一样，她总是给人一种心里暖乎乎的感觉，让人感到很亲切！但凡接触过于京艳的患者，都会留下这样的印象。

于京艳是让北医院无陪老年关怀病房三病区的护士长，少时的她就怀揣着要做一名白衣天使的梦想。从走出护校踏上工作岗位的那一天起，她就暗暗下定决心，要从一点一滴做起，钻研技能，每天都以诚挚的微笑去面对每一位患者。经过多年的锤炼，她渐渐由一名青涩的小护士成长为独当一面的病区护士长。记得刚刚参加工作不久，就发生了一件让她难忘的事。

一天，正赶上于京艳查房，像平时一样和李大爷打着招呼，可正说着，发现李大爷突然发生了休克。于京艳见状，一个箭步冲上前去，一边呼救，一边结合大爷的心梗病史，对其胸口就重锤了两下，接着掌心叠压进行心肺复苏，一下，两下，三下……一会儿的工夫，豆大的汗珠从额头上滑落下来，病房里的空气仿佛都凝结了。经过一番抢救后，看到老人的胸廓慢慢恢复了有节律的起伏，再次呼叫时老人也有了回应，于京艳这才深深地舒缓了一口气，甩了甩酸痛的胳膊，随后为老人整理好衣服，掖了掖被角。看到老人安详的样子，于京艳感到凭借自己的一双手把老人从死亡线上拉回来，那种成就感和对职业的敬畏感油然而生，也更加坚定了做好护理工作的信心和决心。

能够把平凡的事情做好，就是不平凡。作为一名临床护士，特别是老年科的护士，每天进行静脉穿刺是必修课。而老年科的病人多为老年人，所患疾病种类多，其血管大都脆、细、弹性较差，这就需要护士有过硬的技术本领，为患者减轻痛苦。她不断用自己和家人做实验，掌握了45度角穿刺疼痛最小的绝活，最大限度地减轻了患者的痛苦。最大的受益者当然是患者了，他们都纷纷赞扬于护士长服务态度好，技术水平高，扎针像蚊子叮一下似的。

作为一名共产党员，在于京艳的心里，始终不忘帮助他人、回馈社会。不苟言笑的她却是个热心肠。她利用业余时间，参加爱心志愿服务，帮助照顾社区孤寡老人。节假日为住院病房的老人表演节目，送上爱心小礼物，让老人们感受家的温暖。在她的感召下，身边的很多同事都加入到了爱心志愿者队伍中。在让北医院形成了一道红色靓丽的风景线。

于京艳始终以"宁愿自己麻烦千遍、不让患者一事为难"的服务理念要求自己。她用真挚的爱心守护着病人的生命，以自己最大的努力维护白衣天使的美好形象，为医院的护理工作贡献自己的全部力量。她一步一个脚印，脚踏实地走过来，谱写了一曲曲真情服务的赞歌。

男护士的"针"本领

◎ 李媛媛

这天,一位大约四十岁的男子手拿一面锦旗来到了龙南医院急诊留观室。这名男子姓李,来自哈尔滨,10天前他和家人从哈尔滨来大庆看望亲属,谁知他的爱人到了大庆就患上了感冒,吃了几天药也不见好,于是来到我院急诊科就诊。

检查化验后,医生很快给李先生的妻子开出了输液治疗的药方。这天在留观室值班的是急诊科里一名叫福庆的男护士。当于福庆配好输液药物来到患者身边时,李先生看着这位年轻的小伙子,不禁对他的技术产生了质疑:"我爱人的血管非常不好,很难扎的,你可要看好再扎啊。"

于福庆只是微笑着说了句:"放心吧。"然后,他仔细选取血管、穿刺、破皮、进针、固定,一气呵成,用高超的技术征服了李先生夫妻。

接下来的几天,李先生的妻子每次来输液都点名于福庆给她扎针,每次于福庆都能做到"一针见血",李先生和爱人禁不住连连道谢。

让人意想不到的是,患者出院已经10天了,她的爱人李先生却送来了锦旗。李先生告诉大家,他的爱人每次去医院输液都是三针五针都扎不上,没想到来到大庆龙南医院,一名年轻的男护士却用精湛的技术打破了这个"魔咒"。龙南医院的护士,技术真是没得说!

病房响起生日歌

◎ 侯淑艳

"祝你生日快乐……"龙南医院血液净化中心病房里飘荡出来的生日歌，让路过的人们纷纷停住了脚步，侧耳细听。

这天，透析室护士侯淑艳在给邢大娘上机准备透析的时候，听见邢大娘的女儿在对邢大娘低语："妈，你好好透析，家里人都准备好了，等你透析完就回家给你过生日。"

这句话，侯淑艳听在耳里，记在心上，在忙完所有工作后，跟护士们商量："今天邢大娘过生日，我们祝福一下大娘吧。"

护士长孔祥茹拿出了一个红苹果说："我恰巧有一个苹果，送给大娘，虽然东西少，也是一个心意。"护士们找来红色的包装纸，精心包好苹果，所有在岗的护士一起来到大娘的床旁，为大娘送上祝福："大娘，祝您生日快乐、一生顺遂平安。"随后，大家一起为大娘唱起了生日歌，病房里正在透析的患者也跟着唱了起来。

邢大娘感动的泪水在眼眶中旋转，激动得说不出话来："谢谢大家，借你们的吉言，我一定好好透析，活得长长久久的，一直跟你们在一起。"

大家了解到情况后，都说龙南医院把患者当亲人，患者也把龙南医院当作自己家了呀！在透析室里，患者和医护之间不仅仅是诊疗关系，长时间的相处，患者和医护之间涌动着一种不是亲人胜似亲人的暖流。患者家里有喜事会带来糖果互相分发，家里有不开心的事也会与护士交流得到开解，不会网购的患者会请年轻护士帮忙订货邮寄。对于透析室里的患者来讲，透析室就是时刻洋溢着温情的另一个家。

骨病女孩与花帽"爸爸"的约定

◎ 邓丽娜

一张发在微信朋友圈里的照片,引起了很多人的注意,照片上坚强勇敢的女孩儿是谁?她又和麻醉师关勇有个什么样的约定呢?

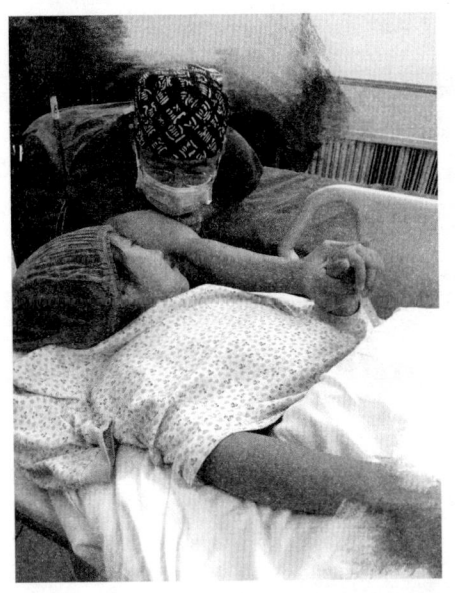

照片上这个可爱的女孩叫涵涵,只有 10 岁。在学校里不小心摔了一跤后左小腿骨折了。来到龙南医院检查后才发现,涵涵还患有先天性骨纤维发育不良。这是一种良性的骨病变,极易发生病理性骨折，只能通过手术植入骨头来治疗。第一次手术后，由于小涵涵身体素质差，局部出现异体骨排异反应，需进行第二次手术。

手术前，负责涵涵麻醉的龙南医院麻醉医师关勇中午到病房看望涵涵时发现，由于手术前必须进行禁食禁水，涵涵有些坚持不住，肚子咕咕直叫。

手术时间还早，关勇权衡利弊后给了小涵涵一块糖，并和涵涵相互约定："好好做手术，坚强，勇敢，以后就可以生活得比糖还甜。"

涵涵拉着花帽"爸爸"关勇的手，用力点点头说："这是咱们俩的约定，不要告诉别人哦！"

进入手术间，开始进行手术前准备的涵涵，久久不愿放开"关爸爸"的手，她觉得只有握着那只大手，才会安全，才放心。

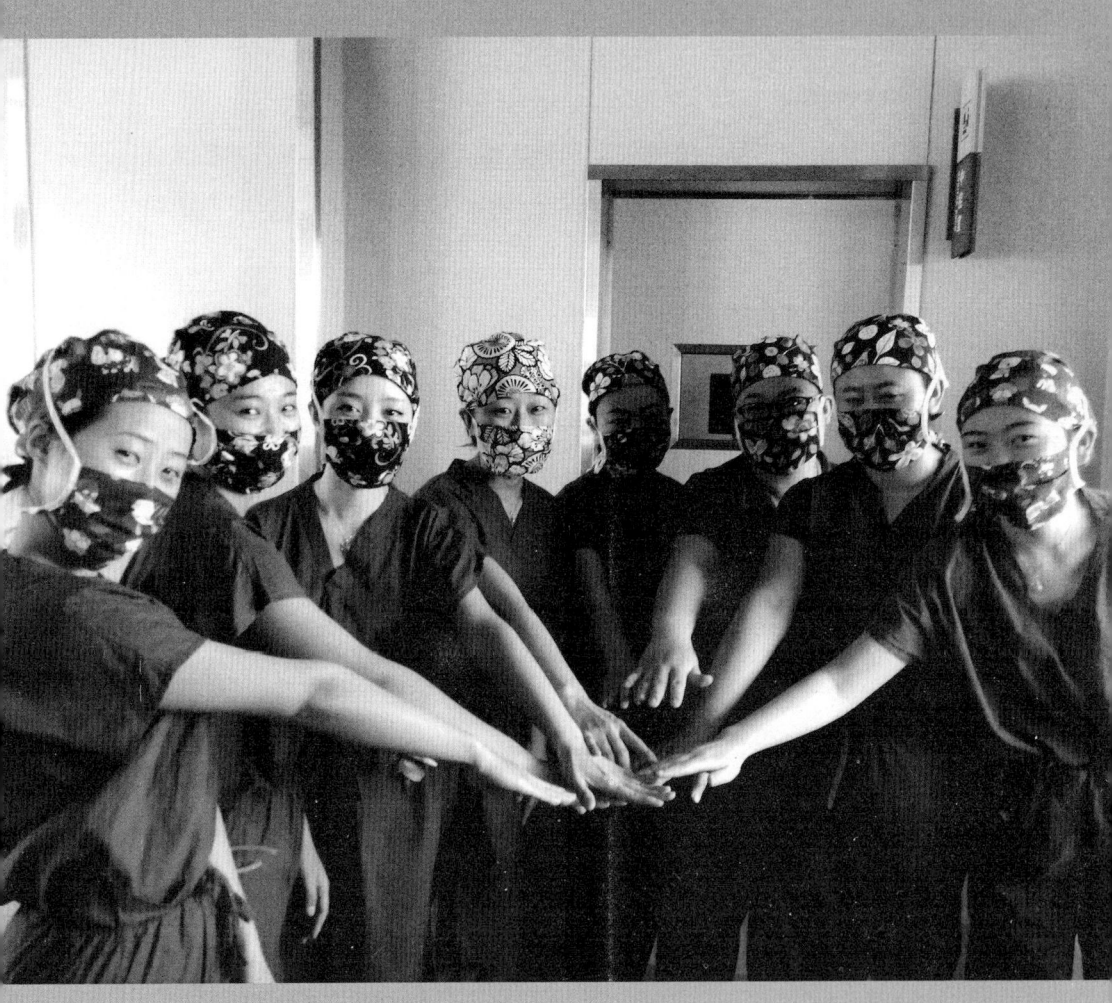

春 风 送 暖
CHUN FENG SONG NUAN

在春风拂柳的季节
一定是一个百花盛开的季节

小花帽的自述

◎ 邓丽娜

嗨,大家好,我是大庆龙南医院医护人员的小花帽。没错,我的前任是清一色的蓝帽子,总板着海之蓝一样的脸,太严肃。要知道,来医院看病的人大多很紧张,尤其是进手术室,又打麻药又动刀,不害怕才怪。

为了缓解患者紧张的情绪,给冰冷的手术室注入一股暖流,营造出一个轻松活泼的工作环境。我小花,应运而生。

在颜值上,已下岗的蓝帽子对我心服口服。你看,我这身打扮多漂亮,图案是小动物、黄柠檬、足球,活泼可爱,肤色也鲜艳。当然了,我不只是颜值担当,还心灵美,纯棉质的制造,经过消毒无菌处理,舒服吸汗,安全卫生,还可调整大小,能完整包住医护人员的所有头发,深受喜爱。

怎么,你以为我在说大话,那就让你见识一下。现在,我是戴在手术室护士长初晓杰的头上。今天有个叫优优的小姑娘要做扁桃体手术,初晓杰准备把她送到手术室。优优胆子小,爱哭鼻子,这不,没进手术室之前,就吓得使劲哭,谁劝都不好使。

"快看阿姨头上有好多只小狗,优优,我把小狗帽给你戴,好不好?"说话的人就是初晓杰,怎么样?她的声音含糖量足够高吧。

优优不哭了,瞪着眼睛看初晓杰,确切地说是在看我。优优可能觉得纳闷,护士阿姨的帽子怎么这样可爱,这到底是医院,还是卡通游乐场。优优不哭了,觉得手术室也没那么可怕了,跟着护士乖乖地进去。

手术室的无影灯下,我碰见很多小伙伴,像一个童话遇见另一童话。在生命徘徊、死神出没之地,我们悄然开放。当然,也不完全这么美好,比如医护人员忙得满头大汗时,我们就惨了,仿佛汗蒸一样,特狼狈。不过,当手术大获成功,人们脸上溢出温暖的微笑时,我们也会跟着一起高兴,汗蒸就汗蒸吧。

说到这儿,可能你还不信,认为优优是小孩子,大人就不会喜欢画着卡通图案的帽子。好吧,再跟我去拜访一下那些大人。现在,初晓杰正在送一个刚做完手术的患者回病房,患者生二胎,做了剖宫产手术。

回到病房,患者清醒之后,家人围过来。嘘,听听患者对我们是啥印象,"太逗了,他们现在戴的都是小花帽,没想到严肃的医生护士,还有这么可爱的一面。躺在手术床上,眼前晃动着一个个小花帽,心情轻松了许多,整个手术都没害怕。"

怎么样?我没吹牛吧。小花帽有人缘,每个患者都喜欢。关于我的身世与成长就先介绍到这里,记住,无影灯照耀的地方,生总是比死近,生命有生命的朝向,面南背北,春暖花开。

一床平安果

◎ 国 丽

12月24日是平安夜,这一天里,很多人都能收到平安果。龙南医院创伤整形手外科医护人员没有想到,他们也会收到患者送来的平安果。这个患者就是71岁的孙大爷。

孙大爷因骶尾部压疮,创面始终不愈合,近两年四处奔波于各大医院求医问药,听说龙南医院创伤整形手外科治疗这种顽固的压疮效果很好,最终选择了创伤整形手外科住院治疗。

孙大爷住院期间,病房的医护人员对他特别照顾,嘘寒问暖,让孙大爷感觉住院就跟在家里一样舒服。一个多月的时间很快就过去了,经过医护人员对精心治疗与护理,孙大爷的病情很快有了好转,骶尾部压疮溃疡面基本痊愈,彻底摆脱了病痛的折磨。

为表达对医生、护士的感谢和对他们的祝福,孙大爷的家人们在12月23日夜里,偷偷在病房里包裹出一个个盈满爱心的"平安果"。

第二天早晨,医护人员在晨会交班之际,忽然看见孙大爷的床上摆满了包装精致的平安果,大家开始还没明白过来,直到孙大爷的家属说明情况,他们才知道这是孙大爷精心准备的平安夜礼物。

一床的平安果，一床心意。

　　孙大爷的老伴李大娘哽咽着说："要不是你们医生护士这么长时间对我们的精心照顾，我们也不可能好这么快。马上圣诞节了，我们准备这些平安果，就是希望这些平安果给你们每个人带去平安的祝福！"

　　在场的医护人员手里捧着这"意外的礼物"，眼圈都红了。小小的"平安果"，承载着医患之间相互的关爱，让这个寒冷的夜晚充满了温情。

把平安的消息寄回家

◎ 吴 芳

家住肇源的常大哥，身体棒，饭量大，一顿早餐就能吃八个包子、两碗豆腐脑。他常常夸口，从小到大，自己连个感冒都没得过。然而，再好的身体也得注意爱惜。

这天，常大哥去让胡路参加婚礼，多喝了几杯，血压忽然发起脾气，一路飙升，结果脑出血，被送到龙南医院。幸亏抢救及时，常大哥才捡回一条命，术后恢复得不错，看样子不会留下什么后遗症，顶多留下个教训。

眼看着就要出院了，有件事让常大哥犯起愁来。按照常例，出院几天之后，才能拿到病历，这也就意味着，还得再来一趟让胡路，常大哥嫌麻烦，觉得病历要不要都行。

常大嫂可不这么认为，就是再麻烦，也得把病历拿回去。她恨不得把病历裱上挂到墙上，也好让常大哥长个记性，免得日后不管不顾地喝酒。

就在两口子争辩的时候，临床病友说："你们可以让医院把病历邮到家里啊。"

"邮？你以为医院是邮局啊。"常大哥眼珠瞪得溜圆。

病友笑笑说："这是龙南医院新开展的一项服务，只要到病案室预约一下，登个记，等你出院后，医院就会派专人把你的病历复印下来，通过快递给你邮过去。要是本市的，离得近，当天就能送到。"

听到这儿，常大哥明白了，忍不住感叹道："这个医院服务得可真周到，医术好，态度好，啥都好，下回我住院还来这儿。"

常大嫂瞪了常大哥一眼："呸呸呸，赶紧闭上你的乌鸦嘴，住啥院，你以后得健健康康的，啥病都不许有。"

常大哥哈哈大笑说："听你的。"

"听我的，以后就把酒戒了，谁找你都不许去……"常大嫂开始立家规了。

常大哥不耐烦地说："别磨叽了，赶紧去病案室登记吧。"

背景附注：大庆龙南医院地处西城区中心地带，年门诊量达103万，住院病人每年达26 000余人，床位使用率达120%，拥有大批患者群。很多需要复印病历的患者，特别是外地患者（五区四县乃至内蒙古的患者），来复印病历要花费几天的时间，上百上千的费用。大庆本市地域广，来往交通虽然方便，但耗时耗力。据统计，每年需要复印病历的患者占出院总人数的60%~70%，需要邮寄病历的达万余份。因相关要求规定，出院当天不可复印病历，只能在7天后进行复印。为免去患者二次往返医院复印病历的不便，该院借鉴国内各大医院的服务经验，在参照其他医院办理此项服务流程的基础上，进一步细化和完善，得以推出更加方便、安全、快捷的便民邮寄病历业务。

近年来,龙南医院开展优质服务活动,不断推出各项便民服务举措90余项。病历邮寄便民业务是龙南医院优质服务进一步向院外延伸的举措,同时也是医护人员不断践行"宁愿自己麻烦千遍,不让患者一事为难"的服务理念的体现。

小牙医畅畅

◎ 段彩绫

畅畅今年6岁，还没上学，但他总是希望别人叫他牙医。为啥会这样呢？还不是因为他在龙南医院当过一天的牙医。

那天，畅畅很早就起来，高高兴兴地去参加龙南医院组织的"我是小牙医"主题活动。畅畅赶到龙南医院口腔内科的时候，这里已经聚集了很多小朋友，他们全是由大庆广播"家有宝贝"栏目组征集来的。

活动开始了，每个小朋友都换上一件白大褂，别说，都还挺像那么回事。穿了白大褂，就是医生了，小朋友们的表情变得很严肃，好似在几分钟内忽然全都长大了。

为了成为一名合格的小牙医，牙科医生小蕾要为大家做个"岗前培训"。只见她拿着牙齿模具，边唱着儿歌边教孩子刷牙，上刷刷、下刷刷、里刷刷、外刷刷……

畅畅学得可认真了，并且还老成持重地跟身边的"同事"说："我回家告诉妈妈，牙应该这么刷。"

随后，小蕾医生又拿出许多幅图片，配上大大小小口腔牙齿的道具，温柔地问道："有谁知道好牙和坏牙都是什么样的吗？"

畅畅连忙把小手举起来，一蹦一蹦的，唯恐小蕾医生看不到他，选了别人回答问题。小蕾医生笑着说："那就你说吧。"

畅畅迫不及待地说："好牙是白的，坏牙是黑的，像黑芝麻糊那么黑，我就不吃黑芝麻糊。"

"不止黑芝麻糊，凡是甜的食物都不能吃得太多。"小蕾医生忍俊不禁地说。

三十分钟培训工作结束了，小牙医们正式上岗。小蕾医生给他们每人发了一个"口镜"，跟着介绍说："你们手上的这件设备叫'口镜'，把'口镜'放在口腔里，就能清楚地看见口腔里任何角落的细节了。你们可以试着看一看爸爸妈妈口腔里的牙齿有没有不好的。"

小蕾医生的话音刚落，畅畅就直奔爸爸跑去，没想到自己第一个患者竟然是爸爸。

爸爸挺配合，笑呵呵地把嘴张开。畅畅将"口镜"伸进爸爸嘴里，踮着脚，左看右看，最后很无奈地说："爸，你的牙也太黑了，以后少吃黑芝麻糊，不对，是甜的都少吃。"

爸爸说："我是抽烟抽的。"

"回去把烟戒了。"畅畅煞有介事地命令道。爸爸忍着笑连连点头。

小牙医大显身手后，纷纷把牙齿检查的结果汇报给小蕾医生，并且争先恐后地表示，自己不要像家长们一样有难看的牙齿。

"小牙医"们个个都学得有板有眼的，长了本领，还懂得了要保护牙齿。家长们很满意，觉得这次活动没白搞。

活动结束了,小牙医们恋恋不舍地脱下白大褂,一下子又变回五六岁那么大。畅畅当牙医当上瘾了,下定决心长大了要当个牙医,可是到底什么时候才能长大?畅畅犯了愁。当天晚上睡觉的时候,他将两条腿伸得直直的,想着这样便能把自己像抻面一样抻长,明天早晨醒来就长大了。

一个背包的奇异旅程

◎ 张晓磊

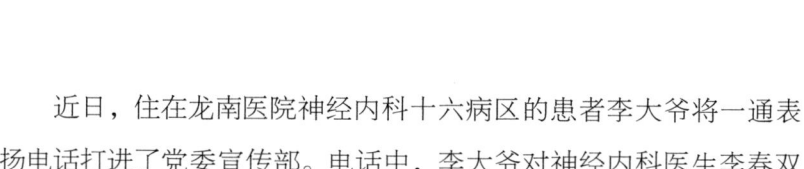

近日,住在龙南医院神经内科十六病区的患者李大爷将一通表扬电话打进了党委宣传部。电话中,李大爷对神经内科医生李春双给予了高度的赞扬,并讲述了他女儿装有近万元现金的背包在病房中"走"过的一段特殊"旅程"。

第一站:水房内的窗台上

患者李大爷是神经内科十六病区的老患者,每次住院都指定这个科室,这次,老人因旧病复发又住进了这个病区。一天,他的女儿李女士在水房内洗衣服时,为防止将包弄湿,顺手将随身携带的背包放在了水房的窗台上。洗好衣服后,李女士将装有近万元现金的背包遗落在窗台的角落里。

第二站:监护室患者家属手中

监护室的患者家属王大娘,在去水房的时候,发现了这个背包。

王大娘问了几个病房的患者，大家都说没有丢包。王大娘又回到水房等待失主，可等了很长时间，也不见有人来找。王大娘拿着背包犯了难，最后，大娘决定将包交给医护人员，让他们帮忙找找失主。

第三站：医生李春双手中

王大娘将背包交给当天的值班医生李春双。李春双想如果守株待兔等待失主来找也不是办法，于是，她会同其他医护人员开包清点，发现背包内有一沓现金、两个驾驶证和一部手机。李春双通过手机通讯录上的电话号码，联系上了失主的家属，并找到了失主李女士。

终点站：失主李女士手中

当李春双将背包送到失主李女士手中时，李女士十分诧异，她自己还没意识到什么时候将背包遗失了。可背包已经在神经内科十六病区进行了为期半天的特殊旅行，几经周折地回到了主人身边。

李女士拿回自己的背包后，一个劲儿地向医生李春双道谢。李春双只是摆摆手，笑着说了句："不客气，这没什么。"便又匆匆回到自己的工作岗位上，继续对着电脑病历蹙眉分析着患者的病情……

老师，您去哪？

◎ 邓丽娜

"刘老师，早上好！""马老师，这是今天的特殊病人记录。""赵老师，请给1-2床的张大爷做一下手术准备。""刘老师，今天3-4床的吴大娘需要做一次床头心电，请和心电室联系一下。"

来龙南医院就诊的患者张广才（化名）发现了一个特殊现象，这里所有医护人员之间的称谓都变成了老师。

这是怎么回事，医院改成学校了？张广才好奇心重，忍不住跟一个护士打听。

护士掩嘴一笑说："你不知道，这是我们医院的新规定，既能提升医护形象，体现出彼此的尊重，还秉承了传统文化。据说，在孔子老家山东，人们就是这么彼此称呼的。"

张广才点点头说："别说，这称谓一改，马上就觉得医院的档次提升了一大截。感觉到自己是在大城市看病一样，自然就增加了对医院的信任感。"

看完病后，张广才回家，迎面遇见单位同事。他走上前去，客客气气地问："老师，您去哪？"

同事愣住了，左右看看，还以为张广才在跟别人说话。

"我是在跟你说话呢,老师,你去哪?"张广才又说了一遍。

同事见张广才板着脸,一点没有开玩笑的意思,不由纳闷地问:"哥们儿,你咋啦?"

你在阿姨的诗里与心上

◎ 陈东伟

毛秀文阿姨平时喜欢写诗，尤其是心情好的时候，思如泉涌，笔下生花。然而最近这段时间，毛阿姨却一首没写，因为她得了病，住进龙南医院。

虽然没有提笔写诗，毛阿姨心里却总有一种湿润的感动，感动她的是二十病区里的每一个医护人员。

没住院之前，毛阿姨还以为这里的医生满脸严肃，护士冷若冰霜，到处都是酒精与药水的混合味道。一想到要住院，毛阿姨心里就打怵。

结果却恰恰相反，这里医生的态度和蔼可亲，护士温柔体贴，不仅耐心细致地给毛阿姨治疗，还常常跟她聊天谈心，问她生活中有什么困难，从饮食睡眠到衣食住行，关怀得体贴入微。

有天晚上，窗外起了秋风，没有暖气，室内有些凉。护士来给毛阿姨静脉注射时，见毛阿姨缩在被子里，还冷得脸色发白。

护士是个有心人，没有多说什么。打完针后，转身离去。不大一会儿工夫，护士去而复回，手里拿着个装满热水的热水袋。

"阿姨，把这个放进被窝里，一会儿就暖和了。"护士亲切地说。

毛阿姨道了声谢，一掀被子，将热水袋放了进去。渐渐的，被窝里有了热乎气，同时，毛阿姨心里也暖，默默地想，这家医院的工作人员个个都这么好，我得给他们写首诗。于是，毛阿姨微微闭上双眼，酝酿起来。其实也不用怎么想，那种感动本身就是一台酿诗的机器。

几天后，毛阿姨出院。临行前，她拽着二十病区主任的手说："我为你们写了首诗，借此表达我的感激之情。"

随后，毛阿姨站在病房的地中央，大声背诵起来：

有那么多的幸福叫我如何打点/玉齿间流露着温馨/医德就从这儿定格为神圣/滴液似甘霖令生命盎然/在这里我又蓄满健康的能量/难道不是你吗——/我敬慕的白衣天使/每每的如儿女榻前藉慰/分明卧榻有几分病弱/可我的灵魂却在——/那伊甸园的霞光里/惬意地犹如四小天鹅——/展示欢快芭蕾舞姿/嗒嗒嗒嗒嗒嗒……/那节奏的足点上——/让我青春重现/白色小帽圣洁为顶冠天职/那是天上云——/把你洗礼得如此高洁/难道不是你吗——/我可爱的白衣天使/恰似轻燕在我身边萦绕/忠诚、敬业、热忱——/在这万山红遍层林尽染里/又添几许艳丽把你来扮/我嗅着清新的纯净绿意/为你当空飘舞彩练/哦，令我畅慰的白衣天使哟/你的美质如波光那样潋滟/斑驳银光映照我心之窗扇/敞开心扉让我的爱恋对你倾诉/有那么多的幸福叫我如何打点？

字字带真情，句句打人心。在场的医护人员在毛阿姨的诗中，品味到了患者对他们的喜爱、信任与鼓励，脸上不由浮现出欣慰的微笑。

"幸福牌"早餐

◎ 邓丽娜

早餐也有牌子?那当然,龙南医院"幸福牌"的早餐,感动了不少医护人员。这个事儿,还得从幸福早餐诞生的那天说起。

当时,大概是早晨六点左右,手术室夜班护士芦美玉刚刚拿起电话准备订早餐,"叮咚"门铃声响起,"不会是有手术吧!"芦美玉快步跑向了门口。

打开门一看,食堂的大姐满脸笑容地递上五盒盒饭。"我们没订饭呀,这是怎么回事?"芦美玉觉得很纳闷。

"这是本院职工的福利,以后下夜班的同志都能有早饭吃了!"食堂的大姐大声说着。

"真的呀,真是太好了!"芦美玉欣喜异常地接过盒饭,其他值班人员也都围拢过来。

只见一个透明餐盒里有包子、花卷、咸菜、粥,最贴心的是,还有一个圆滚滚,直冒热气的茶蛋。麻醉师刘伟不无感慨地说:"上班这么多年,头一次吃到这么'暖心'的早餐,感觉真温暖!"

这一天早上,医院各科室夜班医护人员都收到了一份这样的惊喜,大家都觉得这是一个幸福的早晨,因此称之为"幸福牌"早餐。

险 地 施 救

◎ 施佰丽

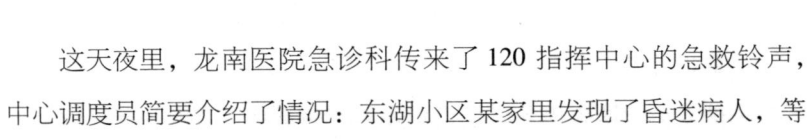

这天夜里，龙南医院急诊科传来了 120 指挥中心的急救铃声，中心调度员简要介绍了情况：东湖小区某家里发现了昏迷病人，等待急救。

接到指令，正在值班的 120 医生李菁爽和护士朱晓庆立即飞身跳上急救车，急救车在第一时间到达患者家楼下。

李菁爽跟朱晓庆顺着楼梯爬上了三楼，还没进屋，就顺着半开的门看见屋内情况：只见地面上躺着二男一女三个人，老年的男子昏迷状态，年轻的女子呕吐躁动着，另外一位男子靠在电话旁已经瘫软不能活动。

以往的经验告诉李菁爽，这一定是起中毒事件，什么中毒呢？从那名女子和男子穿着上判断出是刚刚沐浴后，李大夫立即想到了一氧化碳中毒。

时间就是生命，尽管室内还有很浓的煤气味道，李菁爽和朱晓庆却依然奋不顾身地冲了进去，投入到了紧张的急救中。她们一边给患者测血压，一边给予吸氧。担架工早已准备好了担架，熟练地用被褥保暖后抬到车上，并联系高压氧舱急救。

转运途中，李菁爽和朱晓庆忽然感觉头晕、头痛、恶心，但是谁都没想到自己已经中毒了，因为她们的心还在患者身上，患者的健康永远是第一位的。

朱晓庆忍着头痛给患者擦拭呕吐物。李菁爽头晕得厉害，但还是强打精神一边监护血压，一边盯着监护仪示波，生怕一疏忽，耽误患者的治疗。到了高压氧舱，安排好患者后，这两位医护人员已经没有了力气，总值班知道后将她们安排高压氧治疗。

明知是险地，还要以身犯险，只因心系患者，只因职责在身，这样的医护人员，堪称英雄。

小张学开"应急车"

◎ 白 洁

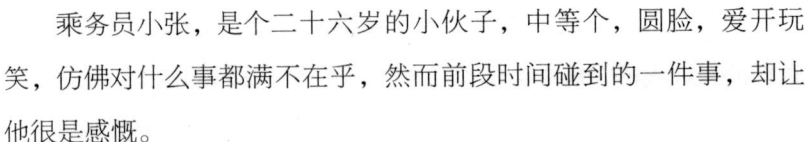

乘务员小张,是个二十六岁的小伙子,中等个,圆脸,爱开玩笑,仿佛对什么事都满不在乎,然而前段时间碰到的一件事,却让他很是感慨。

那天夜里,小张在列车上值班,忽然有个旅客晕倒,危在旦夕。小张当即就慌了,幸好列车上的医护人员来得及时,旅客幸免于难。当时小张就想,我要是会抢救多好。

别说,小张有这个想法没多久,龙南医院医护人员就到大庆西站开展心脏除颤仪使用培训。小张听到消息后,赶紧报名参加。

在培训现场,龙南医院急诊科护士长施佰丽"解"开人们印象中的"误区",她不急不缓地说:"当发现心脏骤停患者时,不能静等救护车,要先判断患者是否有意识。若病人失去意识应赶快拨打120,根据摸颈动脉、胸部是否有起伏,判断病人是否有呼吸,没有呼吸应立即开始胸外按压。"

"那么,具体怎么胸外按压呢?"小张迫不及待地问。

施佰丽笑笑说:"别着急,我会一样样全告诉你们的。"

随后,施佰丽详细讲解了心肺复苏术、简易除颤仪的操作流程等急救知识,并亲自示范,使用模拟人现场演示人工呼吸、心脏按压等心肺复苏操作步骤,好家伙,简直就是应急施救大套餐。

小张学得可认真了,心想,下回再遇到突发事件,我就不会"麻爪"了。

李大爷的出院礼物

◎ 吴 芳

家住东湖的李大爷，虚岁73。俗话说，七十三，八十四，阎王不叫自己去。这一年李大爷的身体只要有点风吹草动，全家都紧张够呛。

这天，李大爷感觉浑身没劲儿，头有些沉。儿子当即开车把他送到龙南医院，经过检查，住进了神经内科。

其实，李大爷的病并不太重，经过一段时间系统的治疗就完全康复了。临近出院时，他忽然收到了医生护士为他准备的一份特别的礼物——"出院温馨提示卡"。

"这张卡片是干嘛的？"李大爷问护士。

护士耐心地解答说："这是我们科室针对患者年龄大，疾病预后恢复差、病程长，医疗、护理、用药咨询不方便等特点，根据不同患者的个体差异、恢复情况，为每一位出院患者量身定制的个性化《出院指导方案》。"

李大爷忽然觉得手里这张卡的分量不一样了，戴上老花镜仔细看去，只见上面详细记录了患者需要注意的事项、出院后饮食、起居、康复指导、主任出诊时间、联系方式等。

"有了这张卡,下次我再不舒服,打个电话就可以了吧?"李大爷问。

护士说:"没错,我们科室规定了,不管医生还是护士,必须24小时开机,随时接受患者或家属的电话咨询。"

"太好了,这样就相当于有了个家庭医生,你们想得真周到呀!"李大爷高高兴兴地出院了。

大庆龙南医院神经内科拓展新的服务项目,为每一名出院患者发放"出院温馨提示卡",不仅延续了心脑血管疾病患者科学、规范的后续治疗,而且用点对点、面对面、心贴心的真情服务,赢得了患者的信赖和赞扬。

老妈,别害怕……

◎ 陈东伟

在大庆龙南医院老年病科常常遇到阿尔茨海默症的患者,询问他们病情,他们就像孩子一样躲在家属身后,想要为他们查体,他们又拼命挣扎,不愿配合。这时候就需要医护人员付出比平日十倍、百倍的耐心和爱心,去治疗这些患者。

84岁的冯大娘正是阿尔茨海默症的一员,这次因为食欲减退来老年病科住院,但患者不能配合问诊和查体,不让采血和做检查。医护人员都犯了难。主管医生李翠娟没有气馁,主动沟通,反复询问家属患者每日的生活规律,还向躲在家属身后的患者伸出温暖的手,笑着不厌其烦地一遍遍和她沟通,化时间和精力陪大娘聊天,直到大娘开始回应。

住了几天院,大娘每天一看见李翠娟医生就笑,还对她产生了依赖感,每天都要握一握她的手。王伟护士长特意安排了技术骨干为大娘进行静脉穿刺。为避免大娘恐惧,每次穿刺护士们都面带笑容,一针见血,让患者乐于配合治疗。冯大娘的丈夫不停地夸赞:"这里的医生、护士都太好了,我老伴这是头一次这么配合治疗。"

出院的时候,患者的女儿更是为老年病科的医生和护士每人写了一份表扬信。

播撒在夕阳里的爱意

◎ 李 剑

随着生活水平的提高,人口老龄化日益严重,龙南医院老年病科收治的高龄患者越来越多。

94岁的高龄患者刘大娘,刚入院的时候高热、精神萎靡、不能进食,经过检查,发现刘大娘患有重症肺炎,还合并有糖尿病、高血压等慢性病,治疗需多方面考虑。

当老年病科主任李秀莉提出治疗方案,刘大娘的家属却表示出不愿进行相关检查,"老人家岁数大了,跑来跑去不方便。"

李秀莉面含微笑地解释道:"检查是为了更好的治愈,到了我们这里,就得让老人健健康康的出院,放心,我们有人带着老人去检查。"

家属的工作做通了,全科上下都将刘大娘当作重点保护对象,接来送去,嘘寒问暖,每一微小细节都不放过。李秀莉每天都对刘大娘的病情详细检查一遍,并且指导饮食,该吃什么,该吃多少,说得很详细。

在全体医护人员的细心呵护下,刘大娘很快就痊愈出院。家属感激不尽,拉着李秀莉的手说:"幸亏听你的了,要不然,哪能好得这么快。"

李秀莉笑笑说:"老人到我们这儿住院,是对我们的信任,竭尽全力是必须的。"

尊老爱幼,是中华传统美德,老年科的医护人员们秉承这一美德,尽心尽力让每一个老人,都能感受到夕阳晚照之中的暖意。

服务无国界，齿齿见真情

◎ 段彩绫

这天，一位外国友人出现在龙南医院口腔科，尽管语言不通，但他满面笑容、情绪激动地朝口腔科副主任李萍连连竖起大拇指，他就是大庆外国语学校高中国际班的外教 Rocky。

来自加拿大的 Rocky 这阵子感到牙齿不舒服，生活助理没时间陪他一起来医院，不会说汉语的 Rocky 只好硬着头皮自己来到龙南医院，充分利用肢体语言，连比画带打手势，好容易挂上号，来到位于门诊五楼的口腔科诊室。

口腔科分诊护士李瑶看到 Rocky 手拿挂号票在口腔诊室门口徘徊，立即迎上前去，用手势引导 Rocky 来到曾在美国 UCLA 大学牙科学院做访问学者的口腔科副主任李萍的操作台前。一听到李萍说出那一口流利的英语，激动的 Rocky 就像见到亲人、知己一般，跟李萍亲切地交谈起来。

李萍对 Rocky 的牙齿进行了仔细地检查和诊断，制定了详细的治疗方案，并把自己的联系方式留给了 Rocky，每次复诊，李萍和 Rocky 通过英语短信进行预约。

Rocky 对自己的牙齿健康非常重视，对牙患治疗的要求很高，李萍专门制定出第二期治疗方案，进行系统的治疗。

经过3次复诊后，Rocky先生的牙病治疗终于全部完成。结束治疗后的Rocky高兴地说："我对李大夫的医术非常满意！而且沟通起来一点障碍都没有，在大庆享受到了美国一样的服务，以后患牙病我再也不用担心了，龙南医院的医生英语太棒了！"

手术室内的总动员

◎ 姜文波

2015年3月7日，一个普通而又特殊的日子，在人们都还沉浸在过年的欢乐气氛时，胸外科全体医护人员早早来到医院，准备着当天的主动脉夹层动脉瘤手术。该病死亡率高，我国随着高血压病人数的增加，主动脉夹层动脉瘤发病率呈明显的上升趋势。

副院长李永刚对此次手术特别重视，放弃了自己的休息时间，全程陪同外请专家帮忙解决了术中术后遇到的各种问题，为手术的安全、顺利地完成保驾护航。

手术从下午两点开始，持续了十多个小时，胸外科医生们自行分组，轮流上台手术，直至第二天凌晨，手术终于顺利完成。主任冀成山、医生李柏东为观察术后患者病情变化，坚守在重症监护室病房一夜没回家。

这天，真是龙南医院胸外科的一次集体总动员，涌现出太多让人感动的事情，再次证明了胸外科的精诚团结。这一天从院长、科主任、责任主治医生到管床医生、护士，虽然都在各自的岗位上忙碌了一天，但他们认为即使再劳累，只要能为患者解除病痛，也是值得的！

爱心接力还包记

◎ 舒 畅

一个周六上午,耳鼻喉科依旧繁忙,一个黑色的背包静静躺在处置室的诊椅上,无人关注。当医生王银玉、张丽娟,护士刘淑敏发现它的时候,已经是中午时分了。三个人商量后,决定先打开背包查看一下。背包里除少量的衣物、书籍外,还有一个钱包。钱包里是现金和身份证,一张东北林业大学"汤美婷(化名)"的学生证以及一张次日下午返回哈尔滨的火车票。

刘淑敏、王银玉深知此刻失主焦急的心情,简单分析后,认为患者应是在早上9时许就诊、处置后遗失了背包。而几个小时过去,失主依旧没有返回医院领取。想在茫茫人海中找到失主,无异于大海捞针……

突然,王银玉想到了一个办法,利用网络平台来找寻失主,效果是不是更好?打定主意后,王银玉医生马上联系在耳鼻喉科实习的齐齐哈尔医学院实习生孙振涛,向他做了详细的交代。

挂断电话后,孙振涛马上在寝室利用校内、人人等校园网络工具寻求帮助,经过多个网络平台的爱心传递、不懈努力之后,在晚上19时左右终于联系上在东风新村焦急万分的失主汤美婷(化名),

并约定次日上午来医院取回背包。

  第二天,当失主接过黑色背包的时候,抑制不住自己的心情,感动落泪。

特殊"全家福"

◎ 张彦强

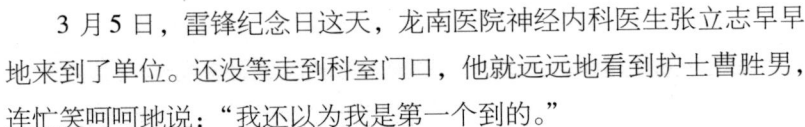

3月5日,雷锋纪念日这天,龙南医院神经内科医生张立志早早地来到了单位。还没等走到科室门口,他就远远地看到护士曹胜男,连忙笑呵呵地说:"我还以为我是第一个到的。"

曹胜男也笑着说:"学习雷锋好榜样,我得积极点。"

原来,今天他们打算到已经出院的患者张大爷家去进行调查回访,看看有没有什么困难能帮得上忙。一起去的还有科里的医生朴影、刘娜、护士张玉,一行五人组成了志愿者小分队,直奔张大爷家而去。

张大爷有痴呆、癫痫并且有情绪障碍等疾病,为了照顾他,老伴吃了不少苦,也暗中掉了不少泪。一见张立志几人,张大爷的老伴常年悲苦的脸上,也显出一丝温和笑意。

张立志先是对张大爷进行了诊治,然后指导他的老伴,该如何进行家庭护理。

时间过得真快,志愿者小分队在张大爷家不知不觉待了一上午。就在即将离开的时候,张大爷的老伴提议道:"你们张大爷住院的时候,我们把龙南医院当成了自己的家,咱们都是一家人,不如照一张全家福吧!"张立志当即很爽快地答应了,几个人站成一排,闪光灯猛地一亮,美好的瞬间带着它的温度,被永远定格在记忆深处。

推来一腔关爱

◎ 陈东伟

杨大爷是龙南医院老年病科的老患者,每次他都选择在这个科室住院,不仅仅是因为熟悉,更是因为他和科室医护人员已经建立了深厚的感情。最近一次的住院经历又让杨大爷增加了一批新的医护朋友。

3月31日下午,86岁的杨大爷因为急性心功能不全再次住进了老年病科。由于大爷患有尿毒症,每周一、三、五规律透析,可现在病情不平稳,眼看透析就不能去做了。

老年病科的李秀莉主任了解情况后,立刻联系医院透析室,希望能为杨大爷临时加透。可每周三下午是透析室常规消毒时间,而且大爷的病情也不允许从住院二部推到门诊大楼进行透析,路途中可能存在病情加重的风险。经过协调后,透析室决定派出一位护士推着透析机来到杨大爷床前临时进行床旁血滤。

经过治疗后,杨大爷的胸闷、喘息明显缓解,他不由竖起大拇指称赞道:"谢谢老年病科的大夫,谢谢肾内科的大夫和透析室的大夫、护士们,你们救了我的命啊!"年过八十的杨大爷,谢完这个谢那个,心里装满了感激之情。

别样"劳动节"

◎ 邓丽娜

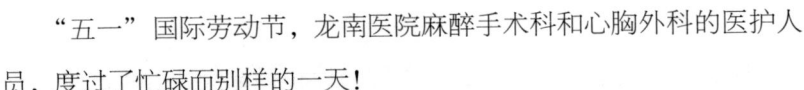

"五一"国际劳动节,龙南医院麻醉手术科和心胸外科的医护人员,度过了忙碌而别样的一天!

这一天除了正常的手术外,他们还在紧张地准备着即将连续进行的心胸外科6台大手术。麻醉科主任徐树生早早来到手术间,和麻醉师曲宪杰、李文波讨论患者病情。由于6台手术都是全麻,术前需要准备种类繁多的药品并保障全麻机器良好的工作状态,邢迪和佟香芝丝毫不敢大意,仔细认真地进行着术前准备。

当天,心胸外科进行了4台胸腔镜手术和2台开胸手术,一台接着一台,这个患者刚刚送回病房,下个患者就已经躺在了手术床上。手术从上午11时30分开始,一直到21时结束。手术团队没有喝一口水,没有叫一声累,对每一名患者的手术都是那么严谨认真,没有一丝的马虎和倦怠。

术后6名患者的监护与治疗更是不容小视,如果有一丁点儿的疏忽,整个手术都将会前功尽弃。心胸外科主任冀成山与管床医生术后多次巡视病房,对任何可能出现的问题都做到未雨绸缪。考虑到夜班护士年轻、经验少,李彩凤护士长整整36小时坚守岗位,为术后的护理安全提供更坚实的保障。

对于很多人来说"五一"是放松、休闲的一天,而对于工作在医院的广大医护工作者来说,"五一"只是普通的一天。

"急死人"的急诊夜

◎ 王春晖

万籁俱寂的深夜，小区住宅的灯火都相继熄灭，然而在龙南医院急诊科里，却依然一派紧张忙碌的景象。

一位年轻男子抱着个17岁的女孩，满头大汗地跑进急诊室，"她吃了30片去痛片，快救救她！"事不宜迟，护士刘威威立刻为患者洗胃，并呼叫大夫。

刚为患者洗完胃，120出诊的铃声就响了起来，护士米海英和王春晖拎起诊箱飞奔上了120车。

到达出诊地点后，患者刚一打开门就昏倒在地，医生杨智松和张权孝闻到浓烈的煤气味，立即关掉正在燃烧的炉具。两名护士及担架人员迅速打开所有窗户，并为患者进行治疗。

刚把患者送进急诊科，医护人员又接到了120出诊任务，一起交通事故，多人受伤。救护车全体出动，医护人员迅速出诊，到达现场后，医护人员一边抢救患者，一边配合消防人员救助被困在车上的人员。120救护车往返现场2次，救助患者8人。

就这样，医生护士在抢救室内忙得不可开交，由于一氧化碳中毒的3名患者没有家属，医生杨智松、护士丁玉娇及3名担架师傅全程陪同患者做高压氧。

当抢救室恢复平静的时候,天已经亮了,大家已经不知不觉奋战了一夜!

龙医正骨,为啥让大妈去而复返

◎ 邓丽娜

一天上午,有位50多岁的大妈来到了龙南医院正骨科。刚一进诊室,大妈就说:"大夫,千万不要像给别人治病那样掰我脖子。"

正骨科医生田飞鹏面带笑容地给她分析病情,但大妈无论医生说什么就是不同意让医生给正骨,言语间态度还很不友善。

田医生丝毫没有恼火,一边跟大妈唠嗑,一边轻轻地扶住大妈的头,帮助她的脖子左右活动。大妈见田医生的态度这么好,面色慢慢缓和下来。

离开诊室,大妈心里犯起嘀咕,这个大夫怎么跟我唠起家常了,就在这时,大妈忽然觉得自己的脖子能活动了,左右晃晃,竟然不像刚才那么疼了。大妈不由得喜出望外,转身就往回走。

"先前你帮我按的那几下,真好使,感觉好多了,你再帮我按按吧!"大妈一进诊室,就急着说。

田医生笑笑说:"您先前的担心都是由于不了解这种治疗方法,其实,刚才跟你说话时候,我就采取这种方法,你感觉到疼了吗?"

大妈不好意思地说:"一点都没感觉到。"

就这样,大妈在田医生的治疗之下,脖子慢慢恢复了正常。大妈走的时候,田医生还特意将她送出了诊室。

为了你生命最后的旅程

◎ 许馨文

2015年7月6日，平凡的一天，一位平凡的老人去世。医生们沉默了，护士们哭成一团，一种不平凡的爱在龙南医院CCU病房里弥漫……

王大娘享年74岁，6月份因心肌梗死转入CCU监护室。除了心梗之外，老人还有一系列病症。在一个多月的时间里，连续的抢救，无数次的除颤，让值班护士都不忍心再给老人电击了，每一次王大娘神志恢复正常后，都连连摆手意思是不要再电她了。护士每次给王大娘除颤后都心疼地握着她的手，跟她说话，可怜的老人只能点头又摇头。

一天，经过数次抢救后，他们想着，这可能是老人的最后一夜了，她一定有话要对儿女们说，于是拿出笔和纸，让老人把想说的话写出来。老人第一句话是"走下去。"第二句话是"完了，穿衣服。"看到这些，在场的医护人员都忍不住哭出声，王大娘连忙摆动她仅能活动的双手，叫大家别哭。一位临终的老人还反过来安慰医护人员，这是一种怎样令人心酸的场面啊！这一夜一百余次除颤，护士的手都麻木了，但只要有一丝希望大家都不会放弃。

第二天，老人意识再一次丧失，应家属要求，在场的医护人员没有再抢救。两分钟后，监护仪上剧烈跳动并不停报警的数字变成了0，不规则的电波变成了直线……

老人去了，家人的爱和医护人员的努力，终究没能挽回老人的生命。护士颤抖着手给老人合上了眼睛，动作轻柔地给老人拔除各种管路……

是啊，很多患者弥留之际，都是医生护士们陪着走过最后的时光，温暖他们最后的旅程……

病房餐桌有秘密

◎ 吴 芳

初秋的天气格外凉爽，高阔的天空无遮无拦，午间的暖阳正带着一抹惬意，洒向位于龙南医院六楼的老年病房。

此时，正是大爷大娘们吃午饭的时间。丁大爷的女儿在为父亲打饭前，习惯性地问着："爸，今天中午吃点啥？"丁大爷略作思索，不紧不慢地把病床上的小餐桌支了起来，并细细地端详着。

看了一会，丁大爷才喜滋滋地抬起头，报上了"菜名"，难道这病房的餐桌上写着"菜单"？走近了一看大家才发现，这印着水果和各种食材的花色桌布上，竟然藏着针对老年病人的饮食指导、老年人科学膳食搭配"十要""十不贪"、食物相克禁忌。简单的顺口溜式的文字，仅仅几十字就把老年人吃什么好、怎么吃的问题全面概括。这个饮食指导，成了老年病房的大爷大娘们每餐前的"必读"，更被病人誉为健康密码。

这餐桌上的健康饮食指导是谁的创意呢？谁为我们老年人想得这么周到？每个住进老年病科的患者都会心生疑问。病房内洋溢的医护们暖暖的问候声，充满了关切的沟通声，天冷时护士递过来热水袋。不用多问，老年患者们心中已经有了确切的答案。

勇士夺刀

◎ 白 洁

"一个醉汉，满身酒气，手里还拿着一把挺长的刀，到处晃悠，太吓人了。"回忆当时的情景，很多目击者都心有余悸。

究竟发生了什么？这还得从那天傍晚说起，当时已经21时许，夜色深沉，龙南医院急诊科静悄悄的。忽然，一名30多岁的男子出现在走廊里，只见他满脸怒气，手里还攥着一把大约18厘米长的水果刀。

这名浑身酒气的不速之客在急诊科找来找去，言语粗鲁，目光凶狠，一副不找到人誓不罢休的架势。

据了解，该男子与亲属发生矛盾，将其打伤后，又追到医院。虽然不是与医务人员发生纠纷，但龙南医院的保卫人员，还是一直密切关注着这名男子的一举一动，防止他伤及无辜人员。

这时，其他患者跟家属都表现出来很紧张的样子，小心翼翼地盯着那名醉酒男子。保卫人员上前提醒那人说："有事情麻烦出去解决，别耽误其他患者看病。"

男子听到这话，直接奔向了保卫人员。几名保卫人员也不含糊，各持警棍将男子围住，其中一名保卫人员身手敏捷地一把将男子的刀夺过来,成功将其制伏。

一见醉酒男子被摆平,前来看病的患者们这才长松一口气,高挑拇指,称赞保卫人员空手夺刀,勇敢过人。

小小举动暖患心

◎ 杨菊平

这天下午，大庆龙南医院门诊收款处接到纪检监察处的电话，工作人员心中不由一紧，是工作有不到位的地方吗？接完电话后，工作人员的心才放了下来，原来是一位老大娘来电话表扬门诊收款的叶婷婷。

事情的经过是这样的：五月份的一天下午，一位拄拐的老大娘来到叶婷婷窗口交款。在收费的过程中，她发现大娘的处方上面盖着慢性病章，但收费系统里的处方却不是按慢性病开的，这种情况只能让患者找医生重新开处方。

叶婷婷刚要让大娘回去重开处方，却发现大娘拄着拐杖，行走很不方便。此时窗口没有其他缴费的患者，她就对大娘说："大娘，处方有点问题，不能正常收费。您腿脚不太方便，就别来回跑了，坐在候诊椅上等一会儿，我去找医生重新开一个处方。"

大娘一听叶婷婷的话，非常感动，连说谢谢姑娘，谢谢……不停地夸叶婷婷服务态度好。叶婷婷笑笑说："大娘，应该的，不用这么客气。"

收完款后，叶婷婷又向大娘仔细交代检查和取药的地方，真是春风拂面一般的服务。

患者急需"熊猫血",朋友圈内"伸援手"

◎ 白 洁

临近元旦,大庆龙南医院骨科微信平台发布的一条爱心求助信息在朋友圈、微信群内刷屏,阅读量达到 3 500 余次。这条备受关注的微信,承载着所有人的期待,犹如一条不断的链条把朋友们的爱心串联了起来。随着信息的传播,救命的血液也得以顺利输入患者体内。

患者姓刘,因间断性双侧髋部疼痛三年到大庆龙南医院骨科四病区就诊。住院后,经辅助检查得知,刘某双侧股骨头无菌性坏死(四期),情况不容乐观。目前因剧烈疼痛患者已无法行走,急需手术治疗。患者术中、术后都需要输血,血源尤为重要。谁料,患者的血型却是极少见的 B 型 RH 阴性血,就是大家俗称的"熊猫血"。

由于血源不足,无法进行手术治疗,骨科四病区的医生们看在眼里,急在心里。为尽快解除患者病痛,医生们利用身边一切办法寻求血源。在征得家属同意后,立刻着手在大庆龙南医院骨科微信平台上编辑了这条爱心求助信息,恳请社会各界爱心人士把这条"救命"消息转发给更多的人。看到这条微信后,爱心人士主动联系血站,献出了自己宝贵的血液,帮助患者渡过难关,保证了手术的顺利进行。

　　手术后的刘先生状态很好，提及此事，他感激地说："要是没有这么多人的帮助，我就不可能做上手术，我从心眼里感谢所有人献出的爱心，谢谢大家！"

点点关爱输注暖流

◎ 吴 芳

王先生因病入住龙南医院肛肠科，每次输液的时候，护士都会在点滴管上夹上一个黄色的小夹子。

王先生觉得纳闷，这个小夹子究竟是干嘛的？

一听王先生有此询问，肛肠科护士长盖赵秀笑笑说："冬天药液凉，我们为了减少药物对患者血管的刺激，所以淘来了这个输液加热棒。"

听完介绍后，王先生夸赞道："你们对病人关怀得可真是无微不至，连药液凉一点都不行。"

盖赵秀一脸严肃地说："那当然了，这是我们的职责。"

以前，为了解决药液凉的问题，肛肠科的护士们想了很多办法，但是都不理想。就说用热水袋吧，温度很难掌握，高了容易影响药效，低了一会就凉了。后来，科室的护士们集思广益，淘来了这个输液加热棒，现在通过部分患者的试用，反映很好。

别看输液加热棒是个小东西，可是却有大作用。液体不凉了，刺激小了，人也感觉舒服多了。这个小小的输液加热棒，就像冬日里寒冷空气中的一抹暖阳，温暖了患者的血管，也温暖了患者的心。

重阳动人心

◎ 白 洁

崔大爷是一名老年患者,半个月前因蜂窝组织炎住进了大庆龙南医院甲乳血管外科病房。提起甲乳血管外科,老大爷总是称赞不绝,特别是重阳节那次,医务人员的举措更是让老大爷"笑开了花"。

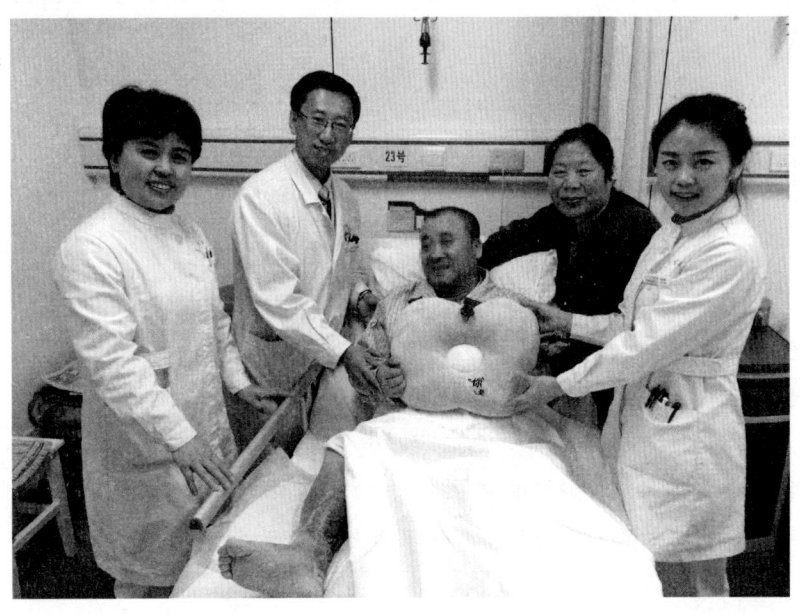

10月21日，是一年一度的重阳节，为表达对老年人健康的关爱，甲乳血管外科王忠臣副主任、科护士长孙立红等人组织了"老人节献爱心"活动。

当时，崔大爷正躺在病床上发呆，科护士长孙立红领着几个小护士，笑吟吟地走进病房。

"大爷，今天是重阳，我们送你个节日礼物。"说话间，孙立红将一个抱枕轻轻放在床上。

崔大爷一愣，没想到在医院还能收到节日礼物，伸手将可爱的抱枕拿过来，反反复复地看了好几遍，摸了好几遍，乐得合不拢嘴。崔大爷连连说："你们天天都那么忙还能想着我，真是太感谢你们的关爱，感谢医院对我的重视了……"

孙立红说："九九重阳节是传统的敬老节，我们得孝敬孝敬您啊。"

小小抱枕情意浓，既拉近了老年人和医务人员的距离，也增强了老年人抗争病魔的信心。甲乳血管外科想得可真周到。

用爱迎接新生命

◎ 关丹丹

近日，龙南医院产科一名4.7公斤的宝宝顺产降生。回忆整个顺产过程，产妇既觉得幸福，又觉得艰辛，她说："要不是医生和助产护士的悉心陪伴，教我分娩技巧，给我做心理疏导，我可能早就中途放弃了。"

生产当天的早上7时10分，产妇的宫口已开到了4cm，可两个小时过后，宫口并没有继续开大。对于第二次生育的产妇来说，这样的生产速度显然有些缓慢，此时，孕妇似乎也早已丧失了顺产的信心。

医生卢战凯一边耐心劝导，让产妇恢复平静，一边给予缩宫素调整宫缩，渐渐地，宫缩开始逐渐加强，助产士将产妇扶进了分娩室。

没有了家人陪伴的产妇躺在分娩床上紧张不已，医生刘波见状走到跟前耐心地为其讲解分娩过程，帮助她调整呼吸，并在孕妇宫缩间歇期为她按摩以缓解疼痛。

随着宫缩越来越强，每一次用力都让孕妇筋疲力尽，助产士林淑杰和张洋一直陪伴左右，为她擦拭额头渗出的汗水，指导孕妇正确运用腹压。"现在是关键时刻,一定要按照我说的方法好好用力!"助产护士一遍遍嘱咐着,可随着腹痛逐渐加重,孕妇疼得满头大汗,早将护士教的拉马泽呼吸法忘得一干二净。"深呼吸!孩子就要出来了!加油!你是最棒的妈妈……"医护人员不厌其烦地一遍遍嘱咐着,为其加油。

13时50分,一声响亮的啼哭打破了产房早已凝固的空气,小生命顺利降生了。已经体力透支的孕妇此时露出了久违的笑容。

大爷给你们点赞

◎ 邓丽娜

"医生,麻烦你帮我看看,我头痛心慌的厉害。"这天上午,大庆龙南医院循环内科诊室来了一位大爷。

"大爷快坐,我帮您先测个血压。"宋玲医生急忙扶大爷坐下,为他测量血压。

"大爷,您这血压现在是 180/100mmHg,您平时有高血压病吗?带药了吗?"

"哎呀,我没带药呀!"

"那我给您开点儿先吃上吧,血压这么高,等您回家吃就有点晚了!"

正低头开药的宋玲医生半天没听到大爷的回答,抬头一看,大爷一脸为难,"医生,真不好意思,我钱丢了。早上我特意带的,刚才一看就没了。"大爷越说声越小。

"没事,大爷,别急,我来想办法。"说着,宋玲从自己兜里掏出钱,拿着开药的单据交给内科门诊护士长潘丽,麻烦她去交钱取药。

药很快取回来了,宋玲帮大爷把药服下,并让他在椅子上稍事休息。原来大爷姓张,今年75岁,是钻井研究院的一名老干部。因为连夜赶写一篇发言稿,早上起来身体就不舒服,独自坐车来龙南医院看病,没想到就遇上了丢钱这种尴尬事。大爷感激地说:"龙南医院的医生护士就是好,心系百姓,服务油田。为你们的无私情怀,点个大大的赞!"

千言万语，让我从小事说起

◎ 杨 雷

三月份的一天，宗庆伟老人来到五官医院院办，讲述了他住院期间发生的一件又一件小事，诉说中不时流下激动的泪水："你们的工作令我动容，我感谢你们对我的关注。"

老人患有高血压、腔隙性脑梗死、右侧肢体偏瘫。在住院期间，内科病房负责人曲红艳主任，连续一周为老人测量血压，适时调整治疗方案，及时告知老人及家属。护士张萍也多次对老人进行脑血管健康知识宣教，并叮嘱老人饮食、生活需要注意的事项。

由于老人情绪焦躁，对医生常常发无名火，李晓智医生总是微笑以对，对一些政策和医疗知识，进行耐心细致的解释。细心的沟通、优质的服务，让老人渐渐平息下来，头痛、眩晕和入睡困难等症状，也得到了明显缓解。

宗大爷说："这只是许多小事中的一件，我一定会记住康复出院时的欣喜，记住我和医院之间的信任和依赖，记住曲主任、李大夫、小张护士、小庄护士……千言万语，我感谢你们医者仁心，让我感到春天般的暖意！"

十里春风不如医

◎ 陈东伟

住在龙南医院老年病科 85 岁的魏大爷是一位老会战,这次住院可是有点惊险。

魏大爷不但患有严重的肺部感染、呼吸衰竭,还患有冠心病、糖尿病等多种老年疾病。由于病情比较复杂,每用一种药物,老年病科主任李秀莉和医生们都要仔细斟酌许久——副作用大不大?是否适合高龄患者?有哪些用药禁忌?配伍有没有影响?等等。

为了及时准确掌握魏大爷的身体指标,李秀莉主任带着责任主治医王洪静和主管医生王巧玲每天数次给魏大爷测血压、数心率、观察尿量。

魏大爷因长期卧床,入院的时候身体有一处类似烫伤的创面,护士长王伟和护士们就每天为他翻身、叩背,进行褥疮护理。虽然患者多次出现病情变化,但是通过医护人员精心治疗和护理,逐渐好了起来,心衰纠正了,血压正常了,连肺部感染都逐渐好转了。

医护人员刚刚松了一口气,患者又出现了新的病情——全身出现皮疹。患者既往就有皮肤瘙痒症,平时在家总是使用外用激素软膏,所以这次不管是氯雷他定还是外用尤卓尔,效果都不明显。主管医生王巧玲决定请皮肤科医生会诊,从药物到饮食一一排查,查找可能导致的过敏因素。

虽然已经过了下班时间,但皮肤科主任刘秀华还是马上来给老人家会诊了。

刘主任看到患者已经使用了地奈德、易孚、派瑞松等多种药物,效果都不明显,考虑到高龄且患有多种疾病的老人不太适合用激素药物,她一遍遍地翻看病例,反复研究,仔细查看。既担心激素对免疫力、血糖、血压有影响,又怕引起钠水潴留,加重患者骨质疏松甚至引起消化道出血……

衡量许久,刘主任最终决定给予患者口服激素缓解症状治疗,并耐心细致地向患者家属交代药物的副作用。两位医生一直忙碌着,直到患者皮疹症状得到缓解,他们才离开病房。

国外治牙落"心病",国内医生解"心结"

◎ 侯淑艳

俗话说得好,牙疼不是病,疼起来真要命。可是,你遇到过牙疼不敢治,"咬牙"硬挺的人吗?张女士就是这样一个人,在国外的治牙经历使她深感恐惧,再也不敢迈进牙科一步。

这究竟是怎么回事呢?原来,张女士是大庆人,目前定居加拿大。2015年因为牙痛曾在加拿大就医,治疗中,张女士忽感胸闷,无法呼吸,随即晕了过去。经抢救苏醒过来后,她再也不敢接受牙医的治疗了,每当牙齿疼痛难忍,她都是靠止疼药物缓解。由于长期的牙病折磨,她患上了轻度的抑郁症。

2016年12月29日,回国探亲的张女士经家人的多次劝说,勉强答应到龙南医院口腔科治牙。

到了医院,张女士迟迟不敢躺到治疗椅上,出诊的张士博医生看出了她的恐惧,便耐心地询问其病史,详细地说明治疗方法。

渐渐地,张女士的紧张有所缓解,同意张医生查看牙齿的状况。5分钟的检查,躺在诊床上的张女士吓得大汗淋漓,每隔两分钟就要坐起来深呼吸。张士博医生每做一项操作都会轻声告知时间和方法,缓解了张女士的紧张情绪。

张士博跟张女士说，她的牙齿需要按周期进行治疗。但是，张女士第二天就要飞往北京，在北京停留三天后飞回加拿大，时间很短，怎么办呢？

得知张女士有一位朋友在北京做牙医，张士博医生便接通了对方的电话，详细叙述了张女士的病情。半个多小时后，远隔千里的两位医生为张女士商定了一个治疗方案，张士博医生先对严重的牙齿做初期处理，后期由北京的牙医继续治疗。

张士博医生终于让张女士放下了心中的恐惧，主动躺到了治疗床上。由每两分钟起来深呼吸，到后来每五分钟起来深呼吸，焦虑状态明显缓解……

张女士在北京进行第二次治疗的时候，北京的牙科医生十分感慨："龙南医院的医生把你的牙齿处理得非常好。"

张女士上飞机前对家人说："你们一定要代我表达我的感谢，张士博医生治疗的不仅仅是我的牙病，更是治好了我的'心病'。明年我要回来系统地治疗牙齿，我还要找张医生给我治疗。家乡的医院，家乡的医生，真了不起，我只相信这里，相信龙南医院！"

暖心的"兼职信使"

◎ 崔　丹

大庆龙南医院门诊有这样一个群体，早班、白班、中班，周末和节假日不休息，她们就是门诊服务中心的工作人员。一袭白衣，红色绶带，是门诊最亮丽的一道风景线。关爱健康、精心呵护是门诊服务中心的理念。

在门诊优质服务月活动中，她们工作更加细致耐心，热情周到，每天为数百人答疑解惑，为行动不便的患者提供轮椅，代存小件物品，及时调整专家出诊时间……每天说得咽喉肿痛，累得下肢肿胀，浑身疲惫不堪，可她们却毫无怨言。

薛丽娟是这个集体的护士长，自"优质服务月"活动开展以来，薛护士长默默无闻地承担了一件事，就是为外地来看病的患者免费邮寄各种报告单。她利用午休的时间自己掏钱为患者邮寄，这个"兼职信使"怕把病人的报告邮丢了，从来都是邮寄挂号信。邮去的不仅仅是一份普通的报告单、化验单，更是一份"真情"。

薛护士长每天带领护士工作在一线，经常是"轻伤不下火线"，在一个月中她病倒2次。有次头痛欲裂，一边扎着针灸一边工作，满脑袋上都是针灸针；这次又得了急性咽喉炎，一边工作一边静点。她的高贵品质深深影响着周围的同事。薛护士长说："能帮助患者解决困难是我的职责！患者满意是我最大的心愿！"

一封感谢信的"内幕"

◎ 吴 芳

这天,一封表扬急诊病房医护人员的感谢信,递交到了龙南医院纪委监察处工作人员的手中。看似普通的就诊,何以让患者如此感激呢?这背后又是怎样一个医患故事呢?

写感谢信的刘大爷,今年70岁,身体一向结实,从来就没有被疾病撂倒过,可最近的一次感冒却让刘大爷和家人感觉不对劲,最后不得不到龙南医院急诊科就诊。

经过医生的初步检查,刘大爷病得不轻,必须住院治疗,然而当天呼吸内科的床位相当紧张,根本住不进去,这可急坏了刘大爷和家人。急诊科的医生见状,建议刘大爷住到医院新开设的急诊病房,就这样刘大爷顺利入院了。

入院后,急诊病房的医生相当有经验,缜密分析、认真判断大爷的病根。经过检查,大爷有轻度的肺炎、支气管哮喘和高血压,但细心的医生发现,仅这些病还不足以导致刘大爷呼吸困难得都躺不下。

经过综合分析,医生又为刘大爷做了D二聚体测定和血气分析检查,结果显示,D二聚体异常高值,而且血氧分压低,"肺栓塞"

的可能性进一步加大，急查64排CT，最终确诊为"肺栓塞"。

诊断明确了，经过对症抗凝等治疗后，大爷十几天就康复了，呼吸困难消除了，终于能平躺睡觉了。刘大爷心里这个高兴，对急诊病房的医生赞不绝口："这里大夫真厉害，啥病都能治，全能医生呀！这次多亏住进了急诊病房，医生真专业，我从心眼里感谢他们。"

"腕"分危急

◎ 吴 芳

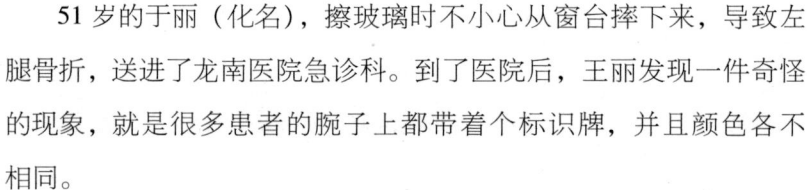

　　51岁的于丽（化名），擦玻璃时不小心从窗台摔下来，导致左腿骨折，送进了龙南医院急诊科。到了医院后，王丽发现一件奇怪的现象，就是很多患者的腕子上都带着个标识牌，并且颜色各不相同。

　　于丽的好奇心向来很重，不打听清楚，心里老惦记着跟个事儿似的，于是忍着左腿的剧痛，向护士打听道："这些标识牌是干嘛的？"

　　护士笑笑说："这是我们急诊科新启用的伤员腕部识别标志，上面写着患者的姓名、性别、年龄、诊断、生命体征等信息，一目了然，来我们这里的急诊危重病人都得戴的，颜色有红、黄、绿、黑四种，分别代表急、危、重、缓。你也得马上戴一个。"

　　不大一会儿，于丽的腕子上也套上了识别标志，由于她的病情比较严重，戴的是黄色腕牌。当然了，病情最紧急的要戴红色腕牌，那样患者不用排队，由专人护送进行检查、化验，所有科室都开启"绿色通道"，为危重患者的抢救争取最宝贵的时间。

　　"腕"分危急，龙南医院事事都为患者考虑。要知道，急诊科每年处置患者十万余人，抢救危重患者4 000余例，最多一次抢救患者达34人，最多一天出诊31次。有了这个腕牌，前来就医的患者就会井然有序，病情重的患者能迅速得到救治，这样安排最合理不过。

病榻上书写的感谢信

◎ 侯莹莹

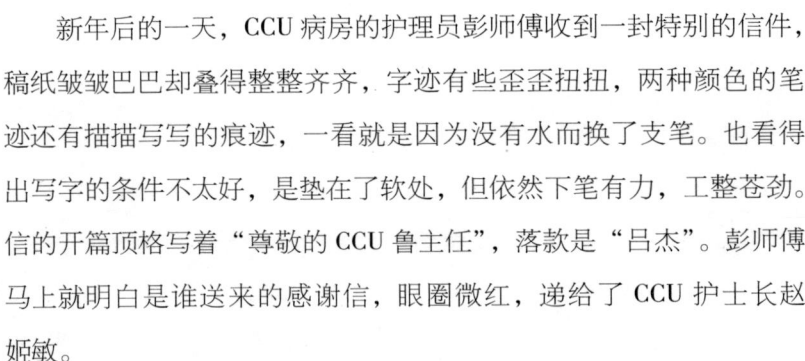

新年后的一天，CCU病房的护理员彭师傅收到一封特别的信件，稿纸皱皱巴巴却叠得整整齐齐，字迹有些歪歪扭扭，两种颜色的笔迹还有描描写写的痕迹，一看就是因为没有水而换了支笔。也看得出写字的条件不太好，是垫在了软处，但依然下笔有力，工整苍劲。信的开篇顶格写着"尊敬的CCU鲁主任"，落款是"吕杰"。彭师傅马上就明白是谁送来的感谢信，眼圈微红，递给了CCU护士长赵姬敏。

据了解，吕大娘是CCU病房的老患者，几次因心梗发作在CCU病房住院。近日，经定期复查化验结果超标，反复的心悸、痛苦难忍而入院。每小时的心电监护、无创血压监护、持续低流量中心供氧，24小时记录出入量，扩张冠状动脉、抗血栓、调血脂、改善心肌供血、抑制胃酸分泌、预防应激性溃疡等对症治疗紧密地进行中，医生护士脚下的步伐忙而不乱，直到吕大娘症状缓解。

接下来的几天，吕大娘的心悸次数发作减少，治疗效果明显。摆脱病痛折磨的吕大娘刚好转一些，就忙着说："给我笔，我得写点什么！病快好了，我这心里暖暖的。"

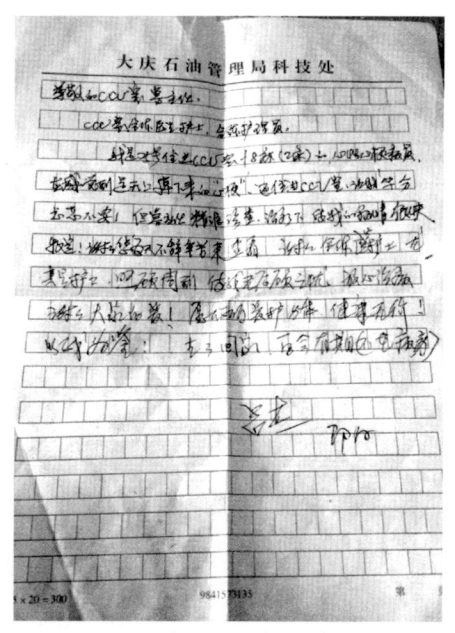

尊敬的CCU鲁主任：

  CCU全体医生护士，全体护理员，我是几天前入院的CCU室2床的心梗病员，在得知是天上掉下来的心梗，还住进CCU，让我忐忑不安。在鲁主任精准诊查、治疗下使我的病情很快康复！谢谢您每天不辞辛苦来查看我，谢谢全体医生护士，尤其是护士，照顾周到，使我无后顾之忧，放心治病，鼓起勇气，面对病魔，谢谢大家的爱！愿你们爱护身体，健康无价，以我为鉴，走了回家，后会有期（还在病房）！

吕杰即日

生命通道注浓情

◎ 段彩绫

有这样一群"傻人",她们牺牲自己的业余时间,不要报酬,十年如一日,为一位无亲无故的卧床老人更换胃管。

这些"傻人"就是龙南医院的循环内科十四病区徐春爽护士长跟她的姐妹们。16年前,依女士的妈妈因脑干出血住进了龙南医院,虽然抢救及时保住了生命,但就此全身瘫痪,处于植物人状态。家人没有放弃,老人病情稳定后,被接回家中轮流照顾。家人每天翻身拍背,端屎端尿,再苦再累,为了母亲也义无反顾。

但是,随之难题也出现了。老人由于意识丧失,其吞咽功能还未恢复,需要通过胃管喂流食。胃管成为老人饮食、药物、水供给的通道,是维系生命的重要管道,为防止感染,需要每月更换一次。

家里人尝试自己更换,却经常遇到胃管扭曲、脱落、移位的难题。脱落或移位很容易引起误吸进入气管,危及病人生命。可是每次都到医院换胃管,不仅费时、费力,老人的身体也折腾不起。怎么办呢?家人首先想到了当时在CCU病房工作的护士长徐春爽。

于是,抱着试试看的想法,依女士拨通了徐春爽的电话,没想到徐护士长爽快地答应下班后来看一下。

下班后，徐春爽如约出现在依女士家，并很快给病人换好了胃管，还叮嘱家属一些护理病人的注意事项。

从此，徐春爽几乎每个月都到依女士家帮她妈妈换胃管，病情不稳定时一个月要去两三次，这一换就是10年！

不仅如此，平时老人有个发烧等情况，依女士也会打电话咨询徐春爽。由于徐春爽经常利用休息时间到依女士家帮忙换胃管，换完后还要观察半个多小时，这样一来，家里的孩子就没人照顾了，徐春爽只好把孩子扔给婆婆照看。

更让人感动的是，徐春爽并不是一个人在"战斗"。她忙不过来的时候，护士陈旭飞、穆思彤也经常去依女士家中换胃管，医生白焱也时常去看望老人，帮助调整药物，指导护理。无论是炎炎烈日的酷夏，还是寒风凛冽的隆冬，家属一个电话，她们就会及时赶到。在徐春爽和同事们的无私帮助下，老人平平安安地度过了10年。

10年里，徐春爽和她的同事们一直维护着依家老人胃管的畅通，为这条生命的通道注入了浓浓的真情，她们用爱延续了老人的生命。

家人般的关怀

◎ 李媛媛

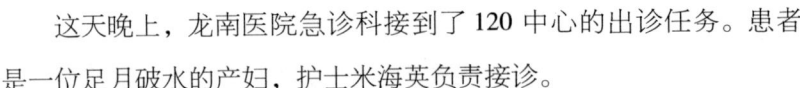

这天晚上,龙南医院急诊科接到了 120 中心的出诊任务。患者是一位足月破水的产妇,护士米海英负责接诊。

很快 120 救护车就将产妇接到急诊科,米海英提着带有衣物的整理箱,抬头看了一眼产妇,发现她的身旁只有一位白发苍苍的老母亲。米海英将整理箱放到导诊台后,迅速将患者送到急诊妇产科就诊。

在诊室的时候,米海英发现患者的母亲不识字,甚至连女儿的名字都不会写,这就对接下来的就诊造成了一定困难。

"阿姨,你家还有没有别人来?"

米海英的话,让产妇的母亲露出为难的神色,隔了半晌才说:"我的姑爷得等一会儿才能来。"

米海英想了想说:"这样吧,我来帮你。"

就这样,米海英主动承担起"家人"的工作,帮助患者交款、推平车,送患者去做检查,一路上无微不至地照顾着患者。同事问米海英为什么这么做,她微笑着回答说:"宁愿自己麻烦千遍,不让患者一事为难,这不是护士应该做的本职工作吗?"

五分钟，十分钟……米海英一边等待着产妇的丈夫，一边观察着产妇的状态，生怕有一点点的闪失。半个小时后，患者的丈夫赶到医院，米海英悬着的心也终于放下来了。

关爱细无声

◎ 曲兆丹

凌晨，一位年近七旬的大爷，慌忙跑进乘风医院妇产科医生值班室："医生，我女儿好像要生了，我老伴搀着她在后面呢。"

医生王桂丽迅速走出值班室，叫上护士，向科室入口迎去。随即看到一位大娘扶着一位孕妇走了进来。

"感觉怎么样？"

"医生，我女儿是聋哑人。"

突至的特殊情况，让医护人员有些意外，但来不及多想，就立马安排："马上进产房，准备生产。"

产房里，因为产妇不能正常沟通，助产士马庆华一边用手比画，一边张大嘴放慢语速说话，让产妇通过口型理解语意。看到产妇嘴唇有些干，马庆华便给其喂水；怕产妇冷，马庆华为其盖好被子。为了缓解产妇紧张的情绪，马庆华抚摸产妇的额头，一边安慰一边鼓励。

产妇听不到声音，不能用语言直接传达信息，显得很着急。为了能让产妇顺利生产，马庆华用肢体语言向产妇传达怎样用力，怎样配合医生……听到婴儿第一声啼哭时，马庆华已经累得满头大汗了。

护士将宝宝洗干净包好，抱到产妇眼前。看到自己的宝宝顺利生产，产妇终于露出了笑容。

产房外，等候的两位老人得知女儿顺利生产，母子平安，开心地流下了激动眼泪，一个劲儿地感谢医护人员。

"产妇刚刚生产，要注意休息，婴儿尽量母乳喂养，有什么不明白的尽管问我们。"住院期间，科里的医护人员每天都对产妇和孩子的情况进行查看，并给予指导。为了让产妇能够理解如何科学母乳喂养，主任国玉寒特地找来宣传画册给她讲。出院时，国主任还将科室电话和自己的手机号留给老人，方便老人随时咨询。

在产妇无声的世界里，医护人员热情周到的服务，像汩汩温泉流入心田，给她以温暖和关爱。

一本特别的漫画

◎ 段彩绫

手术无论大小,对于患者来说均会产生强烈的心理反应,使他们处于焦虑紧张的心理情绪之中。有一次,龙南医院门诊手术室的护士长席丽军在给患者做术前准备工作时,发现患者的目光充满恐惧,看着十分孱弱、可怜。

看到这里,席丽军心中很不舒服,换位思考,她也能体会到患者的恐惧心理。究竟怎样才能消除患者这种心理呢?席丽军左思右想,忽然就想到通过漫画的方式,向患者介绍手术的过程。

席丽军是个急脾气,说干就干,带领科室内护理人员,利用业余时间就开始手工绘制起漫画。功夫不负有心人,经过一段时间的努力,一本《门诊手术室手绘健康教育图册》就问世了。

这本漫画详细介绍了各种手术的流程与注意事项,画面简洁,话语温馨。每一名进行手术的患者,都会事先阅读这本《健康教育图册》,在护士详细解读下,一层层揭开手术室的神秘面纱,减轻恐惧心理,放心手术。

准备进行宫腔镜手术的王女士,天生胆小,对疾病的担心和对手术的恐惧,让她寝食难安。看到《健康教育图册》,听到护士的解读，王女士悬着的心终于放下了，还不住感慨地说："这个图册画得太好了，图文并茂，通俗易懂，看完之后我心里有底了，不再像以前那么害怕了。你们是真心为患者着想，又贴心又暖心！"

贴心的"海报"

◎ 杨 雷

在五官医院中医科的墙上,有很多的神奇"海报",它的作用可不能小视。中医科的患者年龄跨度大、病因复杂、沟通困难,为此,祁宏艳主任总是将病因、治疗方法和用药注意事项一一予以告知。但由于陪护轮换、心理状态、理解能力不同,常常出现这样那样的偏差,不同程度地影响了诊疗工作。

为了普及中医知识,提高沟通实效,提升服务质量,祁宏艳主任亲自查找资料,指导相关人员整理成文字和图片并存、简洁易懂的健康宣教小贴士,体现了祁宏艳主任对服务细节的重视和对患者的关注。

"海报"受到了患者的普遍欢迎,拉近了医患距离,增加了患者对中药成分的认知,细化了特殊诊疗告知率。通过小小的"海报",将祁宏艳主任的拳拳爱心,传递给了每一位患者,丰富了服务的内涵,诠释了以病人为中心的服务真谛。

火急"修网"夜半"惊魂"

◎ 王 威

深夜两点多,一阵急促的手机铃声将龙南医院计算机中心副主任王威惊醒。单位出状况了,多年的职业习惯让王威马上意识到可能是网络出现了问题,得到证实后,他二话不说,抓起衣服就赶往医院。

在路上,王威得知是门诊网络出现问题,收费系统瘫痪,患者不能进行管局医保刷卡和现金缴费。他一边指挥同事,一边吩咐值班人员赶往现场,了解详细情况。

幸好凌晨患者不多,没有造成拥堵现象。但时间不等人,王威与值班人员做好分工后,开始检查网络运行情况。在接下来的90分钟内,王威和同事把门诊8台介入交换机的192个网口逐一进行排查,诊断出有问题的交换机后,又确定出问题端口,重新进行了配置。网络终于通畅了,王威一颗悬着的心也回到原位。

但到一楼检查时,问题又出现了。现金缴费系统正常,管理局医保卡却又登录不上。问题出在哪儿?与局医保相关的全部链接都在王威脑中闪现:局里服务器?光纤线路?医院核心交换?介入交换机的设置?但由于时间原因与外单位联系不上,王威和同事只好逐一排查问题的可能性，断网、测试、连接、测试，反复检查问题所在。

转眼又1个小时过去了，眼看天亮了，大量的患者即将就诊，医保卡不能刷卡必将造成患者拥堵、诊疗秩序混乱，从而引发患者的急躁不安情绪，势必严重影响医院的声誉。

怎么办？关键时刻王威强迫自己保持冷静。确定医院网络没有问题的前提下，最终把检查的重点放到医保中心进入医院的光纤上。反复检查后，王威发现光纤接发器的状态有些不对，于是又拆卸了光纤和网线，更换了光纤收发器，瞬间医保程序登陆成功。

此时，时针已经指向早晨7时30分，自助挂号、门诊收款所有程序均可正常使用，王威的心情也恢复了平静。

一次次的网络抢修证明，医院的高速发展与精细化管理已离不开信息化系统的建设，医院的诊疗业务对于信息系统的依赖程度越来越高。随着医院各个系统的上线，上级部门对各科室要求的数据传送量越来越大，使得计算机中心日常工作的压力逐日增大。压力并没压倒这个年轻的团队，他们迎难而上，积极与医院各个职能科室配合，加强用信息化来实现科学化。

在未来的路上，计算机中心将会严格要求自己，加强业务学习，在医院信息化建设的道路上摸索前行，为把龙南医院建成一座先进的数字化医院而不断努力。

危险边缘的"拉锯战"

◎ 白 洁

如果不是龙南医院保卫人员迅速赶到事发现场，如果不是他们看准时机将小孩解救，如果不是他们及时劝下轻生的母亲，后果真的是不堪设想……

1月8日上午10时30分左右，大庆龙南医院门诊5楼阳光大厅，一位不满30岁的年轻女子抱着3岁的儿子站在窗户旁。年轻女子情绪失控，泪流满面，嘴里不停地说着："不想活了，谁过来我就跳下去。"

女子的外套已经被她扔出窗外，并且还把怀里年幼的孩子放在窗户的栏杆上。孩子表情极度紧张，不知道妈妈究竟是怎么了，只是用刚刚打完点滴的小手紧紧搂着妈妈的脖子。

据了解，年轻女子因为家庭纠纷与丈夫发生矛盾，孩子高烧不退到医院打了整晚的点滴，丈夫却不来看一眼。她一时想不开，产生了带着孩子一起轻生的念头。

接到群众报警后，龙南医院保卫科负责人及工作人员迅速赶到现场，疏散围观人员，开展救援工作。保卫人员试着与年轻女子交谈，转移她的注意力，趁其倾诉的时候，迅速上前救下小孩。

然而，无论孩子怎样哭喊，保卫人员怎样苦口婆心地劝说，年轻女子始终不肯离开窗边。在危险边缘，谁也不知道将会发生什么。保卫人员急中生智，假装抱着孩子往候诊区的方向走，年轻女子这才动摇，不断往孩子的方向张望。当看到她有了一丝犹豫的时候，保卫人员当机立断，将她火速拽离窗边，轻生母亲转危为安。

　　医院随时都有发生突发事件的可能，龙南医院保卫科的工作人员，向来都是二话不说地冲在最前方，认真履行着自身的职责，及时发现、控制、减少安全事故的发生，全力维护规范的医疗秩序。

温暖的小手

◎ 刘　宏

孩子点滴总滚针，怎么办？龙南医院儿科三病区的护士们请来了一位好帮手，让这个难题迎刃而解。

近日，陪孩子在龙南医院儿科三病区点滴的李女士发现，所有孩子点滴的时候，护士们都会细心地在孩子的手下面固定一个和手一样形状的小手板。她不禁啧啧称叹："这是谁想的好办法呀？这个小手板真不错，我们都不担心孩子乱动滚针了！"而且孩子看到了颜色艳丽的小手板，也会好奇和听话地把小手放在上面。转移了孩子的注意力，对护士扎针配合多了。

那么，如此可爱的小手板是从哪里来的呢？据了解，以前用于点滴固定的托板大都是药盒，或者是护士们自己动手制作的，但是与孩子小手的贴合性不是很好，支撑强度也不大，孩子活动时，经常会滚针。小朋友们又要挨一针，心里不情愿不说，还直哭，家长也跟着心疼。

护士们"一针见血"不难做到，但怎么能保证孩子在点滴的过程中不脱针呢？儿科三病区的护士们可谓想尽办法。经过细心地寻找，她们终于发现了这个专门用于点滴的手形托板。颜色亮丽、可爱的"小手板"，利于固定宝宝的小手，避免输液渗漏，减少穿刺次数，为患儿减轻痛苦，成为宝宝输液的"护航使者"。大家都亲切地称呼这个托板为呵护健康的"小手丫"。

巨细无遗无微不至。儿科治疗和护理工作烦琐，每天面对数十位患儿，每位患儿三到五位家长，压力不言而喻。但她们还是细心呵护着小患者，为使每一位小患者能够得到精心照顾，儿科三病区的护士积极开展多项服务举措，让小患者感到不一样的贴心服务。病区走廊、窗帘、温馨提示展板、身高测量表均为宝宝喜爱的卡通图案，整个环境充满童趣，使治疗期间的宝宝心情愉悦，更快恢复健康！

浅浅一笑，胜利的徽章

◎ 王 伟

在全国上下欢度国庆十一长假时，龙南医院的医护人员们却放弃与家人团聚，依然坚守在自己的工作岗位上，忙碌、奉献并快乐着。

早晨刚上班时，神经内科十七病区推进来了一位因意识丧失4小时的脊髓病变高位截瘫老年男患。患者来时处于浅昏迷状态，对光反射迟钝，呼吸微弱。医生宋亚彬、宋宏衫、白海涛等医护人员立即开始抢救治疗，实施心肺复苏、心电、血压监护、吸氧、吸痰等一系列抢救措施。

由于患者高位截瘫又长年卧床，血管条件非常不好，很不利于静脉穿刺，为了能够争取抢救时间，曹胜男护士在第一时间迅速建立静脉通道。随后白班护士王俊萍、刘欣欣、来接中班的王开平、刘鑫也加入了紧张而有序的抢救工作。

在医护人员的全力抢救下，患者各项生命体征逐渐平稳，由于病情需要，及时转入ICU病房继续治疗。这次抢救虽然很忙，但非常成功，当看到患者转危为安后，在场的医护人员都露出了浅浅地却代表着胜利的微笑。

双姝洗胃记

◎ 施佰丽

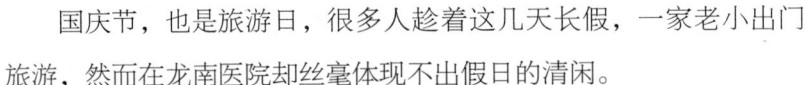

国庆节，也是旅游日，很多人趁着这几天长假，一家老小出门旅游，然而在龙南医院却丝毫体现不出假日的清闲。

晚22时，急诊科的走廊里忽然传来一阵呼救声，一名男子抱着一名女患者踉踉跄跄地跑进来。护士马蕾、张冰雪立即协助男子把患者放在抢救床上，检查意识状态、测量生命体征。经过询问得知女患者在半小时前吞服了大量高锰酸钾片。

事不宜迟，护士们立即给患者洗胃，张冰雪打来了温水，马蕾进行插管。患者不配合，陪护又只有一人，张冰雪忙叫来陪检师傅一同协助压住患者。由于患者服药之后喝了很多水，胃管刚插进胃内，大量黑色的呕吐物就从患者的胃管、口腔喷射出来，溅了马蕾一身、一脸。顿时，一股强烈刺鼻的怪味弥漫在整个抢救室内，大家强忍着没有动，坚持把胃洗完了。

凌晨1时，马蕾像以往一样整理着床单，这时一个白色的东西从被子里窜了出来，仔细一看原来是一个手机。"这应该是刚才输液的患者落下的，必须马上和失主取得联系。"想着，马蕾放下了手中的活，拨通了手机里的一个号码，这是失主朋友。小马和他说明了原因，又几经周折终于联系上了失主。此时的失主才知道自己的手机落在了医院，不住地感谢小马，要请她吃饭，却被小马婉言谢绝了。

患者心声

◎ 陈东伟

　　杨相君大爷是一位离休的老会战,不管是发烧、咳嗽还是头痛,一旦身体不舒服,他第一个就想到龙南医院老年病房。

　　这次杨老大爷是因为突发房颤入院的,经过一个晚上的治疗,大爷的房颤就转复为窦性了。杨大爷非常高兴,身体一好转,就马上开始关心起龙南医院的新进展了。他参观了龙南医院的新门诊后,对明亮的门诊大厅、有序的就诊秩序、清晰的门牌指示都赞不绝口。同时他在住院部发现了几处不足:电梯的边角缝隙不好清理,他提出要自制工具帮助打扫;超声心动室对面厕所门总开着,厕所的气味散发到诊室里,影响到医生和患者的心情,他建议可以在厕所门上贴上温馨提示,提醒大家注意随手关门……

　　杨大爷的一言一行简直就把医院当成了自己的家一样关心、爱护。当医护人员对他表示感谢的时候,他坦率地说:"龙南医院为我治病,我关心你们是应该的。只有龙南医院好,龙南医院的医生、护士们好,你们才能更好地为我和更多的患者治病。我代表全体患者对龙南医院表示感谢,也希望龙南医院发展得越来越好。"

　　这是一位老患者心底的心声。我们真心地为患者服务,患者才会真心为我们着想,形成良性的医患互动。只有建立和谐的医患关系,才能促进医护人员站在患者立场上,一切从患者的利益出发,更好地为患者医治,减轻他们的痛苦。

惊心动魄的平安夜

◎ 陈东伟

12月24日是平安夜,这是一个浪漫的夜晚。普通民众们都选择和家人、朋友团聚在一起,安静地享受着温馨的节日。可在这样一个宁静的夜晚里,龙南医院老年病房的值班医生张艳丽却度过了一个"惊心动魄"的平安夜。

下午18时,忙碌了一天的张艳丽刚准备吃晚饭,一个急诊科收治的患者被平车推进了老年病区,患者已经深昏迷,呼吸急促,病情及其危重。

张艳丽立刻动作迅速地为患者安排了床位,并紧急给予吸痰、吸氧、开通静脉通路、监护、采血检查,同时联系了当天的内科总值班吕洪波医生。大夜值班护士宋唯、新分护士毕远思也加入了抢救。

经过一个小时的合力救治,患者意识开始清醒,血压、心率也都恢复了正常。为了观察患者病情,张艳丽又是一夜未眠。

患者的儿女们激动地说:"多亏了这些医生、护士,我爸才转危为安,太谢谢了!"张艳丽说:"不用客气,我是医生嘛,就该如此。"

夜色渐渐深了,张艳丽转身回到值班室。这时,饭菜早已凉透了,张艳丽没吃几口,就撂下方便筷。想起刚才抢救病人的紧张场面,张艳丽莞尔一笑,自言自语地说:"这真是一个惊心动魄的平安夜呀!"

手术直播

◎ 邓丽娜

杨先生患痛风多年，近日骑车锻炼后觉得右侧膝盖疼痛难忍，肿胀明显，活动十分不便，于是来到大庆龙南医院就诊。骨科四病区副主任医师李恒经过认真诊查，建议他做膝关节清理手术。

一听说要做手术，杨先生就犹豫了："这点小病居然要做手术，这可是大事，万一我忍着点，吃点药就好了呢，做手术太吓人了。"

医生李恒耐心地向他讲解道："这个手术是在关节镜下进行的，是一种无痛的微创手术。只是在膝盖上戳两个约 0.5 厘米的小孔，将器械送进关节腔内。在显示屏上就可以看到关节腔里的情况，对病情进行直观的判断，从而能更准确地对症治疗，解除您的痛苦。"

听了医生的讲解，杨先生开始动摇了："既然是可以在显示屏上可以看到手术的情况，那手术中我可不可以也看看呢？""当然可以，您可以选择全程观看手术过程。"医生李恒自信地说。就这样，杨先生决定进行关节镜下的膝关节清理手术。

躺在手术台上，杨先生依然十分紧张，眼睛一直盯着面前的显示屏。医生李恒一边进行手术操作，一边为杨先生讲解："现在我们已经进入关节腔了，这些来回摆动的像绒毛一样的就是滑膜，下面的就是软骨。您看，软骨的边缘已经磨损不整齐了。您再看，旁边像粉笔末似的就是痛风石结晶。这些结晶就是因为长年患痛风，尿酸钠结晶沉淀，引起慢性炎症及纤维组织增生形成的结节肿。这些痛风石就像雪花一样在关节腔里飞，我们现在就把这些痛风石去掉。"

随着医生的详细解释，杨先生一直皱着的眉头展开了，一直紧握的手松开了，"膝盖里是这个样子的呀，就是这样的一些小东西让我疼了这么多年。原来，真的只是两个小孔就可以完成手术，还可以看到自己的手术过程。整个的过程我都没看到出血，你们医生的技术实在是太棒了！我真是服了！"随着杨先生不住地赞叹，手术顺利完成。

无声的世界,有爱的沟通

◎ 白 洁

手术室,对于很多人而言,是一个神秘冰冷的世界,会不由自主地产生恐惧心理,对于本身就缺乏"安全感"的聋哑人来说,更是感觉"惊恐万分"。

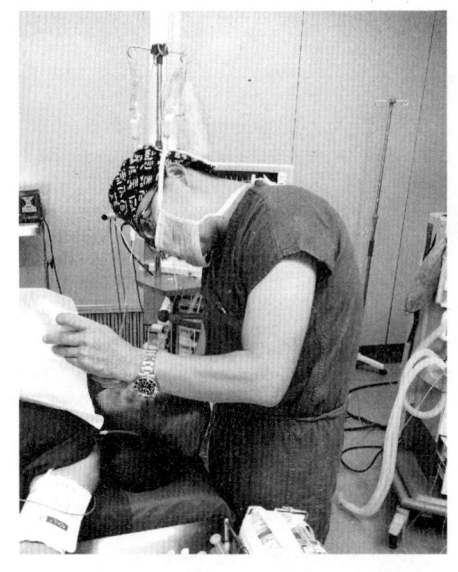

麻醉师关勇就遇见过一个聋哑患者,在进行术前沟通时发现,患者非常紧张。听患者的女儿讲,四十多岁的陈女士患有妇科盆腔

炎肿瘤，自从得知自己要进行手术，陈女士的表情就再也没有轻松过。

　　了解完情况后，关勇一时犯了难，怎样才能消除陈女士的顾虑呢？左思右想，关勇想到了存在手机里的漫画。这幅漫画的内容是手术室工作的相关流程，画面简单、生动、易懂，关勇一直存在手机里，没想到关键时刻还真派上了用场。一幅幅漫画看下来，再加上关勇的肢体语言，陈女士的表情轻松下来。

　　进入手术室后，陈女士紧张的表情又不由自主地呈现在了脸上。关勇见状，便将术中需要用到的吸氧面罩、头罩、注射器、监护设备等，一一拿到陈女士面前，一步步地分解讲述、示范。陈女士既听不见也不识字，幸亏关勇曾经学过一点简单的手语，这术前沟通，只能靠他的比画了。而妇科副主任周学武、麻手科的护士们，也积极地为陈女士营造轻松的氛围。渐渐地，陈女士不再紧皱眉头，脸上露出了微笑，手术得以顺利完成。

　　术后，患者女儿激动地握着关勇的手说："我们真是太幸运了，遇到了一个既会手语又充满爱心的大夫！"

自己的孩子自己生

◎ 段彩绫

于海婷的预产期过了好几天,还没有生,她不免显得有几分焦急。龙南医院妇产科副主任雷娟安慰说:"好菜不怕晚,再耐心等两天。"

于海婷尽管着急,却也没有动过剖宫产的念头。这是于海婷怀的第二胎。第一胎8斤8两,也是自己生的。有了第一胎的顺产经验,于海婷对生这一胎很有信心。她始终觉得,剖宫产对大人孩子都不好,自己的孩子就得自己生,干嘛还要开刀?

住进龙南医院后,于海婷在跟雷娟聊天的时候,再次印证了自己想法没有错。雷娟说:"很多人都觉得剖宫产对孩子安全,对产妇也安全,这是一种认识上的误区。其实,剖宫产的风险远远大于顺产,很可能出现盆腔炎、盆腔粘连、月经不调、腰痛这些并发症,将来避孕和再孕也比自然分娩的产妇面临的问题多。此外,剖宫产后的孩子发生哮喘的危险性较高,还易造成其他免疫功能方面的缺陷。"

雷娟的话,于海婷牢牢记在心里,打定主意要顺产。几天后的一个早晨,她忽然感觉肚子剧烈疼痛,马上意识到,孩子就要出生了。果然不出于海婷所料，孩子确实忍不住了，想从妈妈的肚子里出来看看这个世界到底啥样。

不过，这个孩子没出世就路途坎坷，于海婷费了很大劲儿也没生出来，为了帮助胎头下降，她坐了两次瑜伽球，打了一针助产针。孩子拜访这个世界的路，终于畅通无阻了，随着嘹亮而清澈的哭声，孩子来了，于海婷长长松了口气。

于海婷生的孩子九斤半，医院里待产的准妈妈们都纷纷过来"取经"。谁说超过8斤就不能顺产，自己的孩子自己生，这一点，于海婷做到了，她骄傲。

大庆首位换肺人满"周岁"

◎ 段彩绫

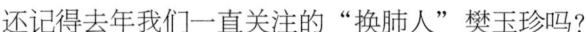

还记得去年我们一直关注的"换肺人"樊玉珍吗?

56岁肺纤维化末期患者樊玉珍生命垂危,不手术预期寿命不超过半年。去年11月12日,龙南医院为其成功完成了黑龙江省首例跨省器官捐献DBD肺移植手术,樊玉珍也因此成为我省异体肺移植第一人。

如今,樊玉珍满"周岁"了,11月12日,龙南医院医护人员来到樊玉珍家中,一起为她庆祝"周岁"生日。

生日改在"重生日"　手捧蛋糕喜极而泣

11月12日,是樊玉珍换肺重生后第一个生日。

早上8时许,医护人员刚刚上班,樊玉珍和家人就已经等候在医院住院二部一楼大厅,给医院送来了满载感激之情的字画。一幅字上写着"敢于为生命负责,勇于为百姓担当",而那幅画则是医护人员用双手托起一棵长满嫩绿新芽的肺叶。

"每天早上睁开眼睛看到阳光,我都会想起你们,没有医院不会有现在的我。"肺移植团队医护人员得知樊玉珍来了，都迫不及待地跑到大厅。院长翟秀伟，党委副书记、纪委书记、工会主席郑国贤，副院长李永刚，院长助理马松萍都赶了过来，樊玉珍一一与大家拥抱，这一抱有感恩，更有想念。

"我现在跟好人一样了。"樊玉珍说着，表演起了"金鸡独立"，就像新生儿般生机勃勃，大家疼惜地看着她笑着。樊玉珍不知，医护人员已经备好蛋糕准备为她庆生，而家人也为她策划了一场特别的生日 Party。

到医院看望完大家的樊玉珍刚刚走进家门，连白服都没来得及脱的肺移植团队医护人员就手捧着蛋糕进了樊玉珍家。家里也布置一新，女儿特别制作了 VCR，记录着樊玉珍从入院手术到康复出院每一个值得纪念的时间节点；爱人李宝升拿出早已买好一直藏在家里的乒乓球拍送给了樊玉珍，告诉她今后会陪她一起锻炼；医护人员为樊玉珍点燃了蜡烛，唱起了生日歌，樊玉珍笑着笑着流下了眼泪。

"一年前的一幕仿佛就在眼前。医院 20 年的积淀有了今天的成果。在治疗过程中，感受到了樊玉珍的坚强和人间的大爱。樊玉珍病情恢复了，生活美满了，这就是我们最想看到的。"说到这些难忘的情景，副院长李永刚也流下了热泪。

这是一场创造生命奇迹的战役，背后付出了多少，唯有医患彼此知道。

走步举哑铃每天锻炼　　拖地逛街生活如初

"去年住院那会儿，瘦得不到 70 斤，你们看我现在长了 20 多斤。"如今的樊玉珍气色红润，精神饱满，一顿能吃一碗米饭。

每天清晨起床、梳洗打扮、吃过早饭后，樊玉珍都会在屋里走一两千步，做 100 次高抬腿，之后做 150 下扩胸运动，拿哑铃再做 500 下扩胸运动，中午和晚上还会再走两千步左右。

"每天光在屋子里就得走七八千步，这还不算到外面走的。"在这一年时间里，樊玉珍每天都会按照医嘱重复做着这些锻炼，对于她来说，每次抬手、迈步都是快乐的，这是生命重生的赐予。

"一年前我只能端坐在床上，每天靠鼻导管吸氧呼吸，维持着生命，当时没有想到自己还可以像今天这样活蹦乱跳。"樊玉珍说，自

己没事的时候，就会把出院时医护人员送她的 DIY 相册拿出来，一遍遍翻看，那里记载着重生的足迹，现在的她倍加珍惜拥有的分秒。

每天，丈夫给樊玉珍精心准备完早餐，再准备好午餐，千叮咛万嘱咐后才会去上班。"我想去厨房，可他不让，怕油烟味我受不了。"樊玉珍满脸幸福，说自己吃饱后一再央求丈夫，才允许她做些简单的家务，比如擦擦柜子上的灰。不过趁丈夫不在家，她会偷偷拖地，会自己洗衣服。天气好的时候，樊玉珍也会骑上电动车，一路轻松地去超市买菜，也会坐公交车到处逛街。每逢节假日，姑娘、姑爷回来，一家人就去大庆周边游玩。

重生的美好，在生活如初的简单快乐里，在一家人其乐融融的笑声里。

有许多人一直关注樊玉珍，她重生的生命满载着家人和医护人员的期许。这例手术积累下来的诊疗经验，将应用于今后重症抢救临床治疗中，医疗成果惠及的将是千千万万个樊玉珍。

在此，让我们一起祝福樊玉珍生日快乐，健康长寿！

后　记

　　经过近一年艰苦的努力，故事集《龙医故事》即将付梓，心里不免有些五味杂陈：激动、心酸、期待、感激、愧疚……此时，总觉得有话要说。

　　说什么呢？想来想去，还是说文化吧！

　　文化包含着精神。一个人有了精神，就会目标清晰、砥砺前行；一个团队有了精神，就会勠力同心、创造辉煌；一个国家有了精神，就会气宇轩昂、民族旺达。

　　龙南医院就是这样一个团队！

　　文化包含着凝聚。一个人有了凝聚力，才会释放能量，才会发挥作用；一个团队有了凝聚力，才会造就一群英才，才会使事业长盛不衰；一个国家有了凝聚力，才会得到国际社会的支持，才会有话语权，才会如鱼得水。

　　龙南医院就是这样一个团队！！

　　文化还包含着包容。在医患关系越来越复杂的今天，只有术精岐黄的医生、医者慈怀的护士，才能避免不应该发生的问题，才能灿烂一个世界。

　　龙南医院就是这样一个团队！！！

也许，正是因为如此，我们担心百密一疏，遗漏辛苦付出的医护人员。倘若这样，还请大家见谅才是。同时，期盼有订正和弥补的机会。

编 者

2017 年 12 月 5 日